BIBLIOTHÈQUE NORDIQUE

LA FEMME DE L'OMBRE

DU MÊME AUTEUR
CHEZ LE MÊME ÉDITEUR

Série Erlendur Sveinsson
(dans l'ordre chronologique)

Le Duel

Les Nuits de Reykjavík

Le Lagon noir

La Cité des Jarres

La Femme en vert

La Voix

L'Homme du lac

Hiver arctique

Hypothermie

La Rivière noire

La Muraille de lave

Étranges rivages

Trilogie des ombres

Dans l'ombre, T. 1

La Femme de l'ombre, T. 2

Et bientôt : *Passage des Ombres*, T. 3

Les autres romans d'Arnaldur Indridason

Bettý

Le Livre du roi

Opération Napoléon

Arnaldur INDRIDASON

LA FEMME DE L'OMBRE

(Trilogie des ombres, T. 2)

*Traduit de l'islandais
par Éric Boury*

Éditions Métailié
20, rue des Grands Augustins, 75006 Paris
www.editions-metailie.com
2017

Retrouvez-nous sur les réseaux sociaux :

Titre original : *Petsamo*
© Arnaldur Indridason, 2016
Published by agreement with Forlagið, www.forlagid.is
Traduction française © Éditions Métailié, Paris, 2017
ISBN : 979-10-226-0721-6

1

Il rentra chez lui par des chemins détournés. Lorsqu'il arriva place Kongens Nytorv, il avait toujours cette impression persistante d'être suivi. Il scruta les alentours sans rien remarquer d'anormal, tout le monde rentrait simplement du travail. Il avait aperçu des soldats allemands dans la rue Strøget et s'était arrangé pour les éviter. Il traversa rapidement la place où un tramway s'arrêtait et laissait descendre ses passagers avant de repartir en cliquetant sur ses rails. Sa peur avait grandi au fil de la journée. Il avait appris que les Allemands avaient arrêté Christian. Il n'en avait pas eu la confirmation, mais plusieurs étudiants le murmuraient à la bibliothèque universitaire. Il s'était efforcé de se comporter comme si de rien n'était. Comme si tout cela ne le concernait pas. Deux étudiants en médecine avaient affirmé que la Gestapo était venue chercher Christian chez lui à l'aube.

Il se posta près du théâtre, alluma une cigarette et observa la place d'un œil inquiet, sachant que, si les Allemands avaient arrêté Christian, il y avait de grandes chances qu'ils soient aussi à ses trousses. Toute la journée, il avait redouté d'entendre le bruit de leurs bottes dans la bibliothèque où il s'était contraint de rester en essayant d'agir comme si tout était normal. Incapable de se concentrer pour étudier, il osait à peine retourner à cette chambre qu'il louait dans le quartier de Christianshavn.

Il écrasa sa cigarette, se remit en route, passa le pont de Knippelsbro et évita les artères principales, préférant les rues adjacentes et les ruelles peu fréquentées. En fin de compte, personne ne le suivait, c'était un soulagement. Il voyait Christian aux mains des nazis. Il imaginait facilement ce que ce dernier éprouvait si ce qu'on disait était vrai. Tous deux avaient conscience du risque qu'ils prenaient et, même s'ils connaissaient les histoires qu'on racontait sur les arrestations et les interrogatoires, ils faisaient de leur mieux pour ne pas y penser et espéraient ne jamais être repérés. Or c'était justement ce qui venait d'arriver. Pendant qu'il était à la bibliothèque, il s'était demandé comment c'était possible sans trouver la réponse. Il n'avait pas l'âme d'un héros, il voulait juste aider et avait immédiatement accepté quand Christian l'avait sollicité.

Il louait une chambre chez un couple âgé. En approchant de son immeuble, il se posta au coin de la rue pour surveiller les allées et venues. Sa chambre se trouvait au deuxième étage et donnait sur la rue. Il n'avait pas d'autre lieu où se réfugier. Ignorant les informations dont disposaient les nazis, il n'osait pas se rendre à l'endroit où il retrouvait ses camarades en secret. Il ne voulait pas aller chez ses amis de peur de les mettre en danger. Avec Christian, ils n'avaient pas encore discuté de la stratégie à adopter au cas où leurs activités seraient découvertes. Ils n'avaient mis au point aucun plan de fuite. Tout cela était pour eux encore tellement neuf et inconnu. Quelques mois plus tôt, les nazis avaient envahi le Danemark et mis la résistance en déroute. Christian, leur chef, ayant maintenant disparu, il avait l'impression d'être seul au monde. Il leva les yeux vers sa fenêtre et pensa à sa famille en Islande en se disant que tout ça le dépassait.

La vie suivait son cours ici comme ailleurs, les gens rentraient chez eux, les magasins fermaient. Il connaissait maintenant le bouquiniste qui le saluait, et le jeune étudiant qui se rendait à l'université tous les matins. Le boucher lui avait confié qu'il avait une tante en Islande et il avait rarement mangé des gâteaux aussi délicieux que ceux du pâtissier d'en face. Le matin, l'odeur de la brioche chaude flottait parfois dans la rue et montait jusqu'à sa chambre, annonçant une belle journée gorgée de soleil et de parfums. Il avait aimé Copenhague dès le premier jour. Mais aujourd'hui, maintenant que le soir tombait et que le couvre-feu imposé par les nazis s'abattait comme une chape de plomb, la guerre devenait presque palpable. Brusquement, la ville semblait se changer en une immense prison avec ses bâtiments inquiétants, et ses ruelles encaissées et sombres.

Il alluma une autre cigarette en pensant à sa fiancée, jamais elle ne lui avait autant manqué. S'il parvenait à se joindre à ce groupe d'Islandais, il serait sans doute sauvé. Il s'était inscrit sur la liste des passagers comme il l'avait promis à sa bien-aimée et savait que ses compatriotes quitteraient Copenhague le lendemain, depuis la rue Havnegade. Par instants, l'idée terrifiante que Christian ne supporte pas les interrogatoires avant qu'ils aient tous quitté la ville le tenaillait. Il savait parfaitement que ce n'était pas à son honneur et il en avait honte, mais désormais il s'agissait juste pour chacun de sauver sa peau.

Il resta encore un moment au coin de la rue, puis s'avança. C'est alors qu'il entendit des bruits de pas derrière lui.

2

Les autocars arrivaient les uns derrière les autres et descendaient jusqu'au port, légèrement à l'écart de la ville. La plupart des passagers avaient fait un long voyage. Partis du Danemark, ils avaient rejoint la Suède en bateau avant de la traverser pour atteindre la frontière finlandaise. Sur la dernière portion du trajet jusqu'à Petsamo, les véhicules avaient emprunté des routes défoncées, traversant les territoires où les Russes et les Finlandais s'étaient affrontés. Partout, on ne voyait que destruction, maisons éventrées et cratères d'obus dans les champs. Les voyageurs avaient pris des ferries et des trains dont les voitures étaient à peine plus confortables que des wagons à bestiaux et, pour la dernière partie du voyage, on les avait installés dans ces autocars pour les conduire de Rovaniemi à Petsamo, jusqu'à l'océan Arctique où attendait l'*Esja*, le paquebot qui les ramènerait en Islande. Les autocars atteignirent enfin le port et les quelque deux cent soixante passagers descendirent sous la neige. Ils s'étirèrent avant de récupérer leurs valises, leurs sacs et leurs baluchons pour les monter à bord. Soulagés d'avoir l'*Esja* devant eux, ils avaient l'impression d'être rentrés en Islande dès le pied posé sur le pont du navire.

Debout à côté de la passerelle d'embarquement, elle scrutait les voyageurs qui descendaient des véhicules, impatiente de retrouver son fiancé. Depuis de longs mois, il n'y avait eu entre eux que des lettres et une conversation téléphonique où elle avait à peine entendu sa voix. Elle était arrivée à Petsamo la veille avec d'autres Islandais désireux de regagner l'Islande après avoir travaillé en Suède un temps. Elle s'était réjouie en apprenant que les autorités allemandes en Norvège et au Danemark avaient autorisé ce voyage. Les ressortissants islandais qui le souhaitaient pouvaient rentrer chez eux et un navire était spécialement affrété à cet effet. Elle supposait que ce lieu à l'écart avait été choisi parce qu'il se trouvait en dehors des zones de combat et qu'une grande partie de la route pour y accéder traversait un pays neutre. Elle n'avait pas eu besoin d'y réfléchir à deux fois. En ces temps troublés, elle voulait être en Islande et nulle part ailleurs. Elle avait encouragé son fiancé à réserver lui aussi une place à bord. Dans sa dernière lettre, il lui avait promis de s'inscrire sur la liste. Quel soulagement! Elle se réjouissait à l'idée de le retrouver sur le navire qui les ramenait en Islande. Elle avait besoin de passer un peu de temps seule avec lui.

Comme elle ne le voyait pas, elle se faufila dans la foule qui envahissait la jetée et examina les alentours à sa recherche, le regard inquiet. Elle monta dans chacun des autobus sans le trouver, mais aperçut tout à coup un de ses camarades, également étudiant en médecine. Son cœur tressaillit, les deux jeunes hommes devaient voyager ensemble. Elle courut à sa rencontre et le salua alors qu'il se penchait pour attraper sa valise. Il la reconnut immédiatement et lui donna l'accolade, comme à une vieille amie, peut-être parce qu'ils étaient en terre étrangère et qu'ils s'apprêtaient à rentrer au pays. Elle comprit immédiatement à son expression qu'il y avait un problème.

– Il n'est pas avec toi? demanda-t-elle.

Le jeune homme fuyait son regard, l'air embarrassé.

– C'était prévu, mais…

– Mais quoi…?

– Je ne sais pas. Je l'ai attendu, mais il n'est pas venu. Et toi, il ne t'a pas donné de nouvelles?

– Non, répondit-elle, il devait me rejoindre ici pour qu'on rentre ensemble en Islande.

Le jeune homme l'entraîna à l'écart.

– Je ne sais pas si c'est vrai, mais… tu es au courant de ses activités à Copenhague? murmura-t-il.

– Ses activités? Enfin, il fait la même chose que toi!

- Oui, bien sûr, mais je me demande s'il faut croire ce que j'ai entendu. Il aurait été arrêté.
- Arrêté ?!
- Oui, les nazis l'auraient emmené.

3

Thorson avançait à pas pressés dans le couloir étroit. On l'avait prévenu qu'il devait faire vite. La victime de l'agression avait été transférée d'urgence à l'hôpital militaire du camp de Laugarnes, elle était grièvement blessée et on ignorait si elle passerait la nuit. Le chirurgien avait fait de son mieux, sans toutefois réussir à endiguer les hémorragies internes. L'aumônier catholique qui attendait dans le couloir pour lui donner les derniers sacrements indiqua à Thorson le chemin du bloc.

Le blessé était encore allongé sur la table d'opération, le chirurgien s'essuyait les mains lorsque Thorson entra dans la pièce. Les deux hommes se saluèrent. On avait administré à la victime de très puissants calmants mais, à en juger par ses gémissements, ils ne suffisaient pas à apaiser la douleur. Le médecin indiqua que le jeune homme était entre la vie et la mort. Les blessures nombreuses et profondes qu'on lui avait infligées avaient touché des organes vitaux et il n'y avait aucun moyen de le sauver. On l'avait attaqué avec un tesson de bouteille. Il avait trouvé un éclat de verre dans son œil droit.

Le chirurgien secoua la tête.

— J'ai fait tout ce que j'ai pu. Ce n'est pas le genre de chose qu'on voit tous les jours... c'est d'une... telle sauvagerie.

Il sortit une seringue de morphine, s'assura qu'elle ne contenait pas d'air et planta l'aiguille dans le bras de la victime.

— Il vous a dit quelque chose ?

— Non, il n'a pas pu nous parler de l'agression ni de ceux qui l'ont mis dans cet état.

Le patient poussa un profond soupir et sembla reprendre conscience. Sa tête était enveloppée de bandages çà et là imbibés de sang, qui ne laissaient voir que sa bouche et son

nez. Il agita la main et attrapa le bras de Thorson qui se pencha vers lui.
— … fa…
— Oui ?
— … con…

Incapable d'en dire plus, le jeune homme lâcha prise et laissa retomber son bras, épuisé. Thorson consulta le médecin du regard.

— Il délire. Il a tenté de nous dire quelque chose avant l'opération, mais ses paroles étaient incompréhensibles. Il a beaucoup de mal à s'exprimer.

— Évidemment.

Le médecin haussa les épaules.

— Ce n'est qu'une question de temps. Il ne va pas…

La porte du bloc s'ouvrit. Deux soldats firent rouler une civière jusqu'à la table d'opération et se préparèrent à emmener le jeune homme dans une chambre.

— Savez-vous s'il y a des témoins de cette agression ? s'enquit Thorson.

— Je l'ignore. Le soldat qui l'a découvert l'a accompagné dans l'ambulance. Il attend dans mon bureau. Il dit qu'il n'a pas vu l'agresseur. Ils étaient peut-être plusieurs. Ce pauvre garçon a tenté de se défendre, il a de profondes coupures aux bras et aux mains. Il est évident que…

— Oui ?

— Qu'il n'était pas censé survivre. D'ailleurs, il n'y survivra pas. C'est tout simplement une tentative de meurtre.

— Il était désarmé ?

— Oui, c'est ce que j'ai cru comprendre.

L'aumônier suivit les aides-soignants jusqu'au fond du couloir. Le chirurgien invita Thorson à l'accompagner dans son bureau où un jeune soldat se leva d'un bond en leur faisant un salut militaire. Le médecin annonça qu'il allait les quitter pour rentrer chez lui. Il enleva son tablier maculé de sang et sa combinaison tandis que Thorson observait le jeune militaire. Il devait avoir tout juste vingt ans. Son uniforme indiquait qu'il était simple soldat dans l'infanterie.

Il demanda immédiatement des nouvelles de la victime. L'événement l'avait manifestement bouleversé, mais il faisait de son mieux pour se comporter de manière virile.

— Quelle affreuse découverte, déclara Thorson en lui faisant signe de se rasseoir.

— Épouvantable, monsieur.

— Pouvez-vous me dire ce qui s'est passé ? Vous étiez seul ?

— Je rentrais du centre-ville. J'ai d'abord entendu quelque chose qui ressemblait à des miaulements et ça m'a intrigué. Je n'étais pas très loin de cette gargote, le Piccadilly. Le pauvre homme gisait dans l'herbe, à côté d'un bosquet. J'ai couru vers le bar pour appeler une ambulance et... enfin, il y avait du sang partout, c'était terrifiant.

— Il vous a expliqué ce qui est arrivé ?

— Non, il n'a pas dit un mot. Il a presque aussitôt perdu conscience.

— Et vous ne le connaissiez pas ? demanda Thorson.

— Non.

— Je peux voir vos mains ?

— Je ne lui ai pas fait de mal, assura le soldat en lui montrant ses mains exemptes de traces de lutte et d'égratignures. Je lui ai porté secours.

— Vous n'avez vu personne dans les parages qui aurait pu lui faire ça ?

— Non, il était allongé là, tout seul. Il n'y avait personne d'autre aux alentours.

— Vous avez eu l'impression qu'il sortait du Piccadilly ?

— Je ne vois pas comment je pourrais vous répondre.

Le médecin réapparut à la porte et regarda Thorson d'un air grave.

— C'est désormais plus qu'une simple agression, annonça-t-il. Mais je ne pensais pas qu'il s'en remettrait.

— Il est mort ?

— Oui. On n'avait aucune chance de le sauver. Absolument aucune.

4

Gudmunda louait un appartement à Bjarnarborg. Elle avait préféré prévenir la police, craignant qu'il ne soit arrivé quelque chose à l'une de ses amies dont elle était sans nouvelles. Certes, ce n'était pas la première fois qu'elle disparaissait ainsi, mais elle ne l'avait pas vue depuis un bon moment maintenant et son inquiétude grandissait, d'autant plus que cette amie avait l'habitude de fréquenter des soldats et qu'elle n'était peut-être pas très... regardante. Gudmunda mit du temps à trouver le terme adéquat et elle accentua le mot "regardante" comme s'il décrivait son amie à la perfection. Flovent l'écoutait en silence. Le commissariat de la rue Posthusstraeti l'avait envoyée au bureau de Frikirkjuvegur. C'est une affaire pour la Criminelle, lui avaient-ils dit, manifestement peu soucieux de l'aider.

Flovent était au téléphone avec Thorson, ils discutaient du meurtre commis à côté du Piccadilly quand Gudmunda était apparue à la porte. La cinquantaine, coiffée de son chapeau le plus chic et vêtue du seul manteau qu'elle possédait, elle baissait la plupart du temps les yeux sur le bureau plutôt que de regarder Flovent en lui racontant son histoire. Intimidée par l'autorité, elle s'excusa à deux reprises de venir l'importuner avec ces broutilles. Il avait sans doute assez à faire comme ça. La chevelure grisonnante et en désordre sous son chapeau, elle tenait un petit mouchoir qu'elle portait par intermittence à son nez. La saison avait été pluvieuse, elle s'était enrhumée. Les appartements sociaux de Bjarnarborg sont mal isolés, avait-elle précisé quand Flovent s'était enquis de son état de santé.

— Et quelles sont exactement vos relations avec cette femme ? demanda-t-il.

– Elly ? En fait, il m'arrive de l'héberger, répondit Gudmunda. Je lui prête une chambre ou disons plutôt un petit cagibi où la malheureuse peut se reposer. Voilà tout.
– Elle vous paie un loyer ?
– Pas vraiment, disons qu'elle me donne quelque chose.
– Et elle vous doit de l'argent ?
– Eh bien, puisque vous me posez la question, oui, et donc… enfin, je serais très reconnaissante si vous la retrouviez pour que… voyez-vous, j'aimerais être sûre qu'il ne lui est rien arrivé.
– Vous ne croyez pas qu'elle est juste repartie chez elle ? Vous m'avez bien dit qu'elle était originaire du fjord de Skagafjördur ?
– Je ne crois qu'elle soit rentrée là-bas. Elle ne veut plus jamais retourner dans le Nord.
– Vous n'avez pas vérifié ?
Gudmunda secoua la tête. Son teint pâle et gris, ses poches sous les yeux, son gros nez épaté et sa bouche tombante lui donnaient un air fatigué et triste.
– Vous dites qu'elle fréquente des soldats. Qu'entendez-vous au juste par là ? demanda Flovent.
Gudmunda toussota, réajusta son chapeau avant de lui expliquer qu'elle avait rencontré Elly, sans logis et hagarde, à la fin de l'année précédente. En réalité, elle l'avait trouvée couchée dans le caniveau près de Bjarnarborg et l'avait prise en pitié. La pauvre femme n'avait nulle part où aller, elle buvait, faisait constamment la bringue et semblait gagner sa vie en couchant avec des militaires. En outre, elle ne refusait aucun cadeau quand ils s'amusaient avec elle, que ce soit de l'alcool fort ou des cigarettes. Elle rapportait parfois du lard et des boîtes de conserve à Bjarnarborg. Certaines choses avaient bon goût, d'autres moins. Les *baked beans*, ces haricots blancs cuits à la sauce tomate, étaient immangeables. Il était inutile d'essayer de la convaincre de changer de mode de vie. Gudmunda avait rapidement renoncé à lui faire entendre raison, mais il lui arrivait de s'inquiéter. Elle lui avait demandé si elle n'avait pas peur de

ces soldats et si elle ne craignait pas de se mettre en danger en les fréquentant ainsi, seule et sans défense.

— Vous avez déjà hébergé des femmes comme elle dans le passé ? demanda Flovent.

— Vous voulez dire des femmes de mauvaise vie ? répondit Gudmunda en se frottant le nez. Non, ce n'est pas dans mes habitudes. Je ne suis pas l'Armée du Salut. J'ai eu pitié d'elle, voilà tout. Ça fait un bon moment que je ne l'ai pas vue, maintenant, et je me pose des questions. Il n'y a peut-être aucune raison de se faire du souci. Elle est assez grande pour mener sa barque toute seule. Je me fiche de l'argent qu'elle me doit, c'est pour elle que je m'inquiète. J'espère qu'elle va bien et que vous allez la retrouver.

— Est-ce qu'il lui arrivait d'amener des soldats chez vous ? s'enquit Flovent.

— Non, jamais. D'ailleurs, je le lui avais interdit. Je ne veux pas voir ces gens-là. Je ne veux pas les voir.

— Vous dites qu'elle n'était pas regardante, reprit Flovent, que voulez-vous dire ?

Le téléphone se mit à sonner sur son bureau.

Il posa la main sur le combiné et attendit que Gudmunda lui réponde pour décrocher. Voyant qu'elle hésitait, il la pria de l'excuser. L'appel provenait d'un collègue du commissariat de Posthusstraeti.

— Flovent, c'est juste pour te dire que le gars que nous recherchons a été retrouvé par des pêcheurs dans la crique de Nautholsvik.

— Ah bon ?

— Les collègues pensent que c'est bien lui. Apparemment, il s'est noyé. En tout cas, le signalement correspond. C'est un homme blond avec une veste en tweed.

— Dis-leur de ne toucher à rien.

— Tu veux que je prévienne la famille ?

— J'irai voir sa femme dès que nous en saurons plus.

Il raccrocha, se leva et prit son imperméable. Gudmunda semblait rivée à sa chaise. Flovent lui annonça que malheureusement il devait partir.

— Elle m'a dit qu'elle a couché deux ou trois fois avec des officiers, reprit Gudmunda en se levant avec difficulté. Les autres sont de simples soldats et il y en a qui ne sont pas corrects. Elle fait ça avec une fille qui vit dans le quartier des Polarnir, une certaine Klemensina.
— Pas corrects ?
— Non, parfois ils sont deux ou trois en même temps, poursuivit-elle en reniflant. Cette pauvre Elly n'est vraiment pas regardante.

5

Au sud du nouvel aéroport construit par l'armée britannique dans le marais de Vatnsmyri se trouvait une jolie plage de sable. Il y avait également là un port destiné aux hydravions protégé par de hautes digues en terre. Les jours de grand soleil, on y voyait parfois des gens pique-niquer, coiffés d'un chapeau et allongés sur des couvertures posées à même le sable. Mais en cette journée d'avril maussade, il n'y avait personne sur la plage hormis les policiers. Flovent se gara et descendit rejoindre ses trois collègues en uniforme penchés sur le corps rejeté par la mer. Deux autres hommes en chandail de marin, chaussés de cuissardes et coiffés d'un bonnet en laine, discutaient en fumant à proximité. Ils levèrent les yeux à l'approche de Flovent et l'observèrent tandis qu'il parlait aux trois policiers et s'agenouillait auprès du corps qui gisait sur le ventre, le visage enfoncé dans le sable.

Quelques instants plus tard, un autre véhicule arriva sur les lieux. Vêtu d'un imperméable et coiffé d'un sixpence, le conducteur sortit de l'habitacle un trépied et un gros appareil photo qu'il installa à côté du corps dont il prit deux clichés. Il déplaça le trépied, changea de pellicule et fit deux autres photos. La mer montait. Bientôt, elle viendrait recouvrir l'endroit où ils se trouvaient. Un sixième homme se joignit au groupe, corpulent, la pipe à la bouche. Le médecin du district de Reykjavík venait de rédiger le certificat de décès et concluait à une mort par noyade.

– Ça me paraît évident, annonça-t-il en mordillant sa pipe.

Lorsque le photographe eut pris quelques clichés supplémentaires, Flovent retourna le corps. Tous découvrirent le visage presque méconnaissable de la victime, rongé par l'océan. L'homme portait une veste en tweed et une chemise blanche déboutonnée. Il n'avait plus qu'une seule chaussure, à la semelle usée. Les vêtements correspondaient au signalement donné par sa femme. Des algues étaient collées à ses cheveux blonds. Le photographe prit trois autres photos avant de replier son trépied.

— Ce sera prêt ce soir, promit-il en guise d'au revoir, peu loquace, comme à son habitude. Flovent voulait que la Criminelle dispose de clichés des scènes de crime ou des lieux qui avaient été le théâtre d'événements suspects. L'administration avait constitué une base contenant les photos des délinquants notoires et des bâtiments ravagés par des incendies. Il plongea la main dans la poche de la victime où il trouva un porte-clefs avec trois clefs, un mouchoir, un briquet et un portefeuille contenant une photo de son épouse. C'était elle qui avait signalé la disparition.

— Vous pouvez me dire combien de temps il est resté dans l'eau ? demanda-t-il au médecin. Nous le recherchons depuis à peu près deux semaines.

— Eh bien, vous êtes mieux placé que moi pour le savoir. Le corps est très abîmé. C'est bien possible qu'il ait passé tout ce temps dans l'eau.

Flovent scruta l'estran et la plage légèrement en surplomb. Tout indiquait que l'homme s'était noyé. Accident ou suicide. L'événement n'avait pas forcément eu lieu dans la crique de Nautholsvik. Le corps avait été pas mal bringuebalé par la mer et la dernière marée avait dû le rejeter sur la côte. Il était en tout cas impossible qu'il soit ici depuis longtemps : les aviateurs britanniques ou les promeneurs l'auraient forcément remarqué. Flovent prit une poignée de sable qu'il laissa filer entre ses doigts. La présence de ce corps vêtu d'une veste en tweed avait quelque chose d'incongru, rien ne le rattachait à cette crique, à cette digue de terre, à la mer et à ces nuages bas. On l'aurait dit tombé du ciel.

— Ils commencent à s'impatienter et voudraient bien rentrer, murmura un des policiers en désignant les deux hommes en cuissardes qui continuaient à fumer sur le sable mouillé. Flovent hocha la tête, alla les rejoindre et les salua.

— On m'a dit que c'est vous qui avez découvert le corps. Vous l'avez vu depuis votre barque ?

— Nous avons aperçu une masse sur le rivage, répondit le premier. Haukur a pris les jumelles. Il a tout de suite pensé que c'était un homme et, quand nous nous sommes approchés, eh bien… malheureusement ses craintes se sont confirmées.

— C'est votre barque ? s'enquit Flovent, l'index pointé sur la belle embarcation à rames qu'ils avaient remontée à terre.

— On pose parfois nos filets dans les parages, répondit Haukur en se grattant la tête sous son bonnet en laine, sa paire de jumelles au cou.

Un avion de l'armée britannique sur le point d'atterrir apparut dans le ciel. Ils attendirent que le bruit assourdissant se soit dissipé au-dessus de la digue en terre. Les deux pêcheurs expliquèrent qu'ils partaient de la crique de Grimstadavör. Ils avaient eu des problèmes parce qu'ils se servaient de leurs jumelles à proximité de l'aéroport.

— Comme si on était des espions, s'agaça Haukur. Les Anglais étaient vraiment contrariés. Quand ils ont vu les lentilles scintiller au soleil, ils sont venus nous rejoindre en bateau et ont voulu nous prendre les jumelles.

— Qu'est-ce que vous leur avez dit ?

— Que je les emportais pour observer les oiseaux et que ça ne les regardait pas.

— Haukur s'intéresse beaucoup aux oiseaux, glissa son camarade.

— Je comprends, répondit Flovent. Il observait la crique et la pointe de Karsnes en se demandant si le corps avait dérivé depuis là-bas. Il prévoyait de se documenter sur la météo des jours précédents, la force et la direction du vent, ainsi que sur les courants marins. Vous n'avez pas touché au corps, n'est-ce pas ?

— Bien sûr que non. Nous sommes montés directement aux baraquements militaires pour appeler la police.

– Vous avez vu quelqu'un d'autre traîner dans les parages ?
– Non, personne. Pourquoi cette question ? Cet homme s'est juste noyé, non ?
– C'est l'hypothèse la plus probable.
– Vous croyez que quelqu'un l'aurait agressé ?
– Nous n'avons aucun indice allant dans ce sens, assura Flovent. Nous ignorons si cet homme est tombé à la mer ici ou ailleurs sur la côte. Vous connaissez mieux que moi les questions de courants, de vents et de marées.
– Le vent est orienté au sud-ouest depuis plusieurs jours. Quand c'est comme ça, la mer rejette dans cette crique des tas de saletés qui flottent dans le golfe de Faxafloi, répondit Haukur en regardant les hommes qui venaient d'arriver pour emmener le corps sur une civière.

Flovent nota le nom des deux pêcheurs et les remercia. Il les observa tandis qu'ils remettaient leur barque à l'eau et s'éloignaient du rivage à la rame. Quelques soldats des troupes aéroportées britanniques installées dans les baraquements de Nautholsvik s'étaient massés, curieux, sur la digue. Flovent se souvint que Winston Churchill était passé ici à l'occasion de sa visite imprévue deux ans plus tôt. Il revenait de sa rencontre avec le président Roosevelt à proximité de Terre-Neuve et avait fait une brève escale en Islande pour visiter les installations militaires, et en particulier la base navale du fjord de Hvalfjördur. Flovent avait vu son apparition sur le balcon du Parlement. Le visage lunaire et l'air las, il avait salué la foule assemblée sur la place d'Austurvöllur.

– Ils peuvent l'emmener ? demanda le policier qui tentait d'attirer son attention, l'index pointé vers les ambulanciers.

– Oui, répondit Flovent, reprenant ses esprits. Amenez-le à la morgue de l'Hôpital national.

Tandis qu'il les regardait remonter vers l'ambulance, il pensait aux deux pêcheurs, à celui qui observait les oiseaux et à la question de l'espionnage ici comme en d'autres lieux stratégiques en Islande. Le défunt avait-il trouvé la mort sur cette plage ou avait-il dérivé jusqu'ici, porté par les courants marins ? Flovent savait juste que le moment était venu d'aller voir sa veuve pour lui annoncer la mauvaise nouvelle.

6

Debout sur la jetée de cette ville finlandaise isolée et glaciale baignée par l'océan Arctique, elle était abasourdie, refusant de croire ce que ce jeune homme venait de lui annoncer. Peut-être avait-elle mal entendu à cause du bruit alentour.

Les passagers des autocars montaient leurs bagages sur l'*Esja*. Le navire ne s'attarderait pas à Petsamo, il devait absolument lever l'ancre dès que tout le monde serait à bord. On leur avait demandé de se dépêcher. L'*Esja* avait déjà fait escale à Trondheim alors qu'il faisait route vers la Finlande et il avait été retardé dans les fjords norvégiens. Des STUKA lui avaient barré la route et l'avaient escorté de force jusqu'au port le plus proche. Les bombardiers allemands avaient fait feu et les balles avaient frôlé la proue du paquebot, semant la panique parmi l'équipage. Quatre jours durant, le commandant avait dû se débattre avec les autorités allemandes avant qu'elles ne reconnaissent avoir commis une erreur et ne l'autorisent à poursuivre sa route vers la Finlande. Le navire attendait l'arrivée des passagers depuis plusieurs jours. Personne n'avait envie de s'attarder à Petsamo, tous désiraient rentrer au plus vite en Islande.

Les matelots aidaient les arrivants à trouver une place pour la traversée. Ils les guidaient à travers les étroits couloirs du navire dont chaque mètre carré était mis à profit pour accueillir les passagers. Les cabines étant bondées, on avait dû mettre des matelas pour beaucoup de gens dans les cales et les couloirs, et jusque dans le réfectoire. Pendant que tous s'installaient, on hissait à bord de nouvelles provisions. Les douaniers inspectaient les bagages et vérifiaient les documents de voyage.

— Qu'est-ce que tu racontes ? demanda-t-elle. Pourquoi tu dis que… que les nazis l'ont emmené ? Comment… ?

Le jeune homme qui lui avait annoncé la mauvaise nouvelle secoua la tête comme s'il ne comprenait pas non plus ce qui était arrivé.

– J'ai entendu dire que deux étudiants en médecine ont été emmenés pour être interrogés. Christian Steensrup et Osvaldur. Je n'en sais pas plus. Les étudiants en parlaient entre eux. Les Allemands ont d'abord arrêté Christian, puis Osvaldur et peut-être même quelques autres. C'est tout ce que je sais. J'ai appris ça le jour où nous sommes partis de Copenhague. Je n'en ai parlé à personne, d'ailleurs... d'ailleurs, je n'ai aucune preuve que c'est vrai, si ce n'est qu'Osvaldur n'est pas venu au rendez-vous...

– Il devait me rejoindre avec votre groupe.

– Oui, je sais. Je suis désolé, je ne savais pas que tu serais ici. Je ne m'attendais pas à devoir t'annoncer cette nouvelle.

Elle le dévisageait.

– Tu crois que c'est vrai ? Tu crois vraiment qu'ils l'ont arrêté ?

Le jeune homme haussa les épaules. Il lui avait dit tout ce qu'il savait. Elle se rappelait l'avoir vu à la faculté de médecine. Il avait environ deux ans de plus qu'Osvaldur et devait être en dernière année. Elle ne savait plus exactement s'il s'appelait Valdimar ou Ingimar. Ils s'étaient également croisés à des réunions d'Islandais à Copenhague, la première fois à l'occasion d'une soirée consacrée à la lecture de livres récemment parus en Islande et la seconde à l'arbre de Noël des étudiants de médecine. Osvaldur était avec elle chaque fois. Il lui avait dit que c'était un brave garçon.

– Comment est-ce que je peux en avoir la confirmation ? demanda-t-elle, répondant elle-même à sa question, les yeux levés sur l'*Esja*.

Elle se pressa vers la passerelle d'embarquement en se frayant un chemin à travers la foule. Dès qu'elle fut à bord, elle demanda à un matelot si elle pouvait voir le capitaine. C'était urgent. Le matelot la pria de le suivre, ils traversèrent le réfectoire et montèrent à la passerelle de commandement. On les informa que le capitaine était dans sa cabine. Le matelot lui indiqua le chemin. Elle devait dépasser la salle du télégraphe, puis longer le couloir qui se trouvait à droite. Elle suivit ses instructions et croisa l'homme qu'elle cherchait alors qu'il sortait de sa cabine. Elle se présenta. Le capitaine remarqua tout de suite son air inquiet. Elle lui expliqua la situation. Un passager, son ami, ne s'était pas présenté à Petsamo. Quelqu'un lui avait dit qu'il avait été arrêté par les Allemands à Copenhague. Le capitaine comprit immédiatement et l'invita à le suivre. Quelques instants plus tard, il avait trouvé le responsable des transmissions et tous trois se dirigeaient vers la salle du télégraphe. Elle essaya de formuler sa demande en route afin qu'il n'y ait aucune ambiguïté. Comment allait-elle s'y prendre pour demander si son fiancé avait bien été arrêté par les nazis? Le capitaine la tira d'embarras et rédigea avec elle un télégramme destiné à l'ambassade islandaise de Copenhague:

PASSAGER MANQUANT. OSVALDUR M. ARRÊTÉ À COPENHAGUE? CONFIRMEZ, SVP. ESJA. PETSAMO.

— Ils devraient nous répondre d'ici peu, promit-il. Je suis sûr que votre ami va bien. Ne vous inquiétez pas inutilement. Attendons de voir ce que dit l'ambassade.

Elle esquissa un sourire, heureuse de sa réaction. Cet homme avait pris l'affaire en main et faisait tout pour lui être agréable. Il y avait quelque chose de réconfortant à se faire aider par des compatriotes. Le capitaine attendit d'avoir envoyé le télégramme pour lui poser quelques questions sur Osvaldur et la nature de leurs relations. Elle répondit qu'ils étaient fiancés. Elle avait quitté Copenhague et s'était installée en Suède où elle avait effectué une spécialisation pour compléter ses études d'infirmière. Les Allemands avaient alors occupé le Danemark et elle n'y était pas retournée, surtout parce que son ami lui avait enjoint de rester à l'abri en Suède.

Elle n'expliqua pas pourquoi Osvaldur tenait autant à ce qu'elle reste là-bas, mais la raison semblait évidente : le Danemark était occupé par l'armée allemande. Ils s'étaient rencontrés à l'Hôpital national de Copenhague, Osvaldur était interne en médecine et elle infirmière. Elle avait remarqué la manière dont il s'adressait aux patients, il n'était pas indifférent à leur sort et se souciait sincèrement de leur santé. Il prêtait une oreille attentive à leurs inquiétudes et à leurs angoisses, et faisait de son mieux pour les apaiser. Les jeunes internes se montraient rarement aussi proches et compréhensifs, ils ne faisaient pas preuve d'une aussi grande maturité dans leurs échanges avec les malades. Osvaldur était sérieux et posé, elle avait imaginé qu'il avait été élevé par des gens âgés. Elle avait entendu dire qu'il avait étudié au lycée de Reykjavík. Un soir, alors qu'ils étaient de garde tous les deux, elle lui avait demandé si ses parents vivaient à Reykjavík. Il était originaire d'Isafjördur, mais avait passé une grande partie de son enfance chez ses grands-parents, dans le fjord de Breidafjördur. Il avait fini par lui dire qu'il avait perdu sa mère alors qu'il avait à peine dix ans. Son père, un marin, l'avait laissé chez ses grands-parents, puis il était allé à Reykjavík pour son entrée au lycée. Il souhaitait se spécialiser en ophtalmologie. Parce que les yeux sont le miroir de l'âme, lui avait-il dit en souriant d'un air timide. Cette timidité l'avait séduite. Elle n'attestait pas d'un manque de confiance en soi, mais indiquait surtout qu'il n'avait pas l'habitude de voir une femme s'intéresser à lui.

Le capitaine continuait à la réconforter devant le local des transmissions. Le radiotélégraphiste les pria de patienter quelques instants. L'ambassade d'Islande à Copenhague envoyait sa réponse. L'opérateur la prit en note et la remit à son supérieur qui la lut rapidement et tendit aussitôt le papier à la jeune femme.

CONFIRMÉ. ISLANDAIS ARRÊTÉ POUR MOTIF INCONNU. ATTENDONS PRÉCISIONS.

— Donc, c'est bien vrai, murmura-t-elle.
— Ce doit être un malentendu que notre ambassade va rapidement dissiper, tenta de la rassurer le capitaine en voyant combien la nouvelle l'affectait.
— Non, répondit-elle, ce n'est pas un malentendu. Malheureusement. Ils savent exactement ce qu'ils font. Ils l'ont pris.
— Pris ?
Elle ne lui donna pas d'explications. Et il ne lui en demanda aucune.
— Je crains que nous ne puissions pas faire grand-chose de plus pour vous, reprit-il. Nous allons bientôt lever l'ancre. Il va de soi que nous vous informerons si nous recevons d'autres nouvelles de l'ambassade.
— Bien sûr, répondit-elle, pensive, en pliant le message pour le ranger dans sa poche. Merci beaucoup. Merci infiniment.

La seule solution qui s'offrait à elle était de rentrer en Islande. Assise seule dans sa cabine, le message à la main, elle sentit le navire accélérer. L'*Esja* s'éloignait du quai et se dirigeait vers l'embouchure du fjord de Petsamo. Elle n'avait pas envie d'assister au départ comme tant de passagers restés sur le pont malgré le froid glacial pour regarder la terre disparaître peu à peu derrière l'horizon. Elle partageait sa cabine avec d'autres femmes qu'elle n'avait pas encore vues. Sans doute étaient-elles encore sur le pont. Elle ne cessait de relire le télégramme de l'ambassade en pensant à Osvaldur. Où était-il ? Que pensait-il ? Ils auraient dû être ensemble à bord de ce bateau. Elle s'était tellement réjouie de le retrouver. Ils avaient tant de choses à se dire, tant de choses à se confier. Il lui avait terriblement manqué, mais elle s'était consolée à l'idée que, bientôt, ils rentreraient ensemble en Islande. Elle n'avait maintenant plus aucun moyen d'apaiser la douleur de son absence, le poids qui lui lestait le cœur et l'angoisse qui lui serrait la poitrine.

Il ne lui restait que ses souvenirs. Autrefois si proches et joyeux. Désormais si lointains et tristes.

Elle lui avait acheté un cadeau avant de partir en Suède. Ils étaient passés devant la petite boutique d'un buraliste rue Sankt Peders stræde, pas très loin de l'endroit où Jonas Hallgrimsson, le grand poète du XIXe siècle, s'était cassé la jambe et avait attendu la mort avec fatalisme. Osvaldur lui avait montré le grenier d'un bâtiment en expliquant que Jonas avait toujours eu le sentiment qu'il mourrait jeune, et qu'il avait accepté son sort.

Il lui avait demandé de patienter devant la boutique pendant qu'il allait acheter du tabac. Il avait commencé à fumer au lycée. N'ayant pas envie d'attendre dehors, elle était entrée dans la boutique. Le buraliste s'apprêtait à servir Osvaldur. Son fiancé s'était retourné vers elle et lui avait souri en s'efforçant d'attirer son attention en catimini sur la toute petite tête du commerçant et son imposante moustache. Elle avait souri et avait voulu lui acheter un petit quelque chose en souvenir de cette journée et de leur séjour au Danemark. Peut-être l'avait-elle fait par mauvaise conscience. Ils n'étaient pas très riches et, après un bref instant de réflexion, elle se souvint qu'il n'avait jamais d'allumettes sur lui. Elle décida donc de lui acheter un briquet bon marché orné des armoiries danoises.

— Mais moi, je ne ferai jamais ça, avait poursuivi Osvaldur en la serrant dans ses bras dès qu'ils étaient ressortis du magasin.

— Quoi donc ?

— Accepter la mort.

7

En revenant de Nautholsvik, Flovent alla voir la femme, qui accueillit la nouvelle avec fatalisme.
Il n'eut pas besoin de lui dire quoi que ce soit.
– Vous l'avez retrouvé, n'est-ce pas ? demanda-t-elle dans l'embrasure de la porte devant son air grave. Elle s'attendait à recevoir sa visite tôt ou tard, si ce n'était ce jour-là, le lendemain, si ce n'était cette semaine, la suivante.
Flovent hocha la tête.
Elle l'invita à entrer. Il s'installa à la même place dans le salon que lors de sa précédente visite. Elle tenait avant tout à lui témoigner sa gratitude. Elle était également reconnaissante à ceux qui avaient pris part aux recherches, qu'ils soient policiers, scouts ou simples citoyens, et à tous ceux qui lui avaient apporté leur soutien depuis qu'elle s'était rendue au commissariat de Posthusstraeti, deux semaines plus tôt, pour signaler que son mari n'était pas rentré à la maison.
– Je suis heureuse que vous l'ayez trouvé, confia-t-elle à Flovent après un silence.
Il lui avait raconté les conditions de la découverte du corps. Deux pêcheurs l'avaient aperçu, couché sur le ventre, sur la plage de sable de Nautholsvik, c'étaient eux qui avaient prévenu la police. Le corps ne présentait aucune blessure suspecte, il était juste mis à mal par son séjour dans l'eau. On n'avait décelé aucune trace de violence. Sans doute son époux s'était-il jeté à la mer, comme ils l'avaient déjà évoqué. On avait passé au peigne fin les rivages de toute la baie de Reykjavík, et des bateaux avaient fouillé la côte à sa recherche.
Quand elle s'était résignée à faire part de ses inquiétudes à la police et était allée signaler sa disparition au commissariat, elle n'avait pas vu son époux depuis trois jours.

Manfred était parti au bureau comme chaque matin et elle avait pris le bac pour Akranes, où elle allait travailler une fois par mois. Lorsqu'elle était rentrée, deux jours plus tard, il n'était pas à la maison. Employé dans une compagnie d'assurances, il quittait son bureau entre six et sept heures. La soirée avait passé et elle était partie prendre sa garde de nuit vers huit heures sans avoir aucune nouvelle de lui. Infirmière chez les nonnes de l'hôpital de Landakot, elle avait commencé à s'inquiéter, c'était la première fois que cela arrivait. En rentrant chez elle le lendemain matin, elle avait posé quelques questions plutôt vagues aux collègues de son mari, à leurs connaissances et amis en s'efforçant de dissimuler ses inquiétudes. Elle avait confié à Flovent qu'elle n'avait pas voulu alarmer les gens en les laissant imaginer que leur relation battait de l'aile car ce n'était pas du tout le cas.

Vers midi, renonçant à faire comme si tout allait bien, elle avait compris qu'elle ne pouvait plus attendre et était allée voir la police qui avait aussitôt lancé des recherches. Les journaux avaient publié des photos de son mari et la radio avait diffusé son signalement. Ses collègues ignoraient où il se trouvait. Ils avaient pensé qu'il était malade et s'étonnaient qu'il n'ait pas prévenu de son absence. Il avait dû oublier de le faire, se disaient-ils, même s'ils trouvaient que c'était étrange venant d'un homme ponctuel, travailleur et fiable comme lui.

— Non, nous n'avons jamais eu de problèmes, avait-elle répondu à Flovent quand il était venu la voir au début de l'enquête. J'espère que vous n'insinuez pas que...

Flovent lui avait présenté ses excuses. Son intention n'était pas de la froisser.

— Des événements pareils sont des épreuves terribles pour les proches, bien sûr, avait-il poursuivi, et je n'ai pas voulu insinuer quoi que ce soit qui puisse... qui puisse vous blesser.

— C'est tellement dur de ne pas savoir, lui avait-elle confié un peu plus tard, voyant que les recherches piétinaient.

Désormais, elle savait. Flovent la sentait apaisée. Assise face à lui dans son salon, elle l'écoutait posément parler de Nautholsvik. Même si son visage portait les traces de la fatigue et de la tristesse avec lesquelles elle se débattait depuis des jours, elle conservait sa dignité en lui disant sa reconnaissance envers la police pour avoir trouvé le corps.

– C'est un soulagement, c'est sûr, reconnut Flovent, s'efforçant de la réconforter. Le corps a été transféré pour être autopsié à l'Hôpital national. C'est la procédure habituelle. Nous vous préviendrons quand ce sera terminé. Ça devrait être assez rapide. Vous pouvez donc commencer à préparer l'enterrement. Nous vous demanderons de venir à la morgue pour procéder à l'identification. Je peux vous accompagner si vous le souhaitez.

Plus jeune que Flovent de quelques années, elle avait tout juste la trentaine et s'appelait Agneta. Elle avait affronté ces moments difficiles avec courage, s'était toujours montrée reconnaissante, ne s'était jamais plainte, avait suivi l'enquête de près et pleinement participé aux recherches qu'elle n'avait pas abandonnées, même après leur fin officielle. Flovent admirait sa persévérance.

– Nous avons trouvé ça dans ses poches.

Il posa le briquet, le porte-clefs, le mouchoir humide et le portefeuille mouillé sur la table basse.

– Des billets sont encore dedans, précisa-t-il.
– Ah bon, répondit-elle d'un air absent, et donc...?
– Cela exclut l'agression pour vol. Tout va dans le même sens. Tous les indices dont nous disposons prouvent qu'il s'agit d'un accident ou d'un suicide. Je suis désolé.
– Merci, répondit Agneta, merci pour tout.
– Il est peut-être tombé dans le port. Vous savez s'il avait à faire là-bas? Ou s'il lui arrivait de se promener le long du rivage?
– Oui, il aimait se promener, seul ou avec moi. On allait jusqu'à l'îlot de Grotta et dans les environs. Par contre, je ne vois pas ce qu'il serait allé faire sur le port.

– Vous avez dit n'avoir remarqué aucun signe indiquant qu'il s'apprêtait à commettre l'irréparable. Selon vous, il lui arrivait d'être silencieux et solitaire, mais cela ne durait jamais très longtemps et il s'épanouissait dans son travail.

– Je pensais que ces silences n'avaient pas d'importance. Mais en y réfléchissant, et avec la douleur, on envisage les choses sous un autre angle. On voit des signes qui nous ont échappé. Des détails flous deviennent brusquement plus nets, si vous comprenez ce que je veux dire.

– Certains sont désemparés après ce type de drame car ils n'ont rien vu venir. Les gens qui ont des idées noires ont tendance à les cacher. Elles leur viennent parfois d'un seul coup. Tout est possible. On est très souvent démuni et incrédule face à un suicide.

Flovent avait une certaine expérience dans ce domaine. Ces mots de réconfort, il les avait prononcés devant plusieurs familles. Il savait que les proches avaient souvent mauvaise conscience même s'ils n'étaient en rien responsables.

Il resta encore un moment chez elle, puis se leva en lui disant de ne pas hésiter à l'appeler s'il pouvait faire quelque chose pour elle. Elle le raccompagna à la porte. Il l'encouragea à contacter sa famille et à demander à ses proches de venir passer quelques jours chez elle. Cela lui permettrait de se confier. Peut-être pouvait-elle aussi s'adresser à un pasteur si elle pensait que cela la soulagerait. Ils se serrèrent la main. Elle le remercia de sa sollicitude et du réconfort qu'il lui avait apporté.

8

Il y avait rue Raudararstigur une gargote minable qui proposait des plats tout à fait ordinaires. Une odeur de poisson bouilli et de saucisses flottait à l'intérieur, mêlée à celle du tabac et de la moisissure. Les chaises et les bancs récupérés ici et là gisaient éparpillés sur le sol après la nuit de fête. Cette ancienne écurie avait été transformée trois ans plus tôt, peu après l'arrivée de l'armée britannique en Islande. On y sentait encore l'odeur du crottin de cheval, et les vieilles rosses du pré de Klambratun venaient parfois traîner à côté du bâtiment désormais destiné aux humains. On avait habillé les murs de lambris, consolidé le toit, posé un nouveau plancher et badigeonné les murs d'une peinture aussi surprenante que fade, volée sur une frégate britannique. Le nom de l'établissement, maladroitement tracé au pinceau au-dessus de la porte, était supposé apaiser le mal du pays des jeunes militaires qui le fréquentaient. Piccadilly. On l'avait conservé même si la majeure partie des troupes britanniques avaient quitté l'Islande, relayées par les Américains. Le Piccadilly, que les nouveaux venus ne tardèrent pas à surnommer le Pick-a-dolly, accueillait surtout les simples soldats. Le bruit des soirées agitées résonnait souvent dans le pré de Klambratun et dans le quartier de Nordurmyri. Le propriétaire avait obtenu la licence nécessaire par le biais d'un cousin bien placé à la municipalité, il s'approvisionnait en alcool auprès de l'armée elle-même et son frère fabriquait une excellente gnôle qui réchauffait délicieusement le gosier des clients.

Les petits magasins d'appoint et les gargotes comme le Piccadilly fleurissaient aux abords des camps militaires sans que certains de leurs propriétaires prennent la peine de demander les autorisations requises. Ils étaient régulièrement le théâtre de bagarres entre les soldats et la population locale. On appelait alors sur les lieux la police militaire et les forces de l'ordre islandaises qui venaient séparer les fauteurs de troubles en fonction de leur nationalité et les emmenaient passer la fin de la nuit en cellule. Les soldats étaient transférés rue Kirkjusandur et les Islandais finissaient le plus souvent au sous-sol du commissariat de Posthusstraeti. C'est ainsi que les choses s'étaient déroulées pour le soldat défiguré, emmené à l'hôpital du camp de Laugarnes. Une bagarre avait éclaté, sans doute pour une histoire de femmes. La police avait mis fin à la fête et interrogé les quelques clients qu'elle avait pu interpeller, la plupart s'étant évanouis dans la nuit dès qu'ils avaient eu vent de l'agression. Aucun ne reconnaissait avoir été témoin d'une bagarre, tous affirmaient n'être au courant de rien. Flovent s'était rendu sur les lieux et avait noté leurs noms avant de les renvoyer chez eux. Le soldat n'avait toujours pas été identifié. Non seulement il était défiguré, mais il n'avait pas au cou la plaque que portaient tous les militaires, ce qui compliquait les choses.

Quand Thorson arriva rue Raudararstigur, il trouva le patron derrière le bâtiment, en train d'uriner contre un mur à côté d'un tonneau d'essence découpé en deux dans le sens de la longueur et surmonté d'une grille. Le fond du tonneau contenait quelques cendres. Il supposa que les soldats avaient fabriqué ce barbecue de fortune pour montrer au maître des lieux comment griller la viande à l'américaine.

Il se présenta au patron qui remonta sa braguette, mal dégrisé, débraillé, en laissant ses bretelles retomber sur ses hanches. Le propriétaire de la gargote semblait dubitatif face à cet homme en uniforme de la police militaire qui parlait parfaitement sa langue.

— Je suis islandais d'Amérique, précisa Thorson.
— Vous venez pour le soldat d'hier soir ?
— Oui, il est décédé à l'hôpital.
— Ah bon ?! Mauvaise nouvelle.
— En effet, très mauvaise nouvelle.

— Je les laisse faire du feu là-dedans, indiqua le patron, voyant que Thorson s'intéressait au tonneau. Ce sont de braves garçons qui aiment s'amuser dès qu'ils sont en permission. Ce truc-là leur permet de se réchauffer. Ils appellent ça un barbecue, c'est typique de chez eux. Ils y font griller leur viande. Comme je disais, ils aiment s'amuser.
— Oui, je connais. Dites-moi, la soirée d'hier a été sacrément animée.
— Pas plus que d'habitude, répondit le patron. Son prénom était Benedikt, mais tous l'appelaient simplement Bensi. Plutôt petit, d'un abord sympathique, il avait le front bas, ce qui augmentait encore le volume de son épaisse chevelure rabattue en arrière.
— Tout le monde a été surpris de voir ce jeune homme se précipiter ici en exigeant qu'on appelle la police et une ambulance. Ce n'est pas dans nos habitudes. Quand nous avons un problème, nous le réglons nous-mêmes. Il m'a pris par le bras et m'a emmené là-bas pour me montrer ce pauvre garçon.
— Vous ne l'aviez pas vu dans votre établissement ?
— Je ne sais pas qui c'est. Il avait le visage couvert de sang, c'était impossible de le reconnaître.
— Et vous n'avez pas non plus entendu des éclats de voix ? Une dispute ? Une bagarre ?
— Non, la soirée d'hier était plutôt calme par rapport à certaines. Je ne vois pas du tout ce qui a pu se passer. C'est... absolument ignoble. Tout simplement ignoble. Comment s'appelait-il ?
— Pour l'instant, nous l'ignorons, répondit Thorson en scrutant le pré de Klambratun où le jeune soldat avait découvert la victime. On avait en vain fouillé les abords, en espérant trouver des éclats de verre. Le patron lui montra la remise où il entreposait ses bouteilles vides d'alcool et de soda. Quand il en cassait une, il ramassait les tessons et les jetait aux ordures. Il ouvrit sa poubelle pour montrer le contenu au policier. Thorson n'y vit rien qui puisse l'aider à progresser dans son enquête. Il l'interrogea sur les habitués

en lui demandant s'il connaissait leurs noms et ceux des Islandais qui fréquentaient son établissement. Réticent à lui communiquer ces informations, Bensi répondit de façon évasive, son bar accueillait toutes sortes de gens et sa clientèle changeait constamment. Il y avait aussi bien des soldats et leurs petites amies que des gens en quête d'histoires sans lendemain. Parfois, des disputes éclataient, les hommes étant bien plus nombreux que les femmes.
— Des histoires sans lendemain, dites-vous ?
— Appelez ça comme vous voudrez.
— Quoi donc ?
— Certaines vont faire un tour avec les soldats dans le pré de Klambratun, précisa-t-il. Ça les regarde.
— Elles se prostituent ?
Bensi rentra sa chemise dans son pantalon, remonta ses bretelles et rabattit ses cheveux en arrière.
— Je n'en sais rien. Appelez ça comme vous voulez. Je ne m'occupe pas de ce genre de choses. Je me contente de faire tourner ma baraque et je veux qu'on me fiche la paix.
— Ils vont à quel endroit, à Klambratun ? Là où on a trouvé cet homme ?
— Eh bien, par exemple, dans le bosquet qu'on voit là-bas, répondit le patron en lui montrant quelques arbres et des buissons derrière lesquels on apercevait les toits du quartier pauvre des Polarnir, légèrement plus au sud.
— Les Polarnir ne sont pas loin, fit remarquer Thorson.
— Et alors ? rétorqua Bensi.
— Les habitants de là-bas viennent chez vous ?
— Évidemment. Ça arrive. Pourquoi cette question ? Ces gens ne sont pas pires que les autres.
— Je n'ai jamais dit ça.
— Vous croyez que c'est l'un d'eux qui s'en est pris à cet homme ?
— Je n'en sais rien, répondit Thorson, je n'en sais absolument rien.

9

Plutôt que de rester seule dans sa cabine avec son désespoir et ses remords, elle préférait se rendre utile à bord de l'*Esja*. Quelque temps après avoir quitté Petsamo, l'équipage organisa un exercice de sauvetage qui révéla l'absence de gilets adaptés aux enfants, assez nombreux sur le navire. Elle accepta avec entrain d'en transformer quelques-uns en les ajustant à leur taille. Les passagers faisaient de leur mieux pour ne pas s'ennuyer. Il était question de publier chaque jour un petit journal humoristique et quelqu'un avait proposé d'organiser un très informel concours de beauté. Les idées ne manquaient pas. Les passagers s'employaient à les mettre en pratique. Ils venaient d'horizons géographiques et de classes sociales divers. Quelqu'un avait souligné que le paquebot transportait à son bord tout un panel de la société islandaise : médecins, infirmières, peintres, ouvriers, chanteurs, étudiants agronomes partis se spécialiser dans l'élevage laitier sur les landes du Jutland, paysans et compositeurs.

Le soir, le calme revenait parmi les passagers, le navire voguait au son apaisant des machines, et le souvenir d'Osvaldur revenait la hanter, ce qui lui causait de longues nuits d'insomnies.

Elle se revoyait, assise avec lui au Skinnbrok, un bar à bière convivial fréquenté depuis longtemps par les Islandais de Copenhague. De l'autre côté de la rue, on voyait le ballet des clients qui entraient et sortaient du Magasin du Nord. Malgré la guerre, le pays ne connaissait pas la pénurie. La vie continuait son cours même si l'armée allemande était entrée dans Copenhague deux mois plus tôt et que les soldats étaient partout dans les rues. Contrairement à d'autres chefs d'État qui avaient fui vers l'Angleterre, le roi

Christian X était resté chez lui. L'invasion du Danemark avait eu lieu presque sans heurts et les nazis n'avaient pas instauré de dictature. Les ministres danois continuaient à gouverner. Christian X s'offrait chaque jour une promenade à cheval sans garde du corps à travers la ville pour donner du courage à ses sujets en ces temps difficiles. Les Danois se rassemblaient dans les lieux publics et entonnaient des chants patriotiques en guise de protestation contre l'occupant. À deux pas du Skinnbrok, l'Hôtel d'Angleterre abritait le quartier général allemand. Partout, le drapeau à croix gammée flottait au vent et les soldats vert-de-gris marchaient au pas.

– Beaucoup de gens ne se contentent pas de chants patriotiques, lui avait dit Osvaldur en allumant une nouvelle cigarette. Ils veulent aller plus loin, avait-il ajouté derrière son nuage de fumée.

Ce n'était pas la première fois qu'il s'exprimait ainsi et lui confiait son désir d'agir contre les nazis s'il en avait l'occasion. Il lui avait parlé de son ami Christian qui voulait constituer un groupe et organiser des actions. Apparemment, il y avait du nouveau de ce côté-là.

– Comment ça ? avait-elle demandé.
– Ils veulent entrer dans la résistance contre les nazis.
– Qui donc ?
Osvaldur avait hésité.
– Tu veux parler de Christian ?
– Entre autres, avait-il murmuré.

Elle le sentait tendu depuis quelques jours. Subitement taciturne, il n'était plus le même. Il semblait avoir quelque chose sur le cœur, mais ne savait pas comment lui en parler. Il avait souhaité s'asseoir dans un coin isolé du bar et passait son temps à jeter des regards inquiets alentour. Depuis qu'ils étaient fiancés, Osvaldur avait toujours fait preuve d'une honnêteté sans faille. Elle aurait aimé pouvoir en dire autant. Le lendemain, elle devait partir en Suède pour terminer sa formation et devenir infirmière-anesthésiste. Elle voulait soulager sa conscience avant de s'en aller.

— Et il n'est pas le seul, avait repris Osvaldur. Beaucoup de gens partagent son opinion.
— Et Christian t'a parlé de...
— Je ne suis pas censé te dire tout ça. On ne sait jamais ce qui peut arriver. Moins tu en sais, mieux ce sera.
— Me dire quoi ? avait-elle insisté.
Osvaldur hésitait encore.
— Christian m'a annoncé que le moment était venu. Il sait ce que j'en pense. Nous avons souvent envisagé de passer à l'action, lui et moi, avec ses amis danois, comme Ottesen. Rappelle-toi, je t'ai déjà dit que j'avais envie d'aider la résistance.

En effet, il lui avait déjà raconté que Christian voulait fonder un mouvement de lutte contre les nazis. Son frère était dans l'armée danoise et, avec deux camarades, ils avaient transmis à Londres des renseignements sur l'occupation allemande, les déplacements de troupes et de matériel, la répartition des soldats allemands sur le sol danois, des suggestions concernant les lieux appropriés au largage de parachutistes, etc.

— Christian m'a dit qu'ils ont fait passer deux agents britanniques en Suède, l'autre jour. Ils leur ont fait traverser le détroit de l'Oresund sur un bateau de pêche. Arrivés en Suède, ils ont pu regagner l'Angleterre. Les nazis les avaient repérés et, le lendemain, ils ont fait irruption chez la femme qui les cachait, une émigrante tchécoslovaque qu'ils ont arrêtée.
— Quoi ? Qu'est-ce que tu me racontes ? C'est vrai ?
— C'est Christian qui me l'a dit.
— Et... tu as vraiment l'intention de t'engager dans ce genre d'activités ?
— Je veux faire mon possible, avait répondu Osvaldur. Christian le sait et il trouve ça très bien. Il pense qu'il y a moins de risques que les nazis soupçonnent un Islandais. En plus, j'ai le permis de conduire et c'est bien utile.
— Osvaldur, tu... tu ne crois pas que c'est très dangereux ?

– Je n'en ai parlé à personne d'autre, mais je veux que tu sois au courant au cas très improbable où… il m'arriverait quelque chose. Tout se passera bien. Tu peux me croire.
– Osvaldur…
– Tu ferais mieux de rentrer en Islande si tu peux. Les Islandais parlent d'envoyer un paquebot pour récupérer nos compatriotes qui vivent au Danemark et ailleurs en Europe. Essaie de te tenir au courant.
– Moi ? Et toi, alors ? Tu… tu crois peut-être que tu ne cours aucun danger ?
– Ne t'inquiète pas pour moi, avait conseillé Osvaldur.
– Je ne peux pas m'en empêcher.
– Essaie de ne pas trop y penser.
– Qu'est-elle devenue ?
– Qui donc ?
– Cette femme tchécoslovaque ?
Osvaldur lui avait répondu après un long silence. Il regardait par la fenêtre les gens sortir du grand magasin.
– Ils l'ont interrogée et envoyée dans un camp de prisonniers, avait-il dit. En Pologne, d'après Christian. Ils pensent que les nazis l'ont torturée sans réussir à la faire parler.
– Tor… ?
Elle n'avait pas pu poursuivre.
– Et que feras-tu s'ils vous prennent, s'ils te prennent ? avait-elle demandé au bout de quelques instants.
– Je n'aurais pas dû t'en parler, avait regretté Osvaldur en tendant les bras par-dessus la table pour lui prendre les mains. J'ai beaucoup hésité… et finalement j'ai préféré te dire la vérité. Je ne peux rien te cacher. Tu le sais. Tu le sais bien.

Elle finissait par renoncer à chercher le sommeil, se levait en prenant garde à ne pas faire de bruit pour ne pas réveiller les femmes avec qui elle partageait la cabine. Elle s'habillait, montait sur le pont et restait un long moment accoudée au bastingage. L'*Esja* fendait les vagues, ils avaient quitté les eaux territoriales finlandaises, les côtes norvégiennes étaient à bâbord. On naviguait tous feux allumés dans la nuit, contrairement aux autres navires en cette époque troublée. Le commandant lui avait dit que cela faisait partie de l'accord concernant ce voyage vers l'Islande.

Les yeux levés vers le ciel étoilé, elle regardait le clair de lune et son reflet qui dansait à la surface des flots. Elle s'était rarement sentie aussi petite. L'ambassade d'Islande à Copenhague ne donnait pas de nouvelles. Incapable de refréner ses sanglots, elle se tenait sur le pont, seule et désemparée, les yeux remplis de larmes qui tombaient dans l'océan.

Ils avaient décidé, avec Osvaldur, d'attendre leur retour en Islande pour se marier. Ils avaient toujours envisagé de rentrer au pays, d'y travailler et de s'y rendre utiles. Ils n'imaginaient pas rester à Copenhague, avoir des enfants et les élever dans une ville danoise.

C'était peut-être pourquoi les choses s'étaient passées ainsi. Parce qu'ils n'étaient pas mariés. Comme si c'était une excuse. Comme si c'était une putain d'excuse. Elle avait voulu faire preuve d'honnêteté quand ils étaient allés dans ce bar et, avant qu'ils embarquent sur le ferry, lui avouer ce qui était arrivé, lui dire toute la vérité. Quand il s'était mis à parler très sérieusement de s'engager dans la résistance, elle n'en avait plus eu la force. Elle était incapable de trouver les mots pour exprimer ce qui lui pesait si lourdement sur le cœur.

Son infidélité.

Sa trahison.

Elle avait sauté sur l'occasion quand on lui avait proposé une spécialisation en Suède. Les autorités lui avaient accordé le laissez-passer. Sa vie à Copenhague était devenue trop compliquée, elle avait besoin de temps pour elle, de temps pour mettre fin à sa relation avec cet autre homme, pour comprendre ce qu'elle avait fait et la raison pour laquelle elle ne voulait pas que cela se reproduise. Elle savait qu'Osvaldur n'était pas responsable de son infidélité.

C'était en elle que se trouvait l'explication. Dans son désir d'aventure. Cette tension qu'elle devait évacuer. La fascination du danger qui faisait battre son cœur plus vite. Quoi qu'il en soit, cela l'avait conduite à faire l'amour dans une chambre d'hôtel en un temps record. Puis, rongée par le remords, elle avait mis fin à cette relation.

Aujourd'hui, elle regrettait amèrement cet écart et elle s'en voulait de ne pas avoir eu le courage de l'avouer à Osvaldur.

– Sois prudent, lui avait-elle dit en le quittant.
– Je t'aime plus que tout au monde, avait-il murmuré.

10

Deux jours après l'agression du Piccadilly, un haut gradé de l'armée américaine en Islande convoqua Thorson. Ce géant originaire de Cleveland était d'un abord assez rustre, avec son visage taillé à la serpe et sa grosse voix de basse. Thorson ne le connaissait que de vue et il n'apprécia pas l'interrogatoire en règle qu'il lui fit subir sur son parcours et son expérience d'enquêteur. Certes, elle était assez récente, mais il avait beaucoup appris depuis qu'il servait dans la police militaire en Islande. Il répondit à ses questions de manière concise bien que polie en attendant qu'il en vienne aux faits.

– Ça fait longtemps que nous envisageons de créer une brigade criminelle au sein de la police militaire, poursuivit le gradé. Vous êtes peut-être au courant. Un service chargé d'enquêter sur les crimes commis dans les rangs de l'armée américaine. J'ai l'impression qu'on en a bien besoin. Le nombre de soldats présents ici a été multiplié en quelques années, il y a parmi eux des brebis galeuses, et nous n'avons aucun département capable de traiter les crimes les plus sérieux. C'est aussi votre opinion, n'est-ce pas ?

– Oui, je suppose que vous avez raison, convint Thorson.

– Seriez-vous disposé à travailler dans un tel service ?

– Je... je n'y ai pas réfléchi. J'imagine que je redeviendrai ingénieur après la guerre.

– Ingénieur ?

– Oui, j'étais...

– Vous ne voulez pas faire carrière dans l'armée ?

– Je préfère rentrer au Canada dès que...

– Au Canada ? Eh bien, quelle drôle d'idée, interrompit à nouveau le gradé de sa voix de basse tout en feuilletant les documents posés sur son bureau. C'est vrai, vous êtes canadien et vous parlez ce charabia qu'est l'islandais.

Sans être franchement méprisantes, ses paroles laissaient clairement affleurer sa déception.

— Mes parents sont partis d'ici pour s'installer dans le Manitoba. C'est là-bas que je suis né, expliqua Thorson. Quand la guerre a éclaté, je me suis engagé et on m'a envoyé en Grande-Bretagne avec les volontaires canadiens. J'étais parmi les premiers à poser le pied sur le sol islandais quand les Britanniques ont occupé le pays.

— Vous êtes à la fois islandais et canadien? Drôle de mélange, non? J'ai lu que vous étiez dans le 2e régiment d'infanterie de Sa Majesté.

— Exact. Je ne saurais juger la qualité du mélange. En revanche, je peux vous dire que les Islandais d'Amérique ont participé activement aux deux guerres mondiales.

Cessant de s'intéresser à Thorson dès qu'il parlait du Canada, le gradé l'interrogea sur l'enquête en cours. Le policier lui répondit qu'elle en était à ses débuts. Quelqu'un avait sans doute tendu un guet-apens au jeune soldat dans un buisson. Pour peu qu'il ait effectivement passé la soirée au Piccadilly.

— Au Piccadilly?

— Oui, c'est le nom de la gargote, il est censé séduire les militaires, répondit Thorson. Des femmes invitent parfois des clients à les suivre là-bas, dans le pré en face du bar…

— Pour baiser?

Thorson garda le silence, gêné par la vulgarité de cet homme qui lui déplaisait.

— Il y a juste un détail qui me dérange dans cette affaire, reprit le gradé, maussade. Il ouvrit une chemise à rabats, en parcourut le contenu et expliqua qu'après le décès du soldat, on avait mené des recherches parmi toutes les troupes: infanterie, armée de l'air et marine. Le commandement britannique avait fait de même concernant les quelques membres de leur armée qui servaient encore en Islande. Nous avons soigneusement vérifié, très soigneusement.

Il ménagea une pause rhétorique.
— Ce n'est pas l'un de nos hommes, finit-il par dire. Cette hypothèse est à exclure.
— Mais, comment… ?
— Évidemment nous nous sommes intéressés plus particulièrement aux hommes du 5ᵉ régiment d'infanterie puisque la victime portait leur uniforme. Nous avons recensé tout le monde, les bataillons, les détachements, gradés et simples soldats, cuisiniers et arpètes. Tout était parfaitement organisé et s'est déroulé dans les règles. Il ne manque personne à l'appel. Tout le monde est là. Personne n'a disparu. Apparemment, votre homme n'était pas dans l'armée.
— Pas dans l'armée ?!
— Non, trancha le gradé en refermant la chemise. Ce pauvre garçon devait être islandais. C'est donc leur problème et pas le nôtre, Thorson.

11

Flovent avait fini son repas à la cantine de Marta Björnsson, rue Hafnarstraeti. Son père s'étant absenté toute la semaine pour rendre visite à sa famille dans le Borgarfjördur, il avait dîné chez Marta chaque soir avant de rentrer chez lui se coucher. Il avait donné rendez-vous à Thorson, mais ce dernier n'était pas venu. Les deux hommes avaient déjà discuté du soldat retrouvé quasi mort dans le pré de Klambratun, derrière le Piccadilly. Pour Thorson, cette affaire concernait avant tout l'armée, mais il avait promis d'informer son collègue si l'enquête s'orientait sur une autre piste.

Les quatre hommes de l'armée de l'air américaine qui avaient passé leur temps à boire et à fumer assis à une des tables se levèrent et saluèrent la patronne avant de sortir dans l'air frais de la nuit d'avril. Leurs képis en biais, emmitouflés dans leurs vestes d'aviateur à col fourré, ils parlaient fort et riaient beaucoup. Leurs éclats de voix et leur sans-gêne exaspéraient Flovent. Il s'apprêtait à aller payer à la caisse quand Thorson entra dans la cantine et vint s'asseoir à sa table en s'excusant pour son retard. Au fil des mois, les deux hommes s'étaient liés d'amitié et avaient instauré une relation de confiance. Ils avaient fait leur possible pour arrondir les angles entre les troupes d'occupation et les autochtones même s'il y avait parfois des anicroches. Leur collaboration directe permettait de contourner la voie hiérarchique, ce qui accélérait la progression des enquêtes.

— C'est à cause de ce soldat que je suis en retard, s'excusa Thorson. On n'est pas sûrs qu'il faisait partie de nos troupes.

— Ah bon ?

— Le commandement a vérifié par deux fois et personne ne manque à l'appel.

– Dans ce cas, qui est-ce ?
– J'aimerais bien que tu te penches sur la question, répondit Thorson. On ne peut pas exclure que le comptage de nos troupes soit erroné, mais le plus probable c'est que cet homme n'a absolument rien à voir avec l'armée.
– Donc, il serait islandais ?
– Sans doute. L'uniforme qu'il portait est celui du 5e régiment d'infanterie, or il n'y manque aucun soldat. Pas plus d'ailleurs que dans les autres. On m'a demandé de vous remettre le corps.
– Qui a pu le défigurer comme ça ?
– Et pourquoi était-il vêtu en soldat ? Pour se faire passer pour un autre ? Pour surveiller les militaires ? Les espionner ?
– Et, dans ce cas, pourquoi ? Pour le compte de qui ?
– Personne ne vous a signalé la disparition d'un jeune homme blond d'une vingtaine d'années ?

Flovent secoua la tête.
– Non, pas à ma connaissance.
– J'ai appris pour le corps découvert sur la plage, reprit Thorson, au courant des recherches concernant l'homme à la veste de tweed. Il lui avait d'ailleurs paru naturel que plusieurs régiments de l'armée y participent. Il faut donc en conclure qu'il s'est jeté dans la mer ?
– On dirait.
– Et sa femme, comment a-t-elle réagi ?
– Avec fatalisme, comme il fallait s'y attendre, répondit Flovent. Et reconnaissance. C'est une femme forte.

Thorson adressa un regard intense à son ami.
– C'est affreux de vivre une chose pareille.
– En effet, c'est terrible, convint Flovent.

12

Une douce odeur de malt, de houblon et de fermentation flottait dans la brasserie installée à Thorshusin, un groupe de bâtiments situé rue Raudararstigur qui avait autrefois hébergé une usine de boissons gazeuses fabriquant divers types de sodas. L'entreprise avait déménagé depuis longtemps, mais les lieux avaient été remis en fonction. Les autorités locales avaient en effet accordé une dérogation aux troupes britanniques qui, fatiguées de boire du brennivín islandais, avaient exigé de pouvoir acheter de la bière comme tout le monde. Les Britanniques n'avaient pas imaginé que la fabrication et la consommation de bière puisse être strictement interdite* sur l'île qu'ils venaient défendre. Ils ne comprenaient pas pourquoi les Islandais avaient le droit de se soûler avec cet infâme brennivín jusqu'à tomber ivres morts et provoquer des tas de problèmes alors qu'on leur interdisait cette boisson légèrement alcoolisée qui procurait une douce ivresse. Apparemment, le Conseil de prévention de l'alcoolisme et les ligues de tempérance à l'origine de cette ineptie étaient un peu trop influents au sein du gouvernement. Les dirigeants s'étaient montrés compréhensifs et, même s'ils trouvaient que le brennivín convenait très bien aux soldats, ils avaient accepté qu'on fabrique de la bière dont la vente était exclusivement réservée aux troupes. On avait donc rouvert les portes rouillées des bâtiments de Thorshusin et ressorti les anciens fûts. Quelque temps plus tard, les intendants militaires avaient réceptionné des palettes entières de Polar Ale, breuvage de piètre qualité mais tout de même meilleur que ce tord-boyaux islandais. La population locale avait toujours

---

* La bière était interdite en Islande entre 1915 et 1989. (*Toutes les notes sont du traducteur.*)

interdiction de consommer de la bière. Tandis qu'il se dirigeait vers la brasserie, Flovent pensait à l'humiliation permanente subie par ses compatriotes, considérés comme citoyens de second ordre dans leur propre pays.

Il pénétra dans le bureau de l'entreprise et demanda à voir Hildibrandur. On lui indiqua qu'il trouverait l'employé dans la salle de brassage. Flovent avait pu constater que des gens très variés fréquentaient le Piccadilly à en juger par ceux qui avaient donné leur nom à la police au lieu de s'évanouir dans la nuit le soir du drame. Il désirait à présent interroger les clients islandais. Quant à Thorson, il demanderait aux soldats présents dans la gargote s'ils avaient remarqué des détails inhabituels susceptibles d'éclairer le destin du jeune homme. L'armée américaine avait remis le corps à l'Hôpital national où il serait autopsié.

Cinq Islandais avaient communiqué leur adresse ou celle de leur lieu de travail. Flovent avait déjà interrogé parmi eux une jeune fille de seize ans, mais il n'avait pas appris grand-chose. La gamine lavait le linge des soldats dans la blanchisserie familiale. Elle n'avait aucune idée de ce qui s'était passé et lançait des regards inquiets vers sa mère, manifestement abasourdie. Elle ne lui avait sans doute jamais parlé de ses sorties au Piccadilly. Flovent avait fait de son mieux pour ne pas la mettre dans l'embarras.

– Tu fréquentes ce bar régulièrement ? avait-il demandé.

– Non, c'est la première fois que j'y allais, avait répondu la jeune fille, fuyant le regard de sa mère.

– Tu étais avec tes amies ?

– Non, toute seule.

– C'est un bar à soldats, non ? avait sèchement interrompu la mère. Le Piccadilly ?! Je t'avais pourtant interdit d'aller dans ces lieux-là, hein ?

– Je pourrais peut-être parler à votre fille en privé ? avait suggéré Flovent.

– Alors là, je ne pense pas ! J'ai le droit de savoir ce que lui veut la police. Pourquoi venez-vous l'interroger ? Qu'est-ce qu'elle a fait ?

– Rien du tout, avait assuré Flovent. Elle n'a rien fait de mal. Je me contente de réunir des renseignements. Un jeune homme a été agressé à côté de ce bar et nous essayons de découvrir ce qui s'est passé.
– Et pourquoi ne pas interroger l'intéressé ?
– Parce qu'il est mort, avait répondu Flovent.

Cela lui avait permis de calmer la blanchisseuse quelques instants. Il avait demandé à la gamine si elle avait été témoin de disputes ou de bagarres, et si elle pensait avoir vu la victime. Elle n'avait rien compris lorsqu'elle avait vu les polices islandaise et militaire faire irruption dans le bar. Certains clients avaient fui en toute hâte et d'autres étaient restés, curieux de savoir ce qui se passait.

– Tu n'aurais pas remarqué la présence d'un jeune homme en uniforme, mais qui parlait très bien islandais ?
– C'est lui qui est mort ? avait demandé la gamine.
– Oui. On ne connaît pas son identité, mais c'est peut-être un Islandais qui aurait revêtu la tenue militaire.
– Et pourquoi aurait-il fait ça ? avait coupé la mère.
– Nous n'en savons rien.

Quelques instants plus tard, Flovent prit congé. La mère s'était retenue en sa présence mais, dès qu'il avait disparu, elle avait déversé sur sa fille un flot de reproches et d'injures.

Hildibrandur était le suivant sur sa liste. Il avait déclaré qu'il travaillait dans l'entrepôt de la brasserie de Thorshusin située à proximité du Piccadilly. La soixantaine, vêtu d'une combinaison marron, il salua Flovent d'une poignée de main. Il lui arrivait d'aller au Piccadilly après sa journée de travail et en fin de semaine. Hildibrandur appréciait la compagnie des soldats américains qui fréquentaient la gargote. Il parlait vaguement anglais et s'était même fait des amis parmi les militaires. Certes, il y avait parfois des conflits entre eux et les Islandais mais, autant qu'il se souvienne, la situation n'avait jamais dégénéré. Flovent avait interrogé ses collègues du commissariat de Posthusstraeti qui avaient fait état de plusieurs interventions des forces de l'ordre au Piccadilly pour des incidents mineurs. En général, c'étaient les soldats qui se battaient ou se disputaient entre eux. Dans le pire des cas, quelqu'un avait sorti un couteau et la police militaire arrivait pour séparer et emmener les trouble-fêtes. Hildibrandur n'avait pas remarqué la présence d'un jeune Islandais portant l'uniforme du 5e régiment d'infanterie de l'armée américaine, ni le soir du drame ni un autre.

— La plupart des clients sont des habitués, dit-il en grattant son épaisse barbe grisonnante. Et ce sont essentiellement des soldats. Bensi sait ce qu'il fait. Il sait accueillir les Américains, et ils apprécient la liberté dont ils jouissent chez lui. Il leur fait à manger et leur permet de faire une flambée dans ce tonneau derrière son boui-boui quand le temps s'y prête. Ils sont un peu chez eux, là-bas. Et ça leur plaît.

— Qu'est-ce qu'il obtient en retour?

— En retour?

— J'imagine qu'il entretient avec eux d'excellents rapports.

— Je ne veux pas lui attirer d'ennuis, répondit Hildibrandur en se remettant à entasser ses sacs de céréales. C'est un gars courageux et prévoyant qui sait mener sa barque, et je trouve ça très bien.

— Je vous comprends parfaitement, assura Flovent.

— Vous me promettez d'être discret? Je ne vous ai rien dit, hein?

— Vous avez ma parole.

— Eh bien, Bensi n'est jamais à court de cigarettes américaines, de whisky ou de vodka, et je peux vous assurer que tout ça ne provient pas du Monopole des tabacs et alcools, croyez-moi.

Flovent fit un sourire. Le marché noir était apparu en Islande trois ans plus tôt, dès le début de l'occupation, et il s'était encore développé depuis que les Américains avaient pris le relais des Britanniques. Les marchandises plus variées et de meilleure qualité étaient d'autant plus convoitées, comme le tabac et les bas nylon.

– Il n'est pas le seul dans ce cas, observa le policier.
– Non, et il brasse sa propre bibine qu'il vend un peu partout. Donc, comme je disais, il sait mener sa barque. Et il a bien raison d'en profiter. On ne sait pas combien de temps l'armée restera ici, mais je suis sûr que Bensi s'arrangera pour la sucer jusqu'à la moelle avant son départ.
– Et les femmes ? glissa Flovent. Est-ce qu'elles fréquentent ces soldats ?
– Qu'est-ce que vous croyez ? Évidemment ! Elles ont envie d'un peu de changement, comme tout le monde. De jolis garçons qui ont des dollars plein les poches et ne sentent pas l'étable. Ça tombe sous le sens.
– Elles les accompagnent dans le pré de Klambratun ?
– Ça peut arriver, répondit Hildibrandur. Je ne me mêle pas de ça. C'est pas mes affaires.
– Elles le font moyennant finance ?

À force de soulever les sacs de céréales, Hildibrandur haletait. Il en avait assez de cet interrogatoire.

– Je n'en sais rien, souffla-t-il. Je vous en ai assez dit. Je n'ai pas envie d'espionner les gens et de tout vous rapporter. Mais alors vraiment pas !

La personne suivante sur la liste avait déclaré vivre dans le quartier des Polarnir. Avant de s'y rendre, Flovent fit une halte rue Kirkjuvegur pour passer quelques coups de fil. On l'informa que le légiste avait essayé de le joindre. Il le rappela immédiatement, pensant qu'il serait en mesure de lui communiquer des informations sur le corps découvert dans la baie de Nautholsvik qu'il pourrait transmettre à la veuve. En réalité, le médecin désirait lui parler d'un détail apparu dès les premières analyses pratiquées sur le jeune homme en uniforme. Il tenait à le mettre au courant au plus vite.

– Je voulais te prévenir immédiatement au cas où ça t'aiderait dans ton enquête. Le jeune homme qui est mort à l'hôpital militaire a eu un rapport sexuel peu avant l'agression.

– Ah bon ?
– Oui, il n'y a aucun doute. J'ai trouvé des traces de sperme dans...

La ligne était mauvaise. Flovent n'entendait plus la voix de son correspondant.

– Donc, il était avec une fille dans les buissons ? On m'a dit que c'était monnaie courante au Piccadilly...
– Qu'est-ce que tu dis ? interrompit le médecin qui l'entendait également très mal.
– Tu penses qu'il était avec une fille ?
– Non, répondit le légiste. C'est ce que j'essaie de te faire comprendre.
– Mais alors... ?
– Tu ne m'entends donc pas ? Ce que cette ligne peut être mauvaise...
– Tu viens de m'expliquer que ce jeune homme a eu un rapport sexuel juste avant l'agression.
– Un rapport, en effet, mais j'essaie de te dire que c'était avec un homme.
– Ah bon... ?
– J'essaie de voir s'il était consentant ou si on l'a contraint à ce ra... et...

À nouveau, les paroles du médecin se perdaient dans la friture sur la ligne.

– Quoi ?
– Apparemment, ce n'était pas...
– Comment ? s'agaça Flovent. Qu'est-ce que tu dis ?
– ... ce n'était pas la première fois, dans le pré de Klambratun.

13

Le jeune homme se leva d'un bond et se mit au garde-à-vous en voyant Thorson pénétrer dans le baraquement. Le policier le pria de rompre et ajouta qu'il pouvait se passer du salut militaire. La scène se déroulait dans un camp que les Islandais appelaient le Mulakamp, à l'est de la ville. Le jeune homme avait reçu l'ordre d'attendre l'arrivée de la police militaire au lieu d'accompagner ses camarades en manœuvres. Âgé d'une vingtaine d'années, simple soldat dans le 5e régiment d'infanterie, il partageait avec onze autres hommes ce baraquement au sol cimenté plutôt confortable et correctement chauffé au fioul. Des lits étaient disposés le long des murs sur lesquels les soldats avaient collé des photos. Certaines étaient personnelles, d'autres montraient des femmes en petite tenue et, sur les plus grandes, on voyait des vedettes de cinéma américaines.

— Vous allez souvent au Piccadilly ? demanda Thorson en invitant le soldat à s'asseoir. Il s'installa sur le lit d'en face et sortit un paquet de cigarettes pour lui en offrir une. Pour sa part, il ne fumait pas, mais les cigarettes permettaient de rompre la glace et de mettre en confiance son interlocuteur. Cette technique fonctionnait souvent.

— Oui, j'y suis allé plusieurs fois, monsieur, répondit le jeune homme en prenant la cigarette.

Thorson sortit son briquet et lui offrit du feu.

— Et qu'en pensez-vous ?

Il remarqua qu'une photo de chez lui, sans doute de ses parents, était posée sur la table à côté de son lit avec quelques objets personnels. Un roman policier à couverture élimée, une cartouche de cigarettes, deux ou trois illustrés et des cartes à jouer ornées d'images érotiques.

– Ça me plaît bien. L'atmosphère est très détendue même si le cadre n'a rien d'exceptionnel. Je dirais même qu'il est banal à pleurer.

Le jeune homme sourit. Il faisait partie de ceux qui se trouvaient au Piccadilly le soir du drame et s'étaient manifestés à la police plutôt que de disparaître. Il s'appelait Ray Evans et venait de Chicago.

– En effet, c'est un endroit plutôt banal, mais c'est quand même votre quartier général, n'est-ce pas? Là-bas, vous êtes un peu comme chez vous.

– Le propriétaire n'y voit rien à redire, monsieur. Ils lui offrent de petits cadeaux pour lui faire plaisir.

– Qui ça?

– Je ne sais pas.

– Qui offre des cadeaux au propriétaire? Que lui donnent-ils?

– De l'alcool et du tabac, les trucs habituels. Mais je ne les connais pas, monsieur. C'est juste quelque chose que j'ai entendu dire.

– Vous étiez seul ce soir-là?

– Oui, monsieur.

– Vous y avez déjà rencontré des Islandais? Il y a des habitués?

– On voit toujours plus ou moins les mêmes têtes. Mais je n'ai fait la connaissance de personne. Je n'y vais pas très souvent. Donc...

– Et les femmes? Vous en avez rencontré?

– Pas vraiment, répondit Evans.

– Vous n'êtes jamais allé faire un tour avec elles dans le pré derrière le bar? Dans les buissons?

Le soldat s'accorda un instant de réflexion. Thorson avait l'impression qu'il ne lui disait pas tout concernant les petits cadeaux au propriétaire de la gargote. Il percevait ses hésitations et ses regards fuyants. Peut-être qu'il se trompait. Thorson était déstabilisé par la conversation qu'il avait eue avec Flovent juste avant de se rendre au camp militaire de Mulakamp.

– Je ne comprends pas…
– À l'endroit où on a découvert la victime de l'agression, précisa Thorson. Vous n'y êtes jamais allé ?
Evans garda le silence un long moment.
– Je ne vois pas de quoi vous parlez, monsieur.
– La police islandaise m'a expliqué que les soldats fréquentent ce lieu pour rencontrer des femmes. Certains vont faire un tour avec elles dans ce pré. Moyennant finance. Ça ne vous dit rien ?
– Non, monsieur, je n'ai jamais fait ça.
– Mais vous connaissez peut-être d'autres soldats qui l'ont fait.
Evans hésita à nouveau.
– J'en ai entendu parler.
– De quoi ? Qu'avez-vous entendu exactement ?
– Que ce genre de choses arrivait. Mais je n'ai jamais fait ça, répéta Evans.
Thorson avait bien envie de le cuisiner davantage, mais il préféra s'abstenir. Ce soldat avait donné son nom et son affectation, il fallait le reconnaître, et, surtout, il n'avait pas pris la fuite à l'arrivée de la police. Thorson n'avait, par ailleurs, aucune raison de le soupçonner. C'était en lui-même qu'il devait chercher la cause de son agacement. Il était mal à l'aise et ressentait de la colère chaque fois qu'il repensait à sa conversation téléphonique avec Flovent et aux propos du légiste concernant le jeune homme qu'on avait retrouvé défiguré près du Piccadilly.
– D'accord. Avez-vous remarqué la présence d'homosexuels dans cet établissement ?
– Vous voulez dire des invertis, monsieur ?
– Oui.
Evans fit non de la tête.
– Et vous n'avez pas non plus vu des Islandais manifestant cette inclination ?
– Non, répondit Evans en traînant sur le mot comme s'il se demandait où Thorson voulait en venir avec ses questions.

– Avez-vous remarqué ce type de penchant chez les soldats qui vont là-bas ?
– Non, monsieur, je n'ai jamais été témoin de ce genre de chose.
– Et à l'extérieur du bar ?
– Non, monsieur, je ne vois pas.
– Savez-vous si certains soldats ont ce genre de tendances ? Ici, dans ce camp ou peut-être dans d'autres ?
– Je n'ai jamais remarqué ce genre de choses, monsieur. Je ne suis pas...
Evans laissa sa phrase en suspens.
– Quoi ?
– Je ne suis pas certain qu'un soldat puisse... ou ose manifester ouvertement de telles préférences. Ce comportement n'a pas sa place dans l'armée. C'est une cause d'exclusion.
– Connaissez-vous des gens qui trouvent ces tendances haïssables ?
– Eh bien, tout le monde, non ?
Le policier le remercia, quitta le baraquement et regagna sa jeep.
La dernière observation d'Evans était sincère et, même si Thorson trouvait qu'elle n'était pas fondée, il savait que peu de gens, très peu de gens, partageaient son opinion. L'armée ne tolérait pas l'homosexualité qui était en effet cause de renvoi. L'héroïsme et le courage au combat n'avaient dans ce cas-là aucun poids. La sauvagerie de l'agression commise sur le jeune homme et la haine qui l'avait engendrée poussaient Thorson à se poser des questions auxquelles Flovent avait répondu en lui expliquant que la victime avait eu un rapport sexuel avec un autre homme peu avant le drame.
– Ce serait un crime de haine ? avait-il immédiatement suggéré. C'était la seule hypothèse qui lui était venue à l'esprit. Il connaissait les préjugés et la haine profonde à l'égard des homosexuels. L'enquête prenait subitement un tour différent et plus tragique encore, la victime occupait désormais une autre place dans l'esprit de Thorson qui se

débattait avec des désirs dont il craignait qu'ils éclatent au grand jour et qu'il s'employait à refréner implacablement.

— C'est probable, avait répondu Flovent. Mais on peut aussi envisager les choses sous un autre angle.

— Comment ça?

— C'est peut-être un crime passionnel.

Thorson ne pouvait se prononcer. Après discussion, les deux hommes convinrent qu'il était impossible de dire si l'agression était l'œuvre d'un soldat ou d'un autochtone.

— Tu penses que c'est une histoire de jalousie? D'infidélité? De trahison? avait demandé Thorson avant de raccrocher.

— Aucune idée. Je ne vois pas quelle folie a pu conduire à ça.

— Est-ce que c'était… un viol?

— Le médecin n'est pas sûr, étant donné le déchaînement de violence qu'a subi ce garçon, mais il lui semble que le rapport était consenti. Qu'importe ce qui s'est passé ensuite. L'agression a sans doute eu lieu juste après.

— Quelqu'un aurait surpris ces deux hommes ensemble?

— C'est une hypothèse, avait conclu Flovent.

14

La traversée se déroulait sans encombre. Il y avait largement assez de provisions à bord, personne ne manquait de rien. Ceux qui avaient longuement séjourné à l'étranger se réjouissaient de retrouver dans leur assiette du mouton fumé et de l'agneau islandais. Les passagers avaient aperçu quelques mines dérivantes à la surface de l'eau, mais rien d'autre qui puisse être source d'inquiétude. La principale menace provenait des sous-marins allemands, or ils n'en avaient vu aucun. Ils n'avaient pas non plus croisé d'autres navires sur leur route, sauf quelques bateaux de pêche au large de la Norvège. Rien n'indiquait que la guerre faisait rage aux quatre coins du monde depuis plus d'un an. Un matin, les rayons du soleil vinrent éclairer les hublots situés à bâbord. Ceux qui avaient un minimum de réflexion comprirent que le navire continuait sa route vers le sud alors qu'il aurait dû mettre le cap à l'ouest, vers l'Islande. Ils supposaient que, si le bateau continuait dans cette direction, ils arriveraient quelque part en Écosse. L'un d'eux parla de Leith où les navires islandais faisaient régulièrement escale. Le plan de navigation de l'*Esja* ne précisait pourtant pas un tel détour. Le capitaine eut vent des interrogations des passagers et les informa que la traversée serait plus longue que prévue : les Britanniques lui avaient donné l'ordre de faire escale à Kirkwall, dans les Orcades.

Il ne communiqua aucune information supplémentaire et les passagers se mirent à conjecturer sur les raisons de cette escale inattendue. Ils avançaient diverses théories sur les motivations des Britanniques. Une fille originaire du Skagafjördur qui partageait la cabine de la jeune femme, gouvernante dans une bonne famille danoise, affirmait qu'ils étaient de toute évidence à la recherche d'un passager clandestin, peut-être même d'un espion allemand qui s'était mêlé à leur groupe. Les Anglais allaient fouiller le navire de fond en comble et ils devraient attendre qu'ils aient terminé pour repartir. Cette fille du nord de l'Islande ne manquait pas d'imagination. Elle était de bonne compagnie et avait fait de son mieux pour distraire la jeune femme dès qu'elle avait remarqué qu'elle n'allait pas bien. Elle l'avait fait naturellement, sans tenter de s'immiscer dans sa vie privée, lui avait raconté des anecdotes truculentes sur la campagne isolée où elle avait passé son enfance, parlé des hurluberlus qui la peuplaient en riant elle-même de ses fables.

Un soir, alors qu'ils voguaient vers les Orcades sous un ciel chargé et menaçant, elle était seule, accoudée au bastingage, et pensait à Osvaldur, le regard perdu dans la grisaille. Il occupait son esprit en permanence. Le pont était presque désert, elle appréciait cette solitude et le calme que lui procurait la contemplation de la mer. L'air marin lui faisait du bien. Elle était là depuis un bon moment, plongée dans ses pensées, quand tout à coup elle sentit une présence. Quelqu'un s'approcha et lui posa une main sur l'épaule. Elle se retourna et sursauta en découvrant l'homme debout derrière elle.

— Pardon, je ne voulais pas t'effrayer, s'excusa-t-il.
— C'est toi… ! Mais… comment ? Enfin… que… ? suffoqua-t-elle.
— Pardon, je ne savais pas que… je n'aurais pas dû m'approcher comme ça, à pas de loup… Je t'observe depuis un moment. Tu étais complètement dans ton monde. Je suis désolé de t'avoir dérangée.
— Que… qu'est-ce que tu fais ici ?
— J'étais en Norvège. Je suis monté à bord à Trondheim quand le bateau y a fait escale. Je suis tombé gravement malade dès que nous sommes repartis de Petsamo et j'ai gardé le lit. C'est la première fois que je monte sur le pont et voilà que je tombe sur toi.
— Je ne t'ai pas vu dans notre groupe… je ne savais pas que tu étais ici…

— Non, j'ai décidé de rentrer en Islande quand j'ai appris pour ce départ depuis Petsamo.
— Si j'avais su...
— Tu ne serais pas montée à bord, c'est ça ?
— Non... non, enfin, je ne sais pas... je... je ne m'attendais pas du tout à ça, je n'imaginais pas te retrouver ici après le départ...

Ne sachant comment poursuivre, elle alla s'asseoir sur le banc à proximité. Elle semblait en état de choc. L'homme comprit combien elle était bouleversée de le revoir.

— Ça te gêne à ce point de me croiser ici ?
— Tu n'es pas au courant... tu ne sais pas ce qui est arrivé. Je ne m'attendais pas à te retrouver sur ce bateau, mais alors, vraiment pas.

Hésitant, il s'installa à côté d'elle. Tous deux gardèrent le silence un long moment. Elle ne l'avait pas revu depuis qu'ils étaient allés dans cette petite chambre d'hôtel miteuse de Vesterbro qu'elle avait quittée après s'être disputée avec lui. Elle n'avait pas la force de penser aux relations qu'ils allaient pouvoir entretenir à bord du navire qui les ramenait chez eux. Elle avait l'impression qu'ils étaient assis sur le banc des accusés. Elle ne pensait qu'à Osvaldur. Dans son esprit, ils avaient commis un acte criminel envers lui.

Depuis plusieurs jours, ses souvenirs les plus douloureux et ses regrets les plus profonds étaient liés à l'homme qui venait de l'aborder sur le pont. Ce dernier n'était pas satisfait de la manière dont les choses s'étaient terminées entre eux, même si elle avait toujours clairement laissé entendre qu'elle ne pouvait pas s'engager.

— Et moi alors ?! s'était-il emporté dans cette chambre d'hôtel. Et nous ? Ce qu'il y a entre nous n'a donc aucune importance à tes yeux ? Je n'ai aucune importance ?
— Je viens de te le dire, avait-elle murmuré. J'ai fait une erreur.
— Une erreur ?! Je ne suis qu'une erreur ?!
— Cela n'aurait jamais dû aller aussi loin.
— C'est à cause de lui ?

– Oui, à cause de lui.

Le navire fendait les vagues. Elle fixait le ciel menaçant. Il lui demanda ce qu'il fallait comprendre quand elle disait qu'il ignorait ce qui était arrivé.

– Osvaldur a été arrêté à Copenhague, déclara-t-elle.

Dès que les mots eurent franchi ses lèvres, leur signification lui sembla irréelle, c'était inconcevable. Ces mots appartenaient à un autre monde qu'elle ne connaissait pas et ne comprenait pas.

– Arrêté ? Comment tu le sais ?

– Un de ses amis est du voyage, c'est lui qui me l'a appris. Nous avons envoyé un télégramme à l'ambassade depuis le navire et...

Elle avait du mal à se maîtriser. Il lui était difficile de parler d'Osvaldur en général, mais plus encore face à celui avec qui elle l'avait trompé.

– Et quoi ?

– Les nazis l'ont arrêté, reprit-elle. C'est tout ce que je sais. L'ambassade de Copenhague est au courant et j'attends des nouvelles. Et... j'ai tellement peur pour lui... tellement peur qu'ils lui fassent du mal...

– C'est normal que tu aies peur, répondit l'homme d'une voix apaisante, mais il s'agit sans doute d'un malentendu.

– Je l'espère. Je n'arrête pas de penser à lui, je le vois enfermé dans une cellule. Je n'ose pas imaginer ce qui risque de lui arriver.

– Si je peux faire quoi que ce soit pour toi, n'hésite pas. Tu le sais. Je ferais n'importe quoi.

– J'attends juste des nouvelles. J'en sais tellement peu. En fait, je ne sais rien.

– Ce doit être terrible d'attendre sans rien savoir, observa-t-il.

– C'est affreux. Je ne sais pas quoi faire. Et quand je pense à nous deux, à toi et moi...

Un jeune couple affable s'avança vers eux avec ses deux fils. Le jeune homme et la jeune femme les saluèrent, puis engagèrent la conversation. Ils parlèrent du temps et du concours de beauté organisé aussi bien pour les hommes que pour les femmes. C'était une idée excellente pour distraire les passagers, disaient-ils. Elle n'avait pas vraiment la tête à les écouter, mais acquiesçait aux moments adéquats en espérant qu'ils ne s'attarderaient pas. Le mari interdit à un des fils d'escalader la rampe d'un escalier et ils continuèrent leur promenade.

— Que faisais-tu en Norvège ? demanda-t-elle après un silence. Tu travaillais ?

— J'étais à Oslo, répondit-il en hochant la tête. Je n'ai pas fini mon internat. Je rentre au pays sans diplôme.

Elle l'avait rencontré à l'Hôpital national de Copenhague. Il l'avait abordée pendant une fête du personnel, puis ils s'étaient croisés dans les couloirs. Inscrit en faculté de pharmacie, il gagnait un peu d'argent en travaillant à l'hôpital. Drôle et sympathique, Manfred était aussi joli garçon. Elle ne comprenait pas ce qui lui était passé par la tête la première fois qu'elle avait couché avec lui. Un des employés du service fêtait son anniversaire. Osvaldur était absent, mais Manfred était là. Elle s'était bien amusée, avait bu plus que de raison. En un rien de temps, sa conversation avec ce sympathique compatriote avait glissé vers l'intime et, au lieu de rentrer chez elle, elle l'avait accompagné chez lui. Il habitait tout près de l'hôpital et lui avait proposé un dernier verre. Elle ne lui avait pas parlé d'Osvaldur.

Quand elle s'était réveillée dans ce lit inconnu, Manfred était déjà levé. Il avait préparé du café et était descendu chercher des viennoiseries à la boulangerie du coin. Elle avait prétexté qu'elle était pressée car très en retard à son travail. Elle se demandait pourquoi elle avait accompagné cet homme chez lui, pourquoi elle avait laissé les choses aller aussi loin. Sa seule excuse était que l'alcool l'avait désinhibée et qu'elle était heureuse de voir un homme s'intéresser à elle. Ce n'était pas nouveau même si elle refusait de le reconnaître. Elle aimait se savoir désirée. Elle aimait que les hommes lui fassent la cour. C'était une sensation qu'elle avait du mal à cerner. Elle pensait tout de même la maîtriser maintenant qu'elle était fiancée, mais ce n'était qu'une illusion.

Osvaldur était de garde jusqu'à midi. Il était venu chez elle comme d'habitude. Allongée sur son lit, elle avait préféré taire la vérité quand il avait dit qu'il avait entendu dire que l'anniversaire était très réussi. Elle avait répondu qu'elle n'avait pas vraiment envie d'en parler tellement elle avait la gueule de bois. Osvaldur n'avait rien soupçonné. Certes, elle n'avait pas menti pour sa gueule de bois, mais son mal de tête tenait bien plus à ses remords qu'à sa consommation d'alcool. Mortifiée, elle s'était juré de ne pas recommencer.

Cette promesse s'était vue réduite à néant deux semaines plus tard. Elle avait à nouveau fait l'amour avec cet autre homme, cette fois à l'hôpital.

C'était pire que dans le plus lamentable des romans d'amour bon marché.

Tous deux étaient de garde pendant la nuit. Le désir s'était emparé d'elle, ils s'étaient cachés dans une buanderie exiguë où, penchée en avant, elle avait étouffé ses cris dans le linge immaculé de l'hôpital.

— Nous avons ordre de faire escale aux Orcades. Tu es au courant ? demanda-t-elle d'un ton morne en essayant de chasser de son esprit sa trahison envers Osvaldur.

— Non, répondit Manfred. Pourquoi donc ?

— Personne ne le sait. Une des filles qui partagent ma cabine m'a dit que nous avons peut-être un passager clandestin à bord. Ou même un espion allemand.

— Un espion ? s'étonna-t-il.

— Eh oui ! Évidemment, cette idée est ridicule. Ce navire ne transporte que des Islandais.

15

Les deux femmes se disputaient à la pompe dans la cour intérieure avec une telle violence qu'il s'en fallait de peu qu'elles n'en viennent aux mains. Flovent s'interrogeait sur le motif de leur querelle et il comprit assez vite qu'elle avait pour origine leurs enfants. Ces derniers s'étaient battus puis étaient allés pleurer dans les jupes de leurs mères. Apparemment, ce n'était pas la première fois que les deux femmes s'opposaient ainsi et il semblait exclu qu'elles parviennent à trouver un terrain d'entente. Elles hurlaient des obscénités et juraient comme des charretiers. L'une d'elles, particulièrement grossière, avait une grosse verrue sur la joue. Elle tenait à la main un seau en fer-blanc cabossé qu'elle menaçait de balancer sur son adversaire. L'autre suffoquait de colère et la prévint qu'elle allait lui cramer sa putain de verrue si elle ne se calmait pas. Ni une ni deux, le seau d'eau froide se déversa sur la femme qui fit un bond en arrière tandis que celle à la verrue lui riait au nez, dévoilant ses gencives édentées. L'autre continuait de l'insulter en la traitant de tous les noms.

Flovent ne se risqua pas à intervenir. Ces deux furies risquaient de faire front contre lui et de le chasser des Polarnir. Les gamins à l'origine de la dispute s'étaient remis à jouer ensemble et se dirigeaient vers la rue Eskihlid. La pompe à eau était au bout de l'enfilade des cabinets d'aisance, chaque appartement disposait du sien. Tout cela avait été construit à la va-vite et avec des matériaux de piètre qualité. Une odeur fétide flottait dans l'air, surtout quand le vent venait de l'ouest. Les immeubles formaient une cour intérieure carrée. Le plus grand, une construction en bois à un étage, disposait d'une cave et de cinq entrées. De hautes cheminées sortaient du toit. C'était l'Austurpoll, le Pôle est. Les deux autres bâtiments en bois, de plain-pied et tout aussi mal conçus, avaient pour noms le Nordurpoll et le Sudurpoll, Pôle nord et Pôle sud. Posés à même la terre sans aucune fondation, ils étaient aussi inconfortables que de mauvais baraquements militaires. Le sol était glacial, il y régnait une humidité permanente et une odeur de moisi. De pauvres gens vivaient dans ces taudis. Il y avait là de braves paysans calmes expulsés de leurs terres, des alcooliques qui hurlaient en pleine nuit, de drôles d'oiseaux qui n'avaient pas trouvé d'autre refuge, des femmes furieuses qui se disputaient sauvagement à la pompe.

Flovent observa quelques instants les deux filles qui accompagnaient une vieille femme jusqu'à un cabinet d'aisance. Elles ouvrirent la porte du réduit trop exigu pour que la pauvre vieille puisse y faire confortablement ses besoins. Elle ressortit et les filles l'aidèrent à se rhabiller. Le policier demanda au gamin qui passait devant lui en courant comme un dératé s'il connaissait Karlotta ou Lotta, elle habitait là. L'enfant lui indiqua un des bâtiments puis courut rejoindre sa bande de copains.

Flovent alla frapper à la porte. Il entendit du bruit à l'intérieur et une gamine d'environ sept ans vêtue d'un pantalon en laine et de deux épais chandails vint lui ouvrir. Elle leva vers lui des yeux interrogateurs.

— Ta maman est là ? demanda-t-il d'un ton bienveillant, supposant que la petite était la fille de celle qu'il venait voir.

— Maman ! cria la gamine. Il y a un bonhomme qui te demande !

Flovent ne put s'empêcher de sourire. La mère arriva, aussi emmitouflée que sa fille, et le toisa d'un air méfiant.

— Qu'est-ce que tu veux ? demanda-t-elle comme si elle n'avait jamais vouvoyé personne.

— Je voulais vous parler du Piccadilly, répondit Flovent. Vous nous avez communiqué votre nom et... si on pouvait discuter un moment de la soirée où... Vous êtes bien Karlotta ?

— Je n'ai rien vu, se défendit-elle aussitôt. Je l'ai déjà dit à la police. Je ne sais pas du tout ce qui s'est passé.

– En effet, mais j'ai tout de même quelques questions à vous poser. Je n'en ai pas pour longtemps.
– Qu'est-ce que tu veux savoir ?

Karlotta comprit que Flovent préférait ne pas en dire plus tant que la petite était dans les parages.

– Dis donc, tu ne voulais pas aller jouer ? demanda-t-elle à sa fille. Elle alla chercher un bonnet et un manteau, puis lui donna une pichenette en regardant Flovent comme si elle lui reprochait d'arracher un enfant des bras de sa mère.

– Je suis allée là-bas chercher mon mari, lui confia-t-elle quelques instants plus tard après l'avoir invité dans son appartement miteux. On entrait directement dans la cuisine qui donnait sur deux petites pièces. Karlotta faisait de son mieux pour rendre le lieu habitable, mais cette masure était froide et grise, le parquet usé, les murs nus étaient couverts de la suie dégagée par le chauffage au charbon. Deux pauvres chaises et une table meublaient la cuisine. Deux poissons d'argent se réfugiaient sous le poêle éteint. Flovent aperçut dans une des chambres un bébé qui babillait sous sa couverture et un autre qui dormait à poings fermés à côté de lui.

– Ce n'était pas pour m'amuser, ajouta-t-elle. Puis, tout à coup, les flics ont débarqué dans ce bouge. Il y avait même la police militaire et je ne sais qui encore.

– Où était votre mari, si vous me permettez ? s'enquit Flovent.

– Il picolait en ville, répondit-elle sans hésiter. Je ne l'ai pas vu depuis des jours. Je sais qu'il traîne parfois là-bas. Il boit son salaire et j'espérais pouvoir le coincer avant qu'il ait tout dépensé.

– Donc vous n'allez pas au Piccadilly pour vous distraire ?
– Me distraire ?!
– Oui, enfin...
– C'est que je n'ai pas le temps de me distraire ! Et de toute façon je ne mettrais pas les pieds dans cet endroit. C'est un repaire de poivrots et de pauvres types. Je n'ai rien à faire avec des gens pareils.

– Et il y a aussi des soldats.
– Oui, j'ai bien l'impression qu'ils font comme chez eux quand ils sont là-bas.
– Vous en connaissez ?
– Non, aucun. Et je n'ai pas envie d'en connaître.
– On m'a dit que certains habitants des Polarnir vont régulièrement au Piccadilly, reprit Flovent.
– C'est sûr. Mais ce n'est pas à moi de tenir la comptabilité de leurs visites. J'ai assez à faire avec les mômes.

Cette jeune femme avait piqué la curiosité du policier. Elle ne tarda pas à lui raconter qu'elle avait quitté l'ouest de l'Islande avec son mari quelques années plus tôt pour venir s'installer à Reykjavík. Ils avaient loué un appartement en sous-sol. Le propriétaire les avaient expulsés pour loyer impayé. Ils s'étaient retrouvés à la rue et le comité de lutte contre la pauvreté leur avait attribué ce logement dans les Polarnir à la naissance de leur deuxième enfant. Son mari s'était retroussé les manches et avait trouvé du travail auprès de l'armée britannique, mais ces derniers temps il forçait de plus en plus sur la boisson et traînait souvent dans les gargotes comme le Piccadilly.

– Le jeune homme victime de l'agression est peut-être originaire de ce quartier, avança Flovent.
– Ah bon, il n'était pas soldat ?
– Il portait l'uniforme, mais un certain nombre d'éléments indiquent qu'il était islandais. Auriez-vous remarqué quelqu'un d'ici qui portait l'uniforme ? Un jeune homme qui se faisait passer pour un soldat ? Ou qui fréquentait des militaires ?

Karlotta s'accorda un instant de réflexion, puis secoua la tête.

– Si c'était le cas, les gens d'ici auraient signalé sa disparition, non ?
– En effet, convint Flovent. Et nous n'avons reçu aucun signalement.

Il hésitait à lui donner plus d'informations sur la victime. Devait-il lui parler de la découverte du légiste ? Il craignait qu'il ne s'agisse de choses trop personnelles et trop intimes. Il devait aussi prendre garde à ne dévoiler que le strict nécessaire afin de ne pas mettre en péril l'enquête, mais ne voyait pas comment il pouvait faire l'impasse sur ces détails importants. Il décida donc de faire confiance à la jeune femme et lui demanda de garder pour elle ce qu'il lui dirait. Il comprit aussitôt qu'il avait piqué sa curiosité.

– Ce jeune homme avait peut-être des relations avec d'autres hommes, déclara Flovent.

– Avec d'autres hommes? Tu veux dire qu'il était inverti?

– C'est une hypothèse. On n'en est pas sûrs.

Karlotta garda le silence quelques instants.

– Ce n'est tout de même pas… Ce n'est pas possible que ce soit…

– Qui donc?

– Non, c'est impossible, trancha-t-elle, pensive. Je l'ai vu passer ce matin.

– De qui parlez-vous?

– Il s'appelle Tobias et il est comme ça. Il habite dans le grand bâtiment. C'est un garçon adorable. Il m'a souvent aidée depuis notre arrivée ici. Mais c'est impossible que ce soit lui. Je l'ai vu rentrer chez lui tôt ce matin.

– Il connaît peut-être la victime. Comment savez-vous qu'il… aime les hommes?

– C'est lui-même qui me l'a dit. Ça ne l'a pas gêné de m'avouer ça, mais évidemment il ne le crie pas sur les toits. C'est un garçon tout à fait normal, il m'aide beaucoup et il est gentil avec les gosses.

– Et il habite dans le grand bâtiment?

– Oui, chez sa tante Klemensina.

– Vous avez dit… Klemensina? s'étonna Flovent. Il était peu probable que deux femmes portant ce prénom plutôt rare vivent dans le quartier des Polarnir. Il se rappela sa conversation avec Gudmunda qui était venue à son bureau pour lui signaler la disparition de son amie.

– Oui, cette vieille bique s'appelle Klemensina, confirma la jeune femme sans même tenter de dissimuler son mépris.

16

Flovent n'insista pas pour savoir pourquoi Karlotta parlait ainsi de Klemensina, elle n'avait pas envie de parler de cette femme. Elle le raccompagna à la porte pour lui montrer où se trouvait l'appartement dans le grand bâtiment. Il la remercia en ajoutant qu'il serait peut-être amené à revenir la voir si ça ne la dérangeait pas, mais Karlotta ne semblait pas disposée à le recevoir une seconde fois. Le calme était revenu dans la cour intérieure. Les deux mégères avaient disparu. Flovent gravit l'escalier en bois qui menait à l'étage. Avant d'atteindre le sommet, il entendit une porte s'ouvrir sur le palier et un jeune homme pressé descendit les marches.

— Vous êtes Tobias? demanda Flovent en s'écartant.

L'escalier était si étroit qu'il dut plaquer son dos à la cloison pour laisser passer le jeune homme qui marmonnait des paroles incompréhensibles. Flovent l'attrapa par le bras.

— Tobias?

— Non, il habite là-haut, répondit-il en lui montrant la porte de l'appartement d'où il venait de sortir. Le policier lâcha prise. Le jeune homme acheva de descendre l'escalier puis quitta l'immeuble et prit la direction du quartier de Nordurmyri. Flovent venait d'atteindre le palier quand la porte s'ouvrit à nouveau. Un second jeune homme apparut dans l'embrasure et sursauta en le voyant. Reprenant rapidement ses esprits, il se pencha par-dessus la rambarde comme dans l'intention de rattraper l'autre. Il y renonça, retourna chez lui et toisa Flovent.

— Tu cherches quelque chose? lança-t-il en s'appliquant à tutoyer le visiteur. Tu es huissier?

— Je cherche Tobias, répondit Flovent. On m'a dit qu'il vivait ici, c'est peut-être vous?

— Qu'est-ce que tu lui veux ?
— Je suis policier et...
— Policier ?
Flovent hocha la tête.
— Oui, je m'appelle bien Tobias. Qu'est-ce que vous me voulez ? Qu'est-ce que la police me veut ?
— C'était votre ami ? demanda Flovent, les yeux baissés vers le bas de l'escalier.
— Oui, enfin, plutôt une connaissance... que... qu'est-ce que vous me voulez ? Qu'est-ce que vous cherchez ?
— Une femme est passée me voir. Elle s'inquiète pour une de ses amies qui connaît Klemensina. C'est votre tante, n'est-ce pas ? Elle est ici ?
— Non, elle n'est pas à la maison.
Le visage de Tobias exprimait un agacement et une colère que Flovent ne s'expliquait pas. Il supposa que le jeune homme qu'il venait de croiser dans l'escalier en était la cause. Ils avaient dû se disputer et s'étaient quittés fâchés. Tobias ne semblait pas avoir l'intention de l'inviter à entrer. Ils étaient face à face sur l'étroit palier où il faisait aussi froid qu'à l'extérieur malgré la fine cloison de bois.
— Votre tante aurait-elle une amie du nom d'Elly ?
— Elly ? répéta Tobias, hésitant.
— Oui.
— Ça me dit quelque chose. Qu'est-ce que vous lui voulez ?
— Vous savez où elle est ?
— Aucune idée. Je ne la connais pas. Je ne sais même pas qui c'est. J'ai entendu parler d'elle, c'est tout.
— Comment ça ?
— Eh bien, des histoires.
— La femme qui est venue me voir s'inquiétait pour elle, elle m'a dit qu'Elly fréquentait pas mal de soldats. Vous êtes au courant ?
— Elly... ça, je ne sais pas. Klemensina dit que le brennivín l'a bousillée et qu'il ne faut pas croire tout ce qu'elle raconte. Par exemple, aux dernières nouvelles, il s'en est

fallu de peu qu'elle épouse un lieutenant qui voulait l'emmener en Amérique. C'est le genre d'élucubrations qu'elle raconte. Cette idée de partir en Amérique est une véritable obsession, vous savez. Elle est bien à plaindre.

— Son amie m'a confié qu'elle n'était pas très regardante dans ses fréquentations.

— C'est le cas de le dire. Elle passe son temps allongée dans les baraquements en s'imaginant que les Américains l'adorent. Elle couche avec eux pour un verre d'alcool. Puis ils se débarrassent d'elle comme on jette une vieille chaussette.

— Finalement, vous semblez assez bien la connaître.

— Pas plus que ça. C'est Klemensina qui m'a raconté tout ça. En tout cas, je ne sais pas où se trouve Elly... vous devriez peut-être aller la chercher dans les baraquements.

— Je peux vous poser une question ? Vous vous êtes disputés tous les deux ?

— Tous les deux ?

— Vous et le jeune homme qui vient de descendre.

— Ça ne vous regarde pas, répondit Tobias. Il ouvrit sa porte, prêt à mettre fin à la conversation. Ce sont des affaires privées et elles ne vous concernent pas, je crois.

— En effet, convint Flovent, je ne vous dérangerai pas plus longtemps. J'ai juste une autre question. Est-ce qu'il vous arrive d'aller au Piccadilly ? Le bar qui se trouve de l'autre côté de la route, ajouta-t-il, l'index pointé en direction du pré de Klambratun.

— Au Piccadilly ? Non, je n'y vais pas souvent.

— Vous êtes peut-être au courant de l'agression commise sur ce jeune homme qu'on a retrouvé baignant dans son sang.

— J'en ai entendu parler.

— Vous n'avez pas une idée de qui ça pourrait être ? Nous ne parvenons pas à identifier le corps.

— Qu'est-ce qui vous fait penser que je connais ce gars ?

— C'est juste une question. Je me suis dit que vous aviez peut-être remarqué un jeune homme dans ce bar, un Islandais en uniforme.

Tobias secoua la tête, pensif. Svelte et les traits fins, il avait une épaisse mèche brune qui retombait sur son front. Ses yeux marron surmontés de sourcils bien dessinés pétillaient d'intelligence et fixaient Flovent, inquisiteurs. Son gilet en laine verte, son pantalon marron qui n'avait qu'un bouton et ses pieds nus soulignaient son dénuement.

— Je crois que je m'en souviendrais.

— L'autopsie a révélé que la victime venait d'avoir un rapport avec un homme, risqua Flovent.

— Et alors?

— Je me suis dit que vous l'aviez peut-être remarqué au Piccadilly, voilà tout.

— Si je comprends bien, vous êtes à la recherche de quelqu'un qui a agressé un homosexuel habillé en soldat américain.

Flovent haussa les épaules comme s'il ne savait pas lui-même ce qu'il fallait penser de cette affaire.

— Et vous imaginez que je sais quelque chose parce que quelqu'un vous a parlé de moi? poursuivit Tobias.

La colère lui montait au visage.

— Qu'est-ce qu'on vous a dit? Que je suis pédéraste? Inverti? Pervers? Sodomite? Uraniste?

— Je voulais juste savoir si vous étiez au courant de cette affaire, plaida Flovent.

— Non, je ne suis au courant de rien et je ne peux pas vous aider, rétorqua Tobias avant de rentrer chez lui en claquant la porte.

Flovent venait d'arriver à son bureau quand le légiste l'appela de nouveau. Il s'attendait à ce qu'il lui communique ses conclusions définitives concernant l'autopsie du corps du jeune homme du Piccadilly.

— Alors, Flovent, comment vas-tu? demanda-t-il, dérogeant à son habitude d'en venir droit au fait.

— Très bien.

— Je t'appelle pour le noyé de Nautholsvik, reprit le légiste, Baldur, qui était originaire de la province des

Strandir, dans les fjords de l'Ouest – il déplorait souvent l'exode massif dans sa région d'origine et affirmait que d'ici peu il n'y aurait plus personne là-bas.
 — Ah bon ?
 — Oui, je ne pensais pourtant pas que l'autopsie nous apprendrait grand-chose.
 — Mais… ?
 — Un de mes internes a étudié ce domaine, je n'étais pas au courant.
 — Ce domaine ? C'est-à-dire ?
 — Il s'intéresse à la neurobiologie. Il a donc effectué une ponction lombaire sans m'en informer.
 — Une ponction lombaire ?
 — Notre homme s'est noyé, reprit le légiste. Ce n'est pas la question. À mon avis, ça ne fait aucun doute. De l'eau salée a pénétré dans ses poumons lors de la noyade.
 — Baldur, tu ne m'apprends rien.
 — Non, bien sûr. Mais mon interne a trouvé des choses intéressantes dans le liquide céphalorachidien. Plus précisément, des globules rouges. Pas beaucoup, certes, et je ne saurais te dire pour quelle raison, mais c'est assez pour justifier des analyses complémentaires – et assez pour te contacter pour t'en informer. En résumé, je ne suis pas sûr que cet homme ait été tout à fait maître de ses actes quand il s'est jeté à la mer.
 — Qu'est-ce que tu veux dire ? Il était ivre ?
 — Non, nous n'avons pas décelé la moindre trace d'alcool dans le sang. Je te parle du liquide céphalorachidien.
 — Le liquide céphalorachidien ?
 — Je pense qu'il faut faire des examens complémentaires, je ne peux pas remettre le corps à sa femme dans l'immédiat. Il faudra qu'elle patiente encore quelques jours. Malheureusement.

17

Un soir, le ronronnement des moteurs s'arrêta subitement. Le navire ralentit puis s'immobilisa. Toutes les lumières s'éteignirent simultanément et ils se mirent à dériver en pleine mer.

Un étrange silence envahit le bateau plongé dans les ténèbres, les passagers allaient et venaient, lents, muets et inquiets. Les membres d'équipage passaient parmi eux pour leur demander d'éviter de faire du bruit et de ne se déplacer qu'en cas d'absolue nécessité. Tous comprirent aussitôt qu'ils étaient en danger.

Depuis le début du voyage, c'était la première fois que les passagers connaissaient la peur. La nuit sombre et sans bruit qui recouvrait le navire à la dérive ne faisait que renforcer leur inquiétude. L'angoisse s'infiltrait dans les cabines et le silence qui l'accompagnait était presque palpable. Personne n'osait se déshabiller, certains enfilaient des gilets de sauvetage. Les passagers craignaient le pire. Ils baissaient la tête, le visage grave, plongés dans la nuit.

L'*Esja* n'était plus très loin des Orcades. On ne leur avait pas expliqué pourquoi on avait coupé les moteurs ni pourquoi ils devaient parler à voix basse. Ce n'était toutefois pas sans raison que le commandant avait pris ces dispositions. Certains murmuraient qu'un sous-marin allemand croisait dans les parages. Elle imaginait ce vaisseau meurtrier qui naviguait en profondeur et risquait à tout instant de surgir à la surface comme un monstre marin. Les passagers serreraient leurs gilets de sauvetage et faisaient taire les enfants en attendant le pire.

Comme elle ne trouvait pas plus le sommeil que les autres, elle gagna le pont où elle scruta la nuit au cas où elle apercevrait une lumière, un reflet sur la mer, le signe d'un danger imminent. Penchée par-dessus le bastingage, elle sentait la fraîcheur qui montait de la mer après le coucher du soleil.

Elle se rendit au réfectoire où quelques passagers s'étaient installés et aperçut Ingimar, l'homme qui lui avait appris l'arrestation d'Osvaldur lors de leur rencontre à Petsamo. Assis seul à une table, il baissait la tête et semblait s'être assoupi sur son siège. La menace du sous-marin ne semblait pas l'atteindre. Il n'avait pas enfilé de gilet de sauvetage, contrairement à beaucoup d'autres. Elle voulait le laisser tranquille, mais il leva les yeux vers elle et lui adressa un sourire.

— On est dans un sale pétrin, murmura-t-il quand elle se fut assise à ses côtés.

— Ce sont de simples mesures de précaution, non ? demanda-t-elle d'une voix si faible qu'il l'entendait à peine. Il veut juste être prudent, ajouta-t-elle, pensant au commandant.

— Sans doute. Espérons qu'il sait ce qu'il fait.

— Tu ne mets pas un gilet ?

— Je crois que nous ne risquons rien, répondit Ingimar.

Elle distingua son sourire dans la pénombre.

— Oui, je suppose, mais c'est la guerre et on ne sait jamais.

— Bien sûr, mais...

Il se rappela ce qu'il lui avait dit au sujet d'Osvaldur.

— Tu es bien placée pour savoir ce que c'est, l'incertitude. Tu as des nouvelles de Copenhague ?

— Tout ce que je sais, c'est qu'il est aux mains des nazis. Le capitaine en a eu la confirmation, répondit-elle en prenant garde à ne pas hausser la voix.

Ils s'étaient croisés à plusieurs reprises depuis que le navire avait quitté Petsamo. Elle lui demanda une nouvelle fois comment il avait appris l'arrestation d'Osvaldur et s'il pouvait lui donner des détails. Quelque chose qui pourrait la rassurer ou l'apaiser. Mais il n'avait pas grand-chose à ajouter à ce qu'il lui avait déjà raconté. Elle lui posait toujours les mêmes questions.

— Tu m'as dit qu'ils avaient arrêté Christian, puis Osvaldur. Et peut-être d'autres ? Ces autres, ils étaient aussi en médecine ?
— J'ignore s'il y en avait d'autres. C'est peut-être juste une rumeur. Peut-être que les étudiants craignaient qu'ils arrêtent d'autres personnes et qu'ils parlaient comme si c'était déjà le cas. Comme je te l'ai dit, je n'ai fait que passer à l'université pour prendre quelques livres le jour de notre départ. Et j'ai entendu ces étudiants parler d'arrestations.
— Qu'est-ce qu'ils disaient ? Ils étaient danois ou islandais ?
— Les deux. Ils trouvaient ça bizarre, évidemment. Surtout pour Osvaldur parce qu'il est islandais et pas danois, or l'Islande n'est pas en guerre contre l'Allemagne. Ils ne savaient pas quoi penser. En revanche, Christian a la réputation de haïr les nazis. Il ne s'en est jamais caché. Et comme Christian et Osvaldur étaient proches, il est possible qu'ils aient arrêté Christian et ses amis pour les interroger.
— C'est possible, consentit-elle.
— Et ils le relâcheront peut-être quand ils verront que ce n'est qu'un étudiant en médecine islandais ? Je ne sais pas, je pense à haute voix, c'est tout.

Ingimar faisait de son mieux pour la réconforter. Elle lui en était reconnaissante. Le capitaine lui avait dit les mêmes choses. Les tentatives de ces deux hommes pour la soutenir étaient hélas vouées à l'échec car elle savait qu'Osvaldur n'était pas un simple Islandais de Copenhague et qu'il ne se contentait pas d'observer la guerre en spectateur. Il avait décidé de s'impliquer dans le conflit. Il le lui avait avoué, mais jusque-là, elle n'avait osé en parler à personne. Elle aurait voulu dévoiler toute la vérité mais elle craignait de causer encore plus de tort à son fiancé. Elle ne pouvait pas courir ce risque.

— Oui, j'espère vraiment que c'est un malentendu.
— Je doute qu'il ait essayé de nuire aux Allemands, j'espère que Christian ne l'a pas entraîné dans je ne sais quelle sottise, reprit Ingimar.

– Comment ça ? s'enquit-elle.

– Même moi, j'avais entendu parler des opinions de Christian sur les nazis, poursuivit Ingimar. Je crois que beaucoup de gens les connaissaient et qu'ils le soupçonnaient même d'avoir fondé un mouvement de résistance. Copenhague grouille de Danois qui collaborent avec les Allemands, ils ont des oreilles partout. Tu sais si... si Christian et Osvaldur... manigançaient des choses ensemble ?

– Non, je ne crois pas. Tu penses qu'un étudiant aurait dénoncé Christian ? Un de ceux qui collaborent avec les nazis ?

– C'est une possibilité, répondit Ingimar. Et c'est...

– SOUS-MARIN !

Le cri qui semblait provenir du pont traversa le navire. Ils se levèrent d'un bond en jetant des regards terrifiés autour d'eux. Les passagers se précipitèrent en dehors du réfectoire et virent une vieille femme vêtue d'un manteau de fourrure s'affaisser sur le pont. Le second descendit de la passerelle pour l'assister et, au même moment, un jeune homme s'avança vers lui pour se dénoncer en lui présentant ses plus plates excuses. Il avait crié ça par pure bêtise, histoire de plaisanter. Il se tenait, voûté et mort de honte, face au second, entouré par ses compagnons de voyage manifestement insensibles à son humour. La femme reprit rapidement ses esprits. On la raccompagna à sa cabine et le second pria le mauvais plaisant de le suivre pour voir le commandant. L'affaire était sérieuse.

– Tu veux nous faire repérer par les Boches ? s'emporta-t-il avant d'escorter le jeune homme.

– J'ai eu une sacrée trouille, avoua Ingimar quand ils se furent rassis dans le réfectoire. Franchement, quel imbécile !

Il leur fallut quelques instants pour se remettre de leurs émotions. On ne plaisantait pas avec les sous-marins. Ce cri les avait terrifiés. Le navire était seul et sans défense dans la nuit. Ils avaient entendu des histoires d'attaques sous-marines dans l'Atlantique. Ces dernières concernaient aussi bien les cargos que les paquebots. Certes, ils avaient l'autorisation de rentrer en Islande, mais cela ne garantissait pas leur sécurité en mer, comme en attestait la décision prise par le commandant de stopper les machines et de laisser le navire dériver.

Jusqu'au point du jour, ils parlèrent à mi-voix des événements de la nuit, du voyage depuis Petsamo, de Copenhague, de la guerre et du temps qui passait. Elle s'apprêtait à quitter le réfectoire pour rejoindre sa cabine.

– Tout se passera bien pour Osvaldur, essaie de ne pas trop t'inquiéter, lui répéta Ingimar en guise d'au revoir.

– Merci beaucoup, répondit-elle en se levant, touchée par sa sollicitude même si ses tentatives de réconfort étaient vaines.

Elle supposait qu'ils ne pourraient pas descendre à terre quand ils feraient escale aux Orcades, mais se réjouissait à l'idée d'admirer depuis le pont les îles de l'archipel.

– Merci de m'avoir tenu compagnie, conclut-elle.

– C'est plutôt à moi de te remercier, répondit Ingimar avec un sourire en se levant également. Nous venons de vivre une nuit très étrange. Je t'ai vue parler à Manfred sur le pont hier, ajouta-t-il, relançant la conversation. Tu le connais bien ?

Elle hésita, surprise.

– Et toi ? éluda-t-elle pour gagner du temps.

– Non, répondit Ingimar. Nous avons juste discuté un peu à bord, mais c'est tout.

– Vaguement. Je l'ai rencontré à Copenhague, finit-elle par dire, espérant ne pas être trahie par le ton de sa voix.

– Il connaît Osvaldur ?

– Non, répondit-elle, gênée. En tout cas, pas personnellement. Pourquoi tu me demandes tout ça ?

– Pour rien. Je connais sa famille de réputation, c'est tout. Il est originaire de Hafnarfjördur, comme moi.

– De réputation ?

– Oui.

– Tu connais sa famille ? Où est-ce que tu veux en venir ?

— Nulle part, répondit Ingimar. En fait, je ne la connais pas vraiment. Enfin, pas personnellement.
— Mais… ?
— Je ne veux pas risquer de…
— Risquer de quoi ? insista-t-elle en se rasseyant. Qu'est-ce que tu refuses de me dire ?
— Vous êtes bons amis, toi et Manfred ?

Pourquoi Ingimar l'interrogeait-il ainsi ? Était-il au courant de ce qui s'était passé entre eux ? Lui taisait-il certaines choses ? Que dissimulaient toutes ces questions ?

— Non… c'est juste une connaissance, assura-t-elle, en espérant qu'Ingimar ne percevait ni son hésitation ni sa gêne. Il avait dû sentir qu'elle était mal à l'aise quand il lui avait parlé de Manfred.

— Donc, tu ne connais pas son oncle maternel ?
— Son oncle maternel ? Non.

Le soleil levant vint frapper les hublots du réfectoire. Au même moment, ils perçurent les rugissements sourds des moteurs qui s'ébranlaient sous leurs pieds. La carcasse du navire vibra quelques instants pendant qu'ils montaient en régime, la cheminée cracha un panache de fumée noir charbon et l'équipage reprit le contrôle de l'*Esja*. Le danger semblait écarté, à leur grand soulagement.

— Dieu soit loué, soupira-t-elle.
— Oui, nous voilà tranquilles, pour l'instant.
— Mais qu'est-ce que tu voulais me dire sur l'oncle de Manfred ? Tu t'apprêtais à…
— Rien, je dois me tromper, répondit Ingimar. Oublie tout ça. Tu devrais essayer d'aller t'allonger avant notre arrivée si tu veux voir les îles.

Sur ce, Ingimar disparut dans l'escalier qui menait aux ponts inférieurs. Heureusement, il avait cessé de lui poser des questions sur la nature de ses relations avec Manfred, mais elle était curieuse de savoir ce qu'il avait refusé de lui dire sur la famille de cet homme.

18

Le soldat montait la garde devant le mur de sacs de sable protégeant l'accès au théâtre national. Son nom était le dernier sur la liste que la police militaire avait constituée au Piccadilly le soir du meurtre du jeune homme. Celle-ci n'étant pas très longue, Thorson avait assez vite pu interroger les intéressés, mais il n'avait pas appris grand-chose. Ses interlocuteurs soutenaient invariablement ne pas connaître d'Islandais. Réticents, ils refusaient de se transformer en informateurs et de lui communiquer les noms d'autres soldats présents dans la gargote lors de l'agression, comme s'ils craignaient de leur attirer des ennuis. Thorson comprenait cette attitude dans une certaine mesure. Il savait que les militaires avaient l'esprit de corps mais ne saisissait pas pourquoi certains hésitaient à reconnaître qu'ils fréquentaient un lieu comme le Piccadilly.

La construction du théâtre national n'était pas tout à fait achevée quand la guerre avait éclaté et les troupes d'occupation britanniques n'avaient pas tardé à l'utiliser comme entrepôt, ce qui expliquait la présence des sacs de sable. Le bâtiment était aussi important pour l'armée que celui des télécommunications nationales ou du lycée de Reykjavík où les troupes britanniques avaient dans un premier temps installé leur quartier général. La façade ornée de cinq colonnes et inspirée des orgues basaltiques d'Islande impressionnait beaucoup Thorson. C'était, selon lui, une des plus belles constructions de cette ville sans relief.

Le soldat répondit qu'il était allé seul au Piccadilly. La vingtaine, les cheveux bruns et la peau mate, il faisait partie du 5e régiment d'infanterie et portait un nom d'origine espagnole, Sanchez. Thorson l'emmena légèrement à l'écart pour discuter tranquillement. Sanchez soutenait que c'était la première fois qu'il allait là-bas, le soir du meurtre. On lui avait dit que c'était un bar où on s'amusait bien. Il ne connaissait pas d'Islandais, n'avait pas remarqué la présence d'un autochtone portant l'uniforme de son régiment et n'avait aucune idée de ce qui était arrivé à ce jeune homme. Son témoignage concordait en tous points avec ceux que Thorson avait obtenus des autres clients du Piccadilly.

– Vous souvenez-vous avoir croisé là-bas un dénommé Ray Evans ? Il est simple soldat comme vous et fait partie de votre régiment.

Sanchez secoua la tête.

– Je ne connais aucun Evans.

– C'est sûr, votre régiment compte pas mal d'hommes. Les clients ont consommé beaucoup d'alcool ce soir-là ?

– Apparemment, pas plus que d'habitude.

– Vous n'avez été témoin d'aucune bagarre qui aurait opposé des Islandais à des soldats ? Ni de disputes ou de provocations ?

– Non, je n'ai rien remarqué. Tout le monde semblait bien s'entendre.

– Et les femmes ? Personne ne s'est querellé à leur sujet ?

– Non.

– Elles étaient nombreuses ?

– Nombreuses ? Pas spécialement. Il y en avait quelques-unes avec des soldats, d'autres étaient venues en groupe et j'en ai vu certaines repartir sans que les gars s'intéressent à elles – ni elles à eux, d'ailleurs.

Thorson resta à discuter quelques instants avec Sanchez. Une certaine animation régnait dans la rue Hverfisgata et aux abords de l'entrepôt. Un détachement passa devant eux, au pas, en direction de la colline d'Arnarholl.

– La victime appréciait sans doute plus les hommes que les femmes, reprit Thorson, ça pourrait même être la raison pour laquelle il a été agressé. Il y a des gens qui trouvent ça dégoûtant.

– Ah bon ? Et on l'aurait tué pour ça ?

– L'hypothèse n'est pas exclue. Connaissez-vous des personnes qui haïraient ou éprouveraient du dégoût pour ceux qui sont, disons... différents ?
– Je ne connais personne comme ça dans l'armée, répondit Sanchez.
– Non, mais vous avez peut-être entendu parler de... de ce type d'inclination parmi les troupes présentes en Islande.
– Non, je ne peux dire.
Le soldat s'accorda un instant de réflexion.
– Il se vendait ? demanda-t-il.
La question n'étonna pas Thorson. Il avait envisagé cette éventualité même s'il n'avait jamais été témoin de telles pratiques dans le cadre de son travail. Jamais il n'avait dû traiter ce type d'affaires depuis qu'il servait dans la police militaire. Il savait toutefois qu'il ne fallait pas en tirer de conclusions hâtives.
– Vous voulez dire à des soldats ?
Sanchez haussa les épaules.
– Vous avez des exemples ? demanda Thorson. Ce sont des pratiques courantes ?
– Non, répondit Sanchez. Il lui demanda s'il pouvait allumer une cigarette et prit son paquet chiffonné dans la poche de sa chemise. Je n'ai jamais vu ça ici. Chez moi, à New York, peut-être, mais pas ici, reprit-il.
– Vous connaissez des soldats qui auraient ces penchants... qui aimeraient les hommes ? poursuivit Thorson. Et qui se trouvaient au Piccadilly ce soir-là ?
– Vous croyez franchement que c'est un militaire qui l'a agressé ? rétorqua Sanchez sur un ton hautain qui déplut au policier. Thorson ne supportait pas qu'on le prenne de haut, et encore moins si cela venait d'un simple soldat.
– C'est ce que je cherche à découvrir, rétorqua-t-il. Contentez-vous de répondre à mes questions. Ce que je crois ou pas ne vous regarde pas. Et tenez-vous droit quand vous me parlez !

Sanchez comprit qu'il était furieux. Il se redressa tout à coup comme s'il avait oublié qu'il parlait à un supérieur.

— Non, monsieur, ça ne me dit rien. Je ne connais personne comme ça, ni dans l'armée ni ailleurs.

— Avez-vous vu des visages familiers au Piccadilly? Je veux dire des soldats.

Thorson s'attendait à ce que Sanchez lui réponde non comme les autres témoins, mais il lui posait la question par acquit de conscience. Un gros camion militaire passa dans la rue Hverfisgata. Thorson vit un homme en imperméable noir et miné par l'âge entrer dans la bibliothèque nationale.

— Non, monsieur, je ne connaissais personne... à part...

— À part?

— Eh bien... il n'était pas vraiment... enfin, il partait au moment où je suis arrivé, expliqua Sanchez.

— Qui donc?

Le soldat hésita.

— Qui sortait du Piccadilly quand vous êtes entré?

— Le lieutenant Stewart. Je l'ai vu s'en aller en voiture.

— Stewart? répéta Thorson qui connaissait celui-ci. Au Piccadilly? Il était seul?

— Non, il y avait une jeune femme dans sa voiture.

— Une Islandaise?

— Je suppose, monsieur, répondit Sanchez.

— Vous savez s'il fréquente ce bar?

— Je n'en ai aucune idée, monsieur. Comme je viens de vous le dire, c'est la première fois que j'y allais. Mais je doute qu'il y aille souvent. C'est un des endroits les plus répugnants de la ville.

— Vous êtes sûr que c'était lui?

— Je sais ce que j'ai vu. Je préférerais que... enfin, si vous...

— Oui?

— Si vous pouviez me laisser en dehors de tout ça et éviter de dire mon nom, vous voyez, monsieur, je me sentirais mieux. Je ne veux causer de tort à personne. Et surtout pas à mes supérieurs.

Le reste de la journée se déroula sans événements notables. Dans la soirée, on signala toutefois à la police militaire un drame qui venait de se produire dans un des baraquements de Kamp Knox. Arrivé parmi les premiers sur les lieux, Thorson vit des hommes déposer un corps sur une civière et l'emmener en ambulance. Un soldat âgé d'une vingtaine d'années s'était tiré une balle dans la tête dans son lit. L'arme gisait au sol à ses pieds. L'intéressé était en dépression depuis plusieurs semaines. Les efforts de ses camarades pour lui remonter le moral avaient été vains. Ils savaient parfaitement ce qui l'affligeait. Il venait de perdre sa petite amie, une jolie jeune Islandaise, dans un accident dont il s'estimait responsable. Ensemble depuis quelques mois, ils étaient éperdument amoureux, comme le sont les jeunes gens persuadés d'avoir trouvé l'âme sœur. Ils revenaient, joyeux, d'un bal pour militaires au volant d'une jeep décapotable. Arrivés à ce carrefour, ils s'étaient engagés beaucoup trop vite dans le virage, ou peut-être que la route était trop mauvaise et défoncée. La jeep s'était retournée. Écrasée sous le poids du véhicule, la jeune femme, qui s'était maquillée pour aller au bal et avait enfilé une petite robe noire, était morte sur le coup. Tous la décrivaient comme affable et souriante. Le soldat avait eu plus de chance. Il était sorti indemne de l'accident. Selon ses camarades, c'était un jeune homme sensible qui ne supportait pas le spectacle de la souffrance. Après le drame, il s'était complètement refermé sur lui-même.

Thorson était au courant de cette affaire. Il s'était rendu sur le lieu de l'accident et avait ressenti une grande compassion à l'égard du soldat qui avait opté pour cette solution radicale.

19

Quand Flovent arriva à l'Hôpital national, Baldur rendait visite à ses patients avec un groupe d'internes parmi lesquels on remarquait la présence d'une jeune femme. Debout autour du lit d'un homme âgé, ils discutaient des conséquences du vieillissement sur les maladies du foie. Hermétique à leur jargon, le patient levait désespérément les yeux et s'efforçait de saisir quelques bribes. Baldur posa une question truffée de latinismes à laquelle un interne répondit aussitôt par un charabia tout aussi obscur. Le malade les regarda, déconcerté. Flovent patientait dans le couloir pour ne pas perturber le cours. Il connaissait Baldur depuis des années et le savait susceptible de se mettre en colère à la moindre contrariété.

Ce qui se vérifia d'ailleurs assez vite. Un interne au visage lisse plutôt sûr de lui considérait pouvoir apporter une contribution intéressante, mais après l'avoir écouté quelques instants, Baldur lui répondit que son diagnostic était faux et lui conseilla sans ménagement d'aller réviser son cours d'anatomie.

– Ne t'inquiète pas, mon brave Mosi, ces jeunes gens disent qu'il te reste encore un peu de temps, lança-t-il en guise d'au revoir au vieil homme qui accueillit la bonne nouvelle avec un sourire indéchiffrable.

Baldur découvrit la présence de Flovent en sortant de la chambre. Il le salua et le pria de patienter, il en avait presque fini. Puis, suivi par son groupe d'étudiants, il alla voir son prochain patient tandis que le policier faisait les cent pas dans le couloir. Plus tôt dans la matinée, Flovent était retourné inspecter le bosquet dans le pré de Klambratun avec l'espoir d'y trouver quelques indices de l'agression du jeune homme, des traces de pas, des tessons de bouteille tranchants comme des rasoirs et maculés de sang. Le périmètre avait été piétiné et les empreintes laissées par les clients du bar, les policiers, les clochards, les passants, les femmes et les soldats, les bottes, les sabots et les chaussures du dimanche ne lui apprenaient rien. Il était également retourné interroger le patron du Piccadilly, mais avait trouvé porte close. Il n'y avait pas âme qui vive dans les parages, l'agitation joyeuse de la nuit avait laissé place à la grisaille.

— Solveig, l'infirmière-chef, m'a dit qu'elle connaissait un peu ces gens, répondit Baldur quand Flovent l'interrogea sur le noyé retrouvé à Nautholsvik. En tout cas, elle connaît sa femme. Tu devrais peut-être lui parler. Je viens de la croiser. Elle est de garde.

— Tu crois qu'on devrait creuser leur passé? s'enquit Flovent en mémorisant le nom de l'infirmière-chef.

— C'est à toi de voir, répondit Baldur. On analyse le contenu de la ponction lombaire même si je ne pense pas que ça changera grand-chose. Enfin, on ne sait jamais.

— Tu m'as dit que tu n'étais pas sûr qu'il ait été totalement maître de ses actes quand il s'est jeté à la mer.

— En effet, mais j'en saurai plus d'ici un ou deux jours. Mon interne a trouvé ça par hasard. En fait, il est un peu plus doué que le reste du groupe.

— On suppose qu'il s'est suicidé. Évidemment, nous n'excluons pas l'hypothèse d'un accident. Il est possible qu'il soit simplement tombé dans la mer. Peut-être qu'il n'était pas dans son état normal, étant donné ce que révèle l'autopsie.

— En effet.

— Je ne vois pas comment je vais expliquer ça à sa femme.

— Pour l'instant, tu n'as pas besoin de lui dire quoi que ce soit. Nous étudions tout ça. Tu ne sais pas exactement ce qui s'est passé, mais les choses devraient s'éclaircir dans les prochains jours.

— Tu comprends bien que, pour les proches, il y a une différence considérable entre un accident et un suicide, objecta Flovent.

— Oui, et je crois que ce n'est pas encore le moment de trancher la question. En outre, il me semble que tu oublies complètement la troisième hypothèse.
— Comment ça ?
— Tu ne devrais pas négliger le fait que cet homme a peut-être été tué.
— Tué ? Qu'est-ce qui te fait dire ça ?
— Si tu ne peux pas prouver qu'il s'agit d'un suicide et si tu n'es pas sûr à cent pour cent que c'est un accident, alors tu ne peux pas exclure le meurtre. Ça tombe sous le sens. Je suppose que tu as envisagé cette hypothèse.
— Pas sérieusement, répondit Flovent. Je n'ai aucun indice qui viendrait la corroborer. Le corps ne présente aucune trace suspecte. Il n'y a pas eu vol. Il n'y a pas de mobile. J'ai interrogé ses collègues sans rien découvrir qui…
— Tu connais ton métier mieux que moi. Je te dirai ce que nous avons trouvé dès que nous aurons terminé les analyses. Pour peu qu'elles soient concluantes. Je me demande si… si tu ne devrais pas te pencher sur leur couple ou enquêter sur sa veuve. Le produit auquel je pense ne peut être administré que par injection et ce n'est pas facile de s'en procurer.
— Où veux-tu en venir ?
— Je suppose que sa veuve sait comment procéder.
Baldur refusa catégoriquement de lui en dire plus. Il l'envoya voir Solveig qui allait et venait entre ses patients et n'avait pas le temps de discuter. Elle leur donnait leur traitement et veillait à ce qu'ils aient la bonne dose du médicament prescrit. Flovent se présenta en précisant que c'était Baldur qui l'envoyait parce qu'elle connaissait le noyé de la baie de Nautholsvik.
— Ou plutôt sa femme, répondit-elle en sortant dans le couloir après s'être occupée d'un autre patient. Lui, je ne le connaissais pas, je ne l'ai jamais vu.
— Comment avez-vous rencontré Agneta ?
— Elle était à l'école d'infirmières. Je ne la connais pas plus que ça. Agneta est très vite partie en Norvège où elle a

poursuivi ses études et je ne l'ai quasiment pas revue depuis. Je crois savoir qu'elle travaille à l'hôpital de Landakot.
— C'est exact.
— J'ai appris qu'elle était rentrée en Islande. On m'a dit qu'elle a achevé sa spécialisation, mais je ne me rappelle plus dans quel domaine.
— Donc, vous étiez ensemble à l'école d'infirmières ?
— Non, je terminais mon cursus quand elle est arrivée, nos chemins n'ont fait que se croiser. Je me souviens seulement que...

Solveig hésita. Cette femme semblait avoir l'habitude d'en venir droit au fait. Déterminée dans ce qu'elle entreprenait, elle affichait une belle assurance dans son uniforme d'infirmière. Elle portait sur sa poitrine une petite broche qu'elle arborait comme une médaille.

— Que... ?
— Je me rappelle que les filles disaient du mal d'elle.
— Du mal ?
— Loin de moi l'idée de colporter ces ragots. Je ne crois pas qu'ils étaient fondés. C'était juste des histoires que racontaient les filles de sa promotion.
— Parfait, répondit Flovent. Dans ce cas, je leur accorderai le crédit qu'elles méritent, mais j'aimerais quand même que vous me disiez ce que vous avez entendu.
— On est bien d'accord, cela doit rester entre nous ; les autres racontaient qu'elle était assez calculatrice dans ses amours, répondit Solveig. Elle avait cette réputation. Je ne la connais pas assez pour avoir un avis là-dessus. Évidemment, ce n'étaient que les mauvaises langues qui parlaient ainsi, sans doute motivées par la jalousie. Tout le monde trouvait Agneta très jolie, les internes lui faisaient les yeux doux et la rumeur circulait qu'elle voulait se trouver un médecin à tout prix, que c'était son objectif principal à l'école d'infirmières. Enfin, vous comprenez. Je ne devrais pas vous raconter tout ça, j'espère pouvoir compter sur votre discrétion. Je suis sûre que ce n'est qu'un tas de calomnies.

– Et elle a réussi à en dénicher un ? s'enquit Flovent.
– Vous êtes mieux placé que moi pour le savoir. C'est bien son mari qu'on a retrouvé mort dans la baie de Nautholsvik ?
– Oui, mais il n'était pas médecin. Ou s'il l'était, il n'exerçait pas puisqu'il travaillait pour une compagnie d'assurances. Par conséquent...
– Comme je viens de le dire, ce n'étaient que des ragots. Ne les prenez pas trop au sérieux. Cette histoire est terrible. Dire qu'il a fait une chose pareille. Je ne connais pas ces gens, mais ça doit être affreux pour elle et pour ceux qui restent. Si je peux me permettre, pourquoi avez-vous besoin de ces renseignements ?
– Ces renseignements ?
– Eh bien, ceux que je viens de vous donner. Vous semblez vous intéresser à cette femme.
– Je ne cherche aucun renseignement, objecta Flovent. C'est Baldur qui m'a dit que vous la connaissiez et je me suis dit que nous pourrions en discuter. C'est tout.
– Dommage que j'en sache si peu, regretta Solveig.
– Je ne veux pas vous importuner plus longtemps.
– Si cela vous intéresse, Magdalena la connaît mieux que moi. Elle travaille de nuit cette semaine. Elles étaient ensemble à l'école d'infirmières. Au cas où vous auriez envie d'en savoir plus...

20

Elle contemplait avec envie le clocher de la cathédrale Saint-Magnus qui dépassait des toits de Kirkwall. Elle aurait voulu descendre quelques instants du navire et visiter la ville pour oublier un moment les lourdes pensées qui l'accablaient depuis le début du voyage. Peut-être aurait-elle même pu s'asseoir dans cette cathédrale. Mais cela ne figurait pas au programme. À l'approche des Orcades, les passagers avaient appris qu'ils ne pourraient descendre à terre sous aucun prétexte. Ils attendaient l'arrivée d'un corps d'inspection envoyé depuis Londres, ces hommes monteraient sur le navire et, leur tâche achevée, ils reprendraient la route vers l'Islande. Tout le monde resterait donc à bord pendant l'escale.

Les passagers avaient appris cette visite par la rumeur et ils s'interrogeaient. Ceux qui avaient toujours réponse à tout évoquaient une inspection douanière de routine et une nécessaire vérification des passeports. D'autres imaginaient que les Britanniques leur demanderaient des détails concernant l'occupation allemande au Danemark.

Ils se seraient bien passés de ce détour aux Orcades. Tout le monde avait hâte de retrouver les siens après ces voyages éreintants en train et en autocar, et plus encore après la traversée de cette zone infestée de sous-marins. Le jour du départ de Copenhague semblait bien loin. La dernière chose dont ces voyageurs avaient besoin c'était de recevoir la visite d'une brigade d'inspection qui mettrait les cabines sens dessus dessous, descendrait dans la cale où s'entassaient environ soixante-dix passagers, et fouillerait le bateau dans les moindres recoins.

Ils avaient navigué en douceur entre ces îles surgies de l'océan jusqu'à la capitale des Orcades où ils avaient jeté l'ancre. Elle avait admiré cette nature à l'état brut qui lui rappelait l'Islande. Seules quelques îles étaient habitées, on voyait ici et là de modestes maisons en pierre et des barques posées sur les rivages. Elle se rappelait vaguement ce qu'elle avait appris à l'école sur la Saga des Orcadiens. Une frégate et des torpilleurs de la flotte britannique étaient à quai et, tout près de l'*Esja*, un sous-marin flottait à la surface de l'eau.

La journée passa sans que le corps d'inspection se manifeste. Le soir, quelques passagers qui avaient créé un chœur d'hommes interprétèrent au réfectoire des chansons islandaises que l'assistance ne tarda pas à reprendre. Les chants emplissaient la ville, portés par la quiétude du soir. Quelques habitants des Orcades s'arrêtèrent dans la rue pour écouter. Même s'ils ne comprenaient pas les paroles, la vieille langue norroise n'ayant pas résonné ici depuis des siècles, ils percevaient toute la mélancolie et le mal du pays qu'exprimaient ces chants.

À la fin de la fête, tout le monde alla se coucher, nourri par ces moments de joie, ayant oublié la terreur de la nuit précédente et les longues heures où le capitaine avait laissé le navire dériver. Elle s'attarda un moment, accoudée au bastingage depuis lequel elle observait avec envie la ville plongée dans les ténèbres conformément à la règle en vigueur dans toute la Grande-Bretagne. On apercevait tout juste çà et là quelques maigres lueurs. Bien haut dans le ciel, un croissant de lune taillé dans les ténèbres voguait telle une voile blanche déployée au vent.

— J'aurais bien aimé pouvoir descendre à terre, même juste un instant, déclara une voix derrière elle.

— C'est ce que j'étais en train de me dire.

Manfred se pencha par-dessus le bastingage, ses pieds quittèrent le pont du navire. Elle l'attrapa, craignant qu'il ne passe par-dessus bord.

— Attention à toi, ne fais pas ça ! s'exclama-t-elle.

— Ne t'inquiète pas, répondit Manfred. Ça me fait du bien de m'étirer. J'ai à nouveau mal au dos.

Ce n'était pas la première fois qu'elle l'entendait se plaindre de ce mal de dos pour lequel il avait même consulté un médecin.
– Tu as des nouvelles de Copenhague ? s'enquit-il.
– Aucune. Le capitaine a eu la gentillesse de relancer l'ambassade, mais il n'a pas reçu de réponse. Je suppose qu'ils font de leur mieux pour découvrir ce qui est arrivé à Osvaldur et l'endroit où il est détenu.
– Sans doute. Apparemment, les autres passagers ignorent ce qui s'est passé, en tout cas je n'ai entendu personne en parler. Il n'y a que toi et le capitaine au courant.
– Et aussi Ingimar. C'est lui qui m'a dit que les nazis l'avaient arrêté. Tu le connais ?
– Très peu. Je l'ai rencontré à bord. Il m'a l'air d'être un bon gars, répondit Manfred.
– Je l'aime beaucoup, avoua-t-elle.
Ses bras reposaient sur le bastingage. Manfred s'apprêtait à poser une main sur son épaule. Elle recula. Il la laissa tranquille et tous deux regardèrent Kirkwall un long moment.
– Je sais que c'est affreux de te parler de ça, surtout sachant ce qui est arrivé à Osvaldur, mais quand je t'ai vue là... commença-t-il.
– Oui, je t'en prie, ne me parle pas de ça, coupa-t-elle.
– D'accord, excuse-moi, je ne voulais rien te dire. Je ne voulais pas t'en parler mais... je n'arrête pas de penser à toi. J'espère ne pas te froisser en te l'avouant.
– S'il te plaît, Manfred, tais-toi...
– Pardon. Je n'en parle plus. Je suis sûr que tout ira bien pour lui.
– Je ne peux pas... je suis tellement malheureuse pour Osvaldur que plus rien ne compte. Plus rien du tout. J'espère que tu comprends.
– Bien sûr. Bien sûr que je comprends. Essaie de ne pas trop t'inquiéter. Bonne nuit.
– Oui, bonne nuit.

Les passagers commençaient à s'impatienter réellement quand une petite embarcation quitta enfin les quais de Kirkwall dans l'après-midi en direction de l'*Esja* qui avait jeté l'ancre à l'entrée du port. On voyait à bord quelques soldats armés à l'air sévère, accompagnés d'un lieutenant-chef qui, debout à la proue, retenait sa casquette pour éviter qu'elle ne soit emportée par le vent. Voilà la brigade d'inspection envoyée par Londres, pensa-t-elle en regardant l'embarcation aborder leur navire. Elle avait mis de l'ordre dans la cabine qu'elle partageait avec d'autres femmes. Toutes s'attendaient à ce que leur bateau soit fouillé de fond en comble.

Elles s'étaient trompées. Le capitaine accueillit le détachement sur le pont. Il apparut que ces hommes n'étaient pas une brigade d'inspection dépêchée depuis Londres, mais un simple détachement de soldats basés à Kirkwall qui avaient reçu l'ordre de venir vérifier les passeports. Après brève discussion avec le capitaine, le lieutenant décida de procéder aux opérations dans le réfectoire. Il appela chacun des passagers et les pria de lui présenter leurs passeports avant de les comparer à la liste que lui avait remise le capitaine. Extrêmement pointilleux, il examina chaque document avec soin et leur demanda le motif de leur séjour dans les pays nordiques. Tout cela prit un certain temps et le soir commençait à tomber quand le lieutenant donna l'ordre à ses hommes de rejoindre l'embarcation légère sur laquelle ils étaient arrivés en ajoutant que l'*Esja* était maintenant libre de quitter Kirkwall. Mais ce n'était pas tout: ils seraient escortés par un torpilleur et un sous-marin pendant qu'ils traverseraient les zones dangereuses autour des Orcades.

L'attente était terminée. Le convoi quitta assez rapidement Kirkwall. Le torpilleur ouvrait la marche, suivi par l'*Esja* et le sous-marin. Ils naviguèrent un moment dans la nuit puis mirent le cap sur l'Islande, et le torpilleur et le sous-marin firent demi-tour pour regagner leur port d'attache. La mer était calme, il n'y avait aucun danger à l'horizon. Les passagers allèrent donc se coucher en toute sérénité, certains d'atteindre Reykjavík et de retrouver leur famille bientôt.

Le lendemain, alors qu'elle s'apprêtait à sortir déjeuner, le capitaine vint frapper à sa porte. Devant son air inquiet, elle comprit de suite qu'il venait lui annoncer une mauvaise nouvelle. Elle eut toutefois la présence d'esprit de l'inviter à entrer dans sa cabine. Il lui tendit sans dire un mot le télégramme qu'il tenait à la main. Elle le prit, réticente, sans avoir envie de lire ce qui était écrit.

– Ils ignorent où il est, précisa le capitaine.

– Vous voulez bien me lire ce message ? demanda-t-elle en lui rendant le télégramme. Ça ne vous dérange pas de faire ça pour moi ?

Il prit la feuille et lut à voix haute :

OSVALDUR TRANSFÉRÉ DE COPENHAGUE. PROBABLEMENT DANS UN CAMP DE PRISONNIERS. LIEU INCONNU. LES ALLEMANDS NE RÉPONDENT PAS.

– Un camp de prisonniers ? Qu'est-ce que... qu'est-ce que ça veut dire ?

– Qu'il est vivant, répondit le capitaine pour la rassurer. Ils n'en savent pas plus. Sinon, ils le diraient. C'est tout de même une bonne nouvelle.

– Ils n'en savent rien, objecta-t-elle. Pourquoi les Allemands l'ont-ils envoyé dans un camp de prisonniers ? Et pourquoi ne disent-ils pas où ? Que lui font-ils ? Où sont ces camps ?

Le capitaine n'avait pas la réponse à ces questions.

– Vous devez être patiente, conseilla-t-il.

– C'est tellement difficile de ne rien savoir. Cette attente me rend complètement folle.

– Et c'est tout à fait normal.

– C'est insupportable de n'avoir aucune nouvelle de lui et de le savoir entre leurs mains.

Le capitaine lui tendit à nouveau le télégramme.

– Je suis sûr que l'ambassade finira par découvrir où il est, la rassura-t-il en quittant la cabine. J'en suis certain. Et ils s'arrangeront pour le faire rentrer en Islande. C'est inimaginable autrement. Il ne doit pas avoir une grande importance pour les Allemands. Vous avez une idée de ce qu'il a pu faire pour que ça se passe comme ça ?

Elle secoua la tête, incapable de lui dire la vérité. Le capitaine ne pouvait s'attarder auprès d'elle plus longtemps, il avait assez à faire, il la pria de l'excuser. Il semblait assez inquiet.

– Ne vous excusez pas, je comprends, vous êtes très occupé.

– En effet, je suis pris par une autre affaire qui…

– Il est arrivé quelque chose ?

– Aussi affreux que cela puisse paraître, reprit-il, il semble qu'un de nos passagers soit tombé par-dessus bord sans que personne ne le remarque.

– Pardon ?!

– Ça semble bien être le cas, expliqua-t-il, manifestement bouleversé. Nous avons cherché partout sur le navire, fouillé tous les coins où cet homme pourrait s'être enfermé pour se faire du mal…

– Je n'arrive pas à le croire !

– C'est sans doute arrivé cette nuit. Quand la brigade est passée, personne ne manquait à l'appel. Puis, ce matin, quelqu'un est venu nous voir pour nous signaler qu'il n'avait pas revu un de ses compagnons de cabine depuis notre départ de Kirkwall. Il a passé la matinée à le chercher en vain et il est venu nous faire part de ses inquiétudes. Il s'est dit qu'il lui était peut-être arrivé malheur. Qu'il était peut-être accidentellement passé par-dessus bord.

– Vous croyez réellement que ce genre de chose peut arriver ?

– Hélas, on ne peut pas l'exclure. Il est introuvable.

– Dieu tout-puissant, soupira-t-elle. Qui… qui c'est ?

– Je ne lui ai jamais parlé, répondit le capitaine. Il faisait partie du gros groupe de gens arrivés de Copenhague. Vous le connaissez peut-être.

– Comment s'appelle-t-il ?
– Ingimar. Il s'appelle Ingimar.

21

L'entrevue commença plutôt mal. Le lieutenant s'emporta dès qu'il comprit que l'homme en tenue de ville qui accompagnait Thorson travaillait à la Criminelle de Reykjavík. Thorson avait présenté Flovent en précisant qu'ils enquêtaient tous les deux sur une agression qui impliquait à la fois l'armée et la population locale. Ils avaient déjà fait équipe ensemble et…

Stewart n'avait pas la patience d'écouter ses explications.

– Cet homme n'a rien à faire ici! coupa-t-il. Dites-lui de déguerpir immédiatement.

Flovent sursauta, peu habitué à cette agressivité. En général, ses relations avec les gradés étaient cordiales. Thorson ne se laissa pas impressionner. On aurait dit qu'il s'attendait à ce que le lieutenant fasse des difficultés.

– Nous enquêtons conjointement, répondit-il sans s'énerver. Ce bar est fréquenté autant par la population locale que par les soldats. J'ai souvent collaboré avec Flovent, ce qui nous a toujours réussi. Je peux vous assurer que…

– Non, je refuse d'être interrogé par un Islandais, rétorqua Stewart sans même accorder un regard à Flovent. C'est bien clair?!

– Ce n'est pas grave, Thorson. J'ai assez à faire comme ça, déclara Flovent en islandais. Tiens-moi au courant si tu découvres quelque chose d'important. J'y vais.

– Oui, je crois que c'est préférable. Je savais que ça ne serait pas simple, mais là… il est d'une grossièreté!

– Je préférerais que vous vous absteniez de parler dans votre charabia ridicule en ma présence, interrompit le lieutenant.

Furieux contre Stewart, Thorson raccompagna Flovent sur le trottoir.

– Mes excuses pour ce comportement, Flovent. J'ai honte pour lui, mais je crains de ne pas pouvoir faire grand-chose. Ici, c'est lui le chef et il a le droit de refuser ta présence. Rien n'oblige ces gars à répondre aux questions de la police islandaise. Heureusement, ils ne sont pas tous comme ça.

– Ne t'inquiète pas, répondit Flovent. Je dois aller voir quelqu'un, au sujet du corps retrouvé à Nautholsvik. Bon courage, mon vieux !

Arthur Stewart, lieutenant dans l'armée américaine, lança un regard furieux à Thorson à son retour. Le départ du policier islandais ne l'avait pas calmé. Il écouta avec un agacement grandissant Thorson lui exposer la raison de sa visite, en rapport avec une agression qui avait coûté la vie à un jeune homme probablement islandais tout près d'un bar crasseux. Stewart ne le laissa pas terminer son exposé, il l'interrompait constamment, rétorquait qu'il ne voyait pas en quoi cette histoire le regardait et exigeait des explications. Thorson le connaissait un peu. Il savait qu'il avait un caractère de chien, c'était un supérieur autoritaire et ambitieux. On disait qu'il n'appréciait pas d'avoir été envoyé sur cette île du bout du monde et qu'il attendait impatiemment d'être appelé pour servir ailleurs. La rumeur disait qu'il avait enfreint la discipline dans sa précédente affectation, mais Thorson n'en savait pas plus. Avant de lui rendre visite, ce dernier en avait parlé à Flovent qui avait bien ri en apprenant qu'on avait envoyé le lieutenant en Islande pour le punir.

Thorson agaçait de plus en plus le gradé dont le visage ne tarda pas à rougir et à grimacer.

– Qu'est-ce que tu essaies de me dire ? grommela-t-il en bombant le torse. Que je suis mêlé à cette… à cette histoire ridicule ? Tu es sérieux ?

– Pas du tout. Je ne sais pas pourquoi…

– Dans ce cas, qu'est-ce que tu viens faire ici ?

– Comme je viens de vous l'expliquer, j'essaie juste de réunir des informations, répéta Thorson en faisant de son mieux pour ne pas se laisser impressionner par la colère grandissante de son interlocuteur. Un témoin affirme vous

avoir vu sur les lieux et je voulais simplement vous demander si vous n'aviez rien remarqué de suspect ce soir-là.
— Un témoin ?! Qui ça ?
— J'ai promis la discrétion.
— La discrétion !!
— Oui, mon entière discrétion, martela Thorson.
— Je n'aime pas tes questions, reprit le lieutenant, un ton en dessous. Évidemment je n'ai rien remarqué de suspect et, si je comprends bien toutes les conneries que tu racontes, j'avais quitté cet endroit quand ça s'est passé. Je ne comprends pas pourquoi tu viens ici m'interroger sur des histoires dont je ne sais rien et avec lesquelles je n'ai rien à voir.
— Étiez-vous déjà allé dans cet endroit ?
— Quel endroit ?!
— Le Piccadilly. Je vous ai déjà dit son nom.
— Et alors, ça change quoi si j'y étais déjà allé ? Ce n'est pas un crime ! Je ne peux pas t'aider, je n'ai rien à te dire sur le type qui s'est fait tuer. Je ne sais pas ce qui s'est passé.
— Puis-je vous demander pourquoi vous fréquentez ce bar ? Disons que ce n'est pas le plus… raffiné de cette ville. On peut même dire que c'est une gargote infâme.
— Je n'aime pas trop les bars élégants, comme tu dis. On n'y trouve que des snobs et des pauvres types. Je préfère la compagnie des simples soldats. Ils sont le cœur de l'armée. Tu vas m'arrêter pour ça ?
— Donc, vous reconnaissez que vous fréquentez régulièrement le Piccadilly ?
— J'ai dû y aller une fois ou deux, histoire de saluer mes hommes, répondit Stewart. Je ne vois pas où est le mal. Mais je ne suis pas un habitué. Et quand bien même je le serais, ça ne te regarderait pas.
— Avez-vous pu observer comment ça se passe entre les soldats et les gens du cru ? Avez-vous été témoin de disputes ? De bagarres ?
— Non, rien de tout ça. Et ça ne m'intéresse pas. Les Islandais ne m'intéressent pas.

– Vous en êtes sûr ?
– Évidemment j'en suis sûr. Enfin, qu'est-ce que ça veut dire ?
– Vous étiez seul ce soir-là ? poursuivit Thorson.
– Oui, tout seul.
– Donc, il n'y avait pas de femme dans votre jeep ?

Il s'attendait à ce que Stewart se lève d'un bond et l'insulte copieusement. Au lieu de ça, le lieutenant se recula sur sa chaise et le contempla un moment sans lui répondre.

– C'est donc ça qui t'amène ?
– C'est-à-dire ?
– Tu viens m'interroger sur ce bar minable ? Elle est venue vous voir et se plaindre de moi ?
– Qui ça ?

Stewart le fixa longuement.

– Cette femme que j'ai reconduite. J'avais oublié jusqu'à son existence.
– Donc il y avait bien une femme avec vous dans la jeep ?
– Je l'avais oubliée.
– Vous ramenez une femme chez vous et vous l'oubliez aussitôt ?
– Je ne l'ai pas ramenée chez moi, corrigea Stewart, plus calme. Thorson supposa qu'il essayait une autre méthode, constatant que sa colère ne l'impressionnait pas.
– Quelle raison aurait-elle de se plaindre de vous ? Pourquoi tenez-vous à savoir si elle l'a fait ? Et de quoi se serait-elle plainte ?
– Tu sais comment sont ces femmes, éluda Stewart.
– Non, comment sont-elles ?
– Dissimulatrices et menteuses. C'est un tas de traînées sans intérêt. Je te déconseille d'écouter ce qu'elles racontent.
– Vous semblez les connaître mieux que moi, ironisa Thorson.
– Effectivement, on dirait bien, reprit Stewart. Elles sont toutes comme ça.
– Et cette femme ? C'est aussi une traînée ?

Stewart haussa les épaules.

— Bon, si on en finissait ? suggéra-t-il. J'ai mieux à faire que de te donner un cours sur les Islandaises.
— Comment l'avez-vous connue ?
— Je ne la connais pas, objecta Stewart. Elle m'a demandé de la déposer quelque part, j'ai accepté, c'est tout.
— Vous vous rappelez son nom ?
— Non, je ne m'en souviens pas, parce qu'elle ne me l'a jamais dit. D'ailleurs, je ne lui ai pas posé la question. Je n'avais pas envie de le savoir. À quoi ça m'aurait servi ?
— Où l'avez-vous déposée ?
— Quelque part en ville, je ne me souviens pas où, je ne connais pas bien ce trou et je n'ai pas envie de le connaître. Bon, c'est terminé ? Tu voulais m'interroger pour cette histoire d'agression ou pour tout savoir des femmes de ma vie ? Il faudrait que tu décides sur quoi tu enquêtes exactement !
— Je souhaiterais interroger cette femme.
— Eh bien, bon courage ! Je suis incapable de dire qui c'est.
— De quoi avez-vous parlé ?
— De trucs qui ne te regardent pas, mais puisque tu me poses la question, je peux te dire qu'elle ne parle que son espèce de charabia incompréhensible. Par conséquent, nous avons écourté la conversation !
— Vous ne semblez pas avoir un grand respect pour la gent féminine.
— De quoi je me mêle ?! Je respecte qui je veux, rétorqua Stewart. Certaines femmes ont le don de m'agacer. Tout comme certains petits flics pinailleurs.
— Mais vous acceptez quand même de les déposer en ville, fit remarquer Thorson.
— Oui, j'ai sans doute eu pitié de cette pauvre fille. Ça m'apprendra à être gentil, ça me servira de leçon, la prochaine fois. D'autres questions ?
— Non, j'en ai terminé pour l'instant, répondit Thorson, préférant mettre fin à l'entrevue. Merci pour votre aide. Nous serons sans doute amenés à nous revoir.
— Eh bien, ironisa Stewart, je m'en réjouis d'avance !

22

Magdalena sortait de son lit quand Flovent vint frapper à sa porte. Il était presque quatre heures de l'après-midi. L'infirmière s'endormait en général dès qu'elle rentrait de sa garde de nuit et ne se réveillait qu'en fin de journée. Très surprise par sa visite, elle avoua que c'était la première fois qu'elle parlait à un membre de la Criminelle et lui demanda ce qui lui valait l'honneur. Flovent expliqua ce qui l'amenait sans trop en dire, il venait juste lui poser quelques questions sur une femme qui venait de perdre son mari et avait fréquenté l'école d'infirmières en même temps qu'elle.
– Vous parlez d'Agneta? Son mari s'est noyé, c'est ça?
– En effet.
– Vous avez ouvert une enquête sur sa mort?
– On ne peut pas vraiment parler d'enquête. Disons que j'essaie juste de comprendre ce qui s'est passé. Je me suis dit que c'était une bonne idée de vous interroger puisque vous avez connu Agneta.
– Nous ne sommes pas amies. Si c'est ce que vous croyez.
– Ah bon?
– Je suis désolée, je ne peux pas vous aider, déclara Magdalena. Elle n'était pas... On ne s'entendait pas vraiment pendant nos études et je n'ai eu aucun contact avec elle depuis. Ce qui est arrivé est affreux, je la plains, mais elle...
Magdalena s'interrompit.
– Elle?
– Non, rien.
– Je vous promets de garder ce que vous me direz pour moi, si c'est ce qui vous inquiète, déclara Flovent. Je vous garantis mon entière discrétion.

– Eh bien... ce n'était pas un ange, reprit Magdalena. Je ne dis pas que j'en étais un mais... enfin, cette fille ne me plaisait pas du tout. Je ne vois pas comment vous le dire autrement. Je n'ai pas envie de m'engager sur ce terrain. Tout cela remonte à loin et les gens changent. Je n'aime pas médire.

Elle s'interrompit à nouveau. Flovent attendait qu'elle poursuive. Mal réveillée, Magdalena semblait encore s'interroger sur la raison de sa visite. Flovent s'était efforcé d'être honnête avec elle. En réalité, il tentait simplement de comprendre ce qui était arrivé. Il avait cependant préféré lui dissimuler les soupçons du légiste quant à la présence d'un produit étranger dans le liquide céphalorachidien du défunt.

– On m'a rapporté qu'elle était calculatrice dans ses amours, avança-t-il après un long silence. Je veux dire à l'école, quand elle était jeune. C'est tout.

– Elle avait plus d'un tour dans son sac, répondit Magdalena.

– Vous pourriez être plus précise ?

– Non, ça n'a aucun intérêt.

– Elle vous a fait du mal ?

Magdalena avait offert à Flovent un café chaud. Elle lui resservit une tasse en poussant vers lui le sucrier.

– Je ne vois pas pourquoi je vous raconterais tout ça. Le but de votre visite m'échappe encore et je ne comprends même pas pourquoi je vous parle d'Agneta.

– Évidemment, convint Flovent. J'aurais peut-être dû vous téléphoner pour vous prévenir de mon arrivée. Beaucoup de gens sont surpris quand ils reçoivent la visite de la police.

– Vous auriez mieux fait de m'appeler. Cette façon de faire ne me plaît pas. Que cherchez-vous exactement en venant ici ?

Elle prit une gorgée de café. Elle avait les cheveux en bataille et les traits tirés. Ses gardes de nuit se lisaient sur son visage. Peut-être aurait-il été préférable qu'elle travaille de jour. Apparemment, elle vivait seule. Flovent se demandait si c'était un choix ou si le sort en avait voulu ainsi.

– Comme je viens de vous le dire, reprit-il, je rassemble des informations...
– J'ai compris, mais j'ai l'impression que vous me cachez des choses. Vous ne me dites pas tout. Je ne vois pas pourquoi la police a besoin d'interroger les gens dans ce genre d'affaires. Vous pourriez au moins être honnête avec moi. C'est le minimum.
– Je ne peux malheureusement pas...
– Vous devriez partir, conseilla Magdalena. Je n'ai rien à vous dire.
Flovent fit une nouvelle tentative.
– Je suis désolé de vous avoir froissée.
– Je ne peux pas vous aider.
– En fait, je cherche à découvrir s'ils avaient des problèmes de couple, expliqua Flovent. C'est tout. Je me suis dit que comme vous l'aviez connue...
– Vous avez des soupçons ? Vous la croyez responsable de ce qui est arrivé à cet homme ? s'inquiéta Magdalena.
– Je n'ai aucune raison de la soupçonner.
– Dans ce cas, que se passe-t-il ?
– Baldur, le médecin à l'Hôpital national, s'occupe des autopsies dans ce genre d'affaires. Vous le connaissez. Il a découvert des substances dans son organisme dont il faut se garder de tirer des conclusions hâtives, mais qui piquent ma curiosité. Voilà, je vous ai tout dit.
– Et qu'a-t-il trouvé ?
– Baldur ne sait pas encore de quoi il s'agit. Peut-être d'un produit qui l'a plus ou moins endormi.
– De l'alcool ?
– Non, pas de l'alcool. Je dois aller voir Agneta et je voulais en savoir un peu plus sur elle et son mari avant de lui rendre visite. Vous comprenez que tout ce que je vous dis là doit rester entre nous, j'espère. Vous venez de dire qu'elle avait plus d'un tour dans son sac.
– J'avais rencontré un garçon au lycée, finit par dire Magdalena après un long silence. Il était adorable. On s'entendait bien, on était ensemble depuis presque un an,

on était fiancés et on envisageait de... enfin, on allait se marier. J'étais très amoureuse. Puis, un jour, il m'a annoncé que c'était terminé, il avait rencontré une autre fille. Il m'a avoué qu'ils étaient ensemble depuis un moment, mais qu'il n'avait pas osé m'en parler. D'après lui, je la connaissais puisqu'elle fréquentait l'école d'infirmières. Elle s'appelait Agneta, ils s'étaient rencontrés dans un bal au lycée et s'étaient revus plusieurs fois. Je n'étais pas présente à ce bal parce que j'étais malade ce jour-là, mais je l'avais encouragé à aller s'amuser. On peut dire qu'il m'avait écoutée ! Ils sont restés ensemble quelques mois, puis elle l'a jeté comme une vieille chaussette. Il est revenu me voir en me disant qu'il avait commis une erreur et en me demandant si on pouvait reprendre notre relation. On se croise en ville, parfois. Il fait de la politique, il est marié et père de deux enfants.

Magdalena était gênée d'évoquer ces événements.

– Elle savait qu'on était fiancés. Elle s'en fichait éperdument. À moins que ça n'ait rendu les choses encore plus piquantes à ses yeux. Elle était prétentieuse. Hautaine et égoïste.

Il y eut un silence. Magdalena avala une gorgée de café. Elle portait des lunettes. Sa tasse heurta la monture avec un petit bruit métallique.

– Juste retour des choses, murmura-t-elle si bas que Flovent l'entendit à peine.

– Pardon ?

– Je disais, juste retour des choses.

– Que voulez-vous dire ?

– J'ai eu vent d'une rumeur il n'y a pas si longtemps... je devrais sans doute éviter de la colporter. D'autant plus qu'elle concerne un défunt et qu'on a trouvé quelque chose dans son sang.

– De quoi parlez-vous ?

– À en croire ces ragots, son mari la trompait. J'imagine qu'Agneta n'a pas apprécié. Je doute qu'elle ait accueilli la nouvelle avec le sourire.

23

La nouvelle qu'un homme était passé par-dessus bord s'était répandue comme une traînée de poudre, semant l'inquiétude parmi les passagers. Une fois le navire fouillé de fond en comble, l'idée de rebrousser chemin jusqu'à l'endroit où l'accident était supposé s'être produit avait été envisagée. On avait fini par y renoncer. Personne ne savait à quel moment Ingimar était tombé dans la mer ni combien de temps il avait séjourné dans l'eau glacée. En outre, plus on passait de temps à naviguer entre l'Écosse et l'Islande, plus on était vulnérable aux attaques ennemies. Après quelques hésitations, l'*Esja* se remit donc en route vers Reykjavík.

Debout à la poupe, elle regardait l'eau bouillonnante brassée par les hélices du navire en pensant à Ingimar. Ils s'étaient vus sur le port de Petsamo, puis dans le réfectoire au cours de l'affreuse nuit où ils avaient redouté l'attaque sous-marine. Elle conservait de lui le souvenir d'un homme chaleureux. Il lui semblait inconcevable qu'il ait disparu. Elle se rappelait leur conversation en regrettant de ne pas avoir eu le temps de faire davantage connaissance.

Le capitaine lui avait appris qu'on avait fouillé les effets personnels d'Ingimar dans l'espoir de découvrir des indices expliquant sa disparition. Son compagnon de cabine n'avait remarqué aucun changement dans son comportement depuis qu'ils avaient quitté Petsamo. Ils s'étaient rencontrés à bord. Ingimar lui avait immédiatement plu, il le décrivait comme un homme sympathique et jovial qui ne faisait pas d'excès, en tout cas beaucoup moins que lui, qui était plutôt porté sur la boisson. Il était difficile de dire s'il s'était jeté à la mer volontairement ou s'il s'agissait d'un accident, mais tout portait à croire qu'il avait commis une imprudence fatale. Apparemment, il ne s'était disputé avec personne et n'avait aucun ennemi à bord. Son compagnon de cabine le décrivait comme un homme calme et équilibré.

— Malheureusement nous ne savons pas grand-chose, avait déploré le capitaine, affligé. En fait, nous ne savons rien du tout. Il n'y a aucun témoin. Un drame comme celui-là peut toujours arriver. On n'est jamais trop prudent.

— J'ai longuement discuté avec lui au réfectoire, avait-elle répondu. C'est lui qui m'a appris pour Osvaldur. Je n'ai pas eu l'impression qu'il avait des idées noires, bien au contraire, il me semblait aimer la vie.

— C'est ce que disent tous ceux qui l'ont connu. C'est terrible. C'est vraiment affreux. Apparemment, il était célibataire et n'avait pas d'enfants. Quelqu'un l'a entendu dire qu'il avait un frère. Je viens de lui envoyer un télégramme à Reykjavík. Et on va prendre contact avec le reste de sa famille, en Islande.

Elle fixa la traînée d'écume dans le sillage du navire jusqu'au moment où il lui sembla que l'eau l'hypnotisait et l'attirait à elle. Ce long voyage était tellement éreintant qu'elle avait beaucoup de mal à réfléchir. Il y avait l'incertitude concernant Osvaldur, la trahison dont elle était coupable envers lui, les remords qui la tenaillaient, et la disparition d'Ingimar venait maintenant s'ajouter au reste. Elle s'en voulait énormément, elle s'imaginait qu'elle avait peut-être été aveugle et sourde à l'éventuelle souffrance de ce jeune homme. Ils ne se connaissaient quasiment qu'à travers cette longue conversation au réfectoire, néanmoins un lien fort les unissait. Il était entré dans sa vie en lui annonçant une terrible nouvelle et s'était ensuite employé de son mieux à l'apaiser. Il s'était comporté en véritable ami, prévenant et rassurant, en des heures difficiles. Elle l'avait remercié en lui mentant quand il lui avait demandé si elle connaissait Manfred. Vaguement, avait-elle répondu.

Tous ces fichus mensonges.

Ces satanés mensonges.

Elle commençait à trembler de froid, elle lâcha le bastingage, quitta des yeux la traînée d'écume et descendit se mettre à l'abri sur les ponts inférieurs. Elle se dirigeait vers sa cabine quand elle croisa Manfred. C'était la dernière personne qu'elle avait envie de voir à ce moment-là, mais elle était acculée, il n'y avait aucun moyen de fuir.

Il approcha et, remarquant combien elle était bouleversée, lui ouvrit les bras, mais elle le repoussa en lui disant que tout allait bien. Elle voulait juste aller se coucher.

– Tu es sûre ? s'enquit-il. Tu es transie.

– Ne t'inquiète pas pour moi. J'ai besoin de me reposer, c'est tout. Je me sens affreusement fatiguée depuis ce matin.

– C'est la fille qui partage ta cabine qui m'a dit que tu étais sur le pont. Elle m'a dit qu'elle venait du Nord. Elle est assez bizarre, tu ne trouves pas ?

– Non, c'est quelqu'un de bien. Tu lui as demandé où j'étais ? Tu as quelque chose à me dire ?

– Je voulais m'assurer que tu allais bien malgré tout ce charivari à bord. Cette histoire avec Ingimar. Je voulais juste vérifier. Je m'inquiétais, c'est tout.

– Tu ne trouves pas que c'est affreux ? Je ne comprends pas comment une chose pareille a pu arriver.

– Non, c'est évidemment...

– J'ai discuté avec lui la nuit de l'alerte au sous-marin. Il était tellement détendu et posé que j'ai complètement oublié le danger.

– Tout le monde dit que c'était un brave garçon.

– Et il lui arrive ça.

– Oui, c'est terrible. Il y a autre chose dont je voudrais...

Manfred jeta un regard dans le couloir pour s'assurer qu'ils étaient seuls.

– Je sais que tu... je ne comprends pas pourquoi tu ne veux même pas que je te parle.

– Manfred, je t'en prie.

– J'ai l'impression d'être... nous n'avons jamais vraiment terminé notre histoire et je me sens comme un naufragé. Seul sur une île déserte. Tu comprends ? J'ai l'impression

que ce n'est pas terminé entre nous. Voilà, c'est dit. Enfin, c'est mon opinion.
— Manfred, je ne veux pas en parler. Essaie de le comprendre. Je ne veux pas. Tout cela est fini et j'aimerais qu'on puisse l'oublier. Tous les deux.
— Tu m'as laissé envisager que nous conti...
— Je ne t'ai pas donné de faux espoirs, corrigea-t-elle. On savait tous les deux ce qu'on faisait et, aujourd'hui, je le regrette. Je veux que tu me laisses tranquille avec cette histoire. Nous n'avons aucun avenir ensemble, Manfred. Il faut que tu comprennes que ça ne changera jamais.
— Tu ne parlais pas comme ça quand...
— Je crois au contraire que je t'ai toujours tenu le même discours. Je ne t'ai jamais laissé entendre autre chose.
— Dans ce cas, tu as oublié.
— Non, Manfred, je n'ai rien oublié. Crois-moi. J'aimerais bien pouvoir dire que j'ai oublié certaines choses, mais malheureusement je ne le peux pas. Je me souviens de tout, et je me rappelle aussi que ce que nous avons vécu ensemble n'était qu'une passade. Disons que j'ai cédé à un moment de faiblesse. Je l'ai apprécié autant que toi, mais je n'ai jamais envisagé sérieusement de quitter Osvaldur, et tu le sais. Jamais. Tu l'as toujours su. Je ne comprends pas comment tu oses prétendre le contraire.

Ils chuchotaient dans le couloir. Elle espérait que personne ne les entendait derrière les cloisons, que personne ne sortirait d'une des cabines et ne serait témoin de leur dispute. Elle voulait en finir rapidement et retrouver son lit où elle pourrait se mettre la tête sous la couette pour essayer d'oublier tout ça.

— Il n'y a jamais rien eu d'autre entre nous, poursuivit-elle. Ça n'a jamais été plus loin. Je croyais qu'on était d'accord.
— Non, c'est faux.
— J'espère que tu me pardonneras si je t'ai laissé entendre qu'il en irait autrement. C'est terminé. Essaie de le comprendre.

Elle vit que ses paroles le mettaient en colère. Elle avait fait de son mieux pour être honnête, elle voulait clore cette histoire et couper court à ces discussions une bonne fois pour toutes. Elle en avait assez de ces mensonges. C'était ainsi qu'elle envisageait leur relation, et ce qu'il racontait n'était que le fruit de son imagination. Manfred bouillonnait.
— Manfred ? Essaie de compr...
— Eh bien, si c'est comme ça, va donc au diable ! hurla-t-il.
Elle sursauta violemment.
— Manfred... ?!
— Oui, va au diable ! vociféra-t-il avant de se précipiter au fond du couloir et de gravir l'escalier qui menait au pont supérieur.

24

Bensi s'était endormi sur un vieux divan éculé au Piccadilly. Flovent dut le secouer plusieurs fois avant de parvenir à le réveiller. La fête s'était poursuivie toute la nuit, jusqu'au petit matin, et le patron n'avait pas eu le loisir de se reposer très longtemps. Thorson avait l'impression qu'il avait remis un peu d'ordre. Un balai cassé était appuyé au comptoir usé. Une table à laquelle il manquait un pied était retournée sur le sol. De vieilles chaises s'entassaient dans un coin à côté du poêle noir de suie où se consumaient quelques braises presque éteintes. Apparemment, le patron s'était interrompu dans sa tâche pour aller s'allonger sur ce divan. Flovent alla derrière le comptoir. Il inspecta les bouteilles d'alcool et ouvrit un placard rempli de cigarettes américaines. Thorson lui avait confié que Bensi n'avait pas été des plus coopératifs lors de sa première visite.

Les deux policiers avaient fait un point sur l'entrevue entre Thorson et le lieutenant, après que Flovent avait été mis à la porte par celui-ci. Ils devaient essayer de trouver la femme que le gradé avait déposée en ville après son passage au Piccadilly, ils étaient d'accord là-dessus. Pour l'instant, les personnes interrogées ne leur avaient pas appris grand-chose sur l'agression du jeune homme et ils devaient s'employer à retrouver les autres clients présents dans le bar ce soir-là. Le lieutenant revêche refusait de collaborer. Flovent supposait que le patron du bar le connaissait. Entre-temps, Thorson avait tenté de découvrir la raison pour laquelle l'armée avait envoyé le lieutenant en Islande et s'il s'agissait vraiment d'une mesure disciplinaire. Un de ses amis canadiens occupait un poste de secrétaire au commandement des troupes d'occupation. Il lui avait demandé de se pencher discrètement sur le passé de Stewart dans l'armée.

– Encore vous?!

Bensi se redressa sur le divan et roula des yeux.

– Qu'est-ce que vous me voulez cette fois? Je vous ai déjà dit ce que je sais. Et qui est cet homme? s'inquiéta-t-il en découvrant Flovent. Hein, qui êtes-vous? Montrez-vous! Vous n'avez rien à faire derrière mon comptoir!

– Je travaille pour la police islandaise, répondit Flovent en faisant quelques pas vers le divan, une bouteille de vodka américaine à la main. Je souhaite voir votre licence, je voudrais aussi que vous m'expliquiez comment vous vous procurez l'alcool et le tabac que vous stockez derrière le comptoir. Il n'y a pas grand-chose avec le tampon du Monopole d'État des alcools et des tabacs dans tout ça. Je tiens à vous rappeler que le marché noir est passible de prison. Je ne vous apprends rien, n'est-ce pas?

Cessant tout à coup de se frotter les yeux, le patron dévisagea Flovent, incrédule.

– Ma licence...? Qu'est-ce que...? Enfin...?

– Ces documents sont ici ou il faut que nous allions les chercher chez vous? menaça Flovent comme s'il était le représentant du puissant Monopole des alcools et tabacs. Il était très rare qu'il recoure à de telles ruses.

Le patron ne savait plus où il en était. À la seconde tentative, il parvint à s'asseoir correctement sur le divan face aux deux policiers qu'il regardait avec un air de chien battu.

– Je... je ne sais pas... En tout cas, ils ne sont pas ici...

– Nous devrons donc aller les chercher, je vous prie de me suivre, déclara Flovent.

– Non, attendez, attendez une minute, je suis à peine réveillé... enfin, que se passe-t-il?

– Évidemment, nous devrons fermer votre établissement le temps d'examiner cette affaire, ajouta Flovent.

– Fermer mon bar? J'ai commis un crime? Je n'ai rien fait de mal.

– On verra bien, poursuivit Flovent. Veuillez me suivre. Où habitez-vous?

– Où j'habite ?!!
– Flovent, je peux te parler ? demanda Thorson en l'entraînant à l'écart.

Il discuta avec son collègue à mi-voix et se tourna vers Bensi.

– Je crois que la police islandaise serait disposée à remettre ces vérifications à plus tard et à vous épargner toutes ces tracasseries administratives si vous acceptez de répondre à quelques questions sur la soirée de l'agression. Flovent pense qu'il faudrait fermer votre établissement sur-le-champ étant donné ce qu'il vient de découvrir ici, mais si vous...

Le patron comprit immédiatement qu'il pouvait s'en tirer à bon compte. Thorson était nettement plus sympathique que Flovent.

– Quelques questions ? Lesquelles ?
– Le nom de Stewart, lieutenant dans l'armée américaine, vous dit-il quelque chose ?
– Non.
– Vous êtes sûr ? Quelqu'un l'a pourtant vu ici ce soir-là.
– Peut-être, mais je ne connais pas ce nom.
– Je vous conseille de nous répondre honnêtement, observa Thorson. Sinon, tout ça ne sert à rien.
– Je ne connais pas de Stewart. C'est la vérité.
– Il a quitté le bar en compagnie d'une Islandaise au volant d'une jeep de l'armée. Ils sont partis ensemble. Il a reconnu être venu ici deux fois au moins, mais il nous ment peut-être.
– Eh bien, je ne suis pas toujours là. Cette femme, c'était qui ?
– C'est justement ce que nous ignorons. Nous pensions que vous pourriez nous aider à le découvrir.
– Vous ne parlez quand même pas de Douglas ? suggéra Bensi, pressé de les voir débarrasser le plancher.
– Douglas ?
– C'est le seul gradé qui vient chez moi. Il n'est pas là très souvent, mais ça arrive. Je suis presque sûr qu'il s'appelle Douglas. Je ne connais pas de Stewart.

— Aucun autre gradé ne fréquente votre bar ?
— Non, en tout cas, pas que je sache. Douglas est le seul qui me vient à l'esprit.
— Et que fait-il ici dans ce cas ? glissa Flovent.
— Il s'amuse, tout simplement. Il passe du temps avec les gars comme s'il était simple soldat et ils l'aiment bien. Ne dites pas que c'est moi qui vous ai raconté ça. Ce sont de braves garçons et je ne veux pas qu'ils croient que je suis un informateur de la police. Ils ne viendraient plus et je n'aurais qu'à mettre la clef sous la porte.
— Ce Douglas fréquente des Islandaises ? s'enquit Flovent.
— Non, enfin, je ne sais pas. Je ne peux pas tout voir.

Flovent était incapable de dire si Bensi leur mentait ou non. Ses menaces avaient produit l'effet escompté, le patron était plus coopératif. Mais rien ne prouvait qu'il disait la vérité.

— Avez-vous une idée de qui pourrait être la femme qui accompagnait Stewart ce soir-là ? reprit Thorson.
— Non, aucune.
— Une certaine Gudmunda est venue nous signaler la disparition d'une de ses amies qui, selon elle, fréquente beaucoup les soldats. Elle s'appelle Elly et connaît quelqu'un qui vit dans le quartier des Polarnir, une dénommée Klemensina. Ces noms vous disent quelque chose ? demanda Flovent. Il se rappela tout à coup qu'Elly avait affirmé avoir rencontré un gradé qui avait promis de l'emmener en Amérique. Même si Elly avait la réputation de raconter tout et n'importe quoi, il se disait que ça ne coûtait rien de poser la question.

Le patron secoua la tête.

— Vous êtes certain que ça ne vous dit rien ?
— Gudmunda ? Elly ? Non, ça ne me dit rien.
— Et un certain Tobias, un jeune homme qui vit lui aussi dans le quartier des Polarnir ?

Le patron secoua à nouveau la tête, fatigué.

— Je ne connais personne de ce nom.

— Et si je vous disais que Tobias s'intéresse plus aux hommes qu'aux femmes, est-ce que ça vous rafraîchirait la mémoire ?

— Ah, c'est ce genre de gars ? Eh bien, non, pas plus.

— Si j'ajoutais que c'était aussi le cas du jeune homme agressé ?

Bensi ne répondit pas.

— Vous ne faites pas beaucoup d'efforts, fit remarquer Flovent. Je crois que vous savez très exactement ce qui se passe ici mais que, pour une raison que j'ignore, vous nous le cachez soigneusement.

— J'aimerais bien vous aider, mais...

— Bon, très bien, dans ce cas, vous allez devoir nous suivre. Nous fermons la boutique et embarquons toute la marchandise. Préparez-vous à passer la nuit au trou. Les interrogatoires risquent de durer plusieurs jours. Je vous conseille de faire appel à un avocat au plus vite. Nous obtiendrons dans la journée votre placement en détention provisoire.

Benedikt les regarda tour à tour. Était-ce des menaces en l'air ou allait-il réellement passer la nuit en prison ? Flovent était à bout de patience.

— Tu crois qu'il faut le menotter ? demanda-t-il à Thorson.

— Je pense que c'est inutile. Nous parviendrons à le maîtriser sans difficulté, je crois.

Bensi hésitait encore.

— J'ignore si ça peut vous aider, dit-il en regardant Flovent qui lui inspirait le plus de crainte.

— Quoi ?

— Je peux compter sur votre discrétion ? Je ne veux pas avoir d'ennuis avec eux. Pas plus qu'avec vous, d'ailleurs. Je tiens à bien m'entendre avec tout le monde. C'est important pour moi. Avec tout le monde.

— Vous avez besoin de notre discrétion à quel sujet ? s'enquit Thorson.

– Un groupe est passé un soir avec un gars qu'ils appelaient Stewart, si je me souviens bien. Apparemment, c'était un gradé, mais il se comportait en simple soldat. Le gamin agressé ne les a pas lâchés.
– Ça remonte à quand ?
– Ça fait un bout de temps. J'ai revu ce gamin ici le soir de l'agression. Il était seul et ne s'est pas attardé. On l'a trouvé dans le pré juste après.
– Vous avez vu Stewart lui parler ? demanda Thorson.
– Non.
– Pas lâchés, dites-vous, que voulez-vous dire ? Je ne comprends pas, reprit Flovent.
– Eh bien, tout simplement, il les collait. Il n'est pas arrivé en même temps, mais s'est assis à leur table. Ils ont discuté et ri avec lui. Quand ils sont partis, il les a suivis. Il y avait des gars de la marine dans le lot.
– Leurs noms ?
– Je n'en sais rien.
– Benedikt, vous voulez nous aider, oui ou non ? demanda Thorson.
Le patron leva sur Flovent des yeux terrifiés.
– Je ne les connais pas, j'ai juste entendu qu'ils parlaient d'un endroit. Falcon Point. J'ignore où c'est.
– Falcon Point ? répéta Thorson. C'est une petite base militaire dans le Hvalfjördur. Ils venaient de là-bas ?
– Je ne sais pas, assura Benedikt. J'ai entendu ce nom, c'est tout.
– Et pourquoi avoir attendu tout ce temps pour nous le dire ? s'agaça Thorson.
– Je tiens à rester en dehors de cette histoire. Tout ça ne me regarde pas. Je ne sais pas pourquoi ce gamin est mort. Je ne sais pas qui s'en est pris à lui. C'est la vérité. Je l'ai vu scotché à ces soldats, point. Ces gars-là ne sont pas des habitués. Je ne les avais jamais vus ici, je ne les connaissais pas et ils ne sont pas revenus depuis.
– À part Stewart ?
Benedikt hocha la tête.

— Qu'est-ce que le gamin venait faire ici le soir où on l'a tué ? demanda Flovent sur un ton plus amical. Vous le connaissiez ? Vous savez s'il était islandais ?

— Non. Nous n'avons pas échangé un mot. Je n'ai fait que l'apercevoir ce soir-là. Je suppose qu'il cherchait quelqu'un. Je n'en sais rien.

— Il avait peut-être rendez-vous ?

— Je n'en sais rien, répéta Bensi.

— Et les autres n'étaient pas ici ?

— Non, je ne les ai vus qu'une seule et unique fois.

— Mais Stewart est revenu ?

— Oui, il était là le soir de l'agression. Mais il a quitté le bar longtemps avant.

— Vous voulez dire avant qu'on ne retrouve le gamin ?

— Exactement.

— Est-il possible qu'il ait encore été dans les parages au moment de l'agression ?

— Je n'en sais rien.

— Stewart est parti avec une femme ?

— Je l'ai vu un moment puis, tout à coup, il avait disparu. J'étais très occupé ce soir-là, le bar était plein.

— Que faisait-il quand vous l'avez vu ?

— Il discutait avec des soldats. Bon, c'est fini ? demanda le patron en regardant tour à tour Flovent et Thorson. Je vous ai dit tout ce que je sais.

— Quand Stewart est arrivé, il était avec cette femme ou il l'a rencontrée ici ?

— Je ne sais pas.

— Cette femme, qui est-ce ? s'entêta Thorson.

Le patron garda le silence.

— D'accord, conclut Flovent en sortant son calepin. Il griffonna son nom et son numéro de téléphone sur une feuille qu'il tendit à Bensi. Si vous retrouvez la mémoire, appelez-moi à ce numéro.

25

Agneta esquissa un sourire en voyant Flovent sur le pas de sa porte. Elle l'invita à entrer et lui offrit un café. Une bougie brûlait doucement à côté du portrait de son époux défunt. Flovent s'installa au salon, tous les rideaux étaient tirés et la pièce plongée dans la pénombre. Il revenait tout juste du Piccadilly. Thorson allait demander à son ami canadien d'accélérer ses recherches concernant le parcours du lieutenant Stewart.

– Je m'apprêtais justement à vous contacter. J'attends encore de pouvoir organiser les obsèques de Manfred, précisa Agneta en sortant de la cuisine avant de s'asseoir à ses côtés. J'aimerais bien pouvoir prendre mes dispositions. J'ai parlé au pasteur sans pouvoir lui communiquer de date. Je ne sais rien.

– Vous en saurez sans doute plus bientôt. Enfin, je l'espère. Notre légiste croule sous le travail.

Flovent se demandait comment lui faire part des rumeurs qu'il avait entendues sur elle, sur l'infidélité du défunt, et des soupçons de Baldur concernant la présence d'un anesthésiant dans son organisme. Le calme de cette femme pendant qu'on recherchait son époux lui avait plu, de même que sa réaction quand il était venu lui annoncer sa mort. Elle avait fait preuve de courage dans l'adversité et s'était montrée sincère, même dans les moments les plus difficiles. Elle n'était manifestement pas du genre à se mettre en avant et répugnait à s'épancher sur sa vie privée. Magdalena l'avait décrite comme une femme égoïste et hautaine qui n'hésitait pas à piétiner les sentiments des autres. Tout cela allait à l'encontre de ce que Flovent avait pu constater.

– Je sais que je l'ai déjà fait, mais puis-je vous demander une nouvelle fois si vous vous entendiez bien ? Vous n'aviez pas de problèmes ?

– En effet, vous m'avez déjà posé cette question et je vous ai répondu que tout allait bien entre nous. Nous n'avions pas plus de problèmes que les autres couples.

– Vous n'avez pas eu d'enfants, poursuivit Flovent, encore réticent à lui exposer le motif de sa visite.

– C'est vrai, mais on n'était pas mariés depuis si longtemps, et ça faisait partie de nos projets. On voulait tous les deux avoir des enfants. Je ne comprends pas bien ce que vous... Puis-je vous demander pourquoi vous revenez me poser ces questions ?

– Cela risque de vous sembler étrange et ça me déplaît de devoir faire ce genre de chose, mais je voudrais vous parler d'une rumeur qui m'est venue aux oreilles... selon laquelle... votre époux vous trompait.

Agneta le dévisagea longuement sans un mot, le visage inexpressif.

– Cette rumeur est-elle fondée ? reprit Flovent.

– Qui vous a raconté ça ?

– Peu importe.

– Bien sûr que si ! Bien sûr que c'est important ! Qu'est-ce que ça signifie ?

Flovent avait conscience de la tension terrible qu'Agnes subissait depuis la disparition de son mari même si elle s'efforçait de n'en rien laisser paraître.

– Vous pensez bien que la police reçoit en permanence des tas d'informations en provenance d'un peu n'importe qui. On vit dans une petite société qui relaie les histoires les plus surprenantes. Je ne prends pas pour argent comptant tout ce que j'entends, mais j'aimerais quand même que vous me disiez ce que cette rumeur vous inspire. Je connais vos réticences à parler de votre vie privée, et sachez que je ne prends aucun plaisir à vous poser ces questions.

– Et, d'après vous, son infidélité supposée expliquerait ce qui s'est passé ? répliqua-t-elle, furieuse.

– Eh bien, ce genre de choses posent de sérieux problèmes dans n'importe quel couple, plaida Flovent. Il vous trompait ?

– Quand bien même il m'aurait... trompée... comme vous dites, en quoi cela... regarde la police ? Mon mari s'est suicidé et la raison de son geste ne vous concerne pas. Pourquoi ces questions ? Pourquoi vous ne nous... ne me laissez pas faire mon deuil tranquille ? C'était sa décision. La façon dont il est parvenu à la conclusion qu'il ne pouvait plus supporter de vivre ne regarde pas la police.

– En effet, reconnut Flovent. Cela dit, j'imagine que vous étiez furieuse de son comportement, de son infidélité.

– Vous connaissez des gens qui s'en réjouiraient ?

– Il avait une autre femme dans sa vie ?

– Je n'ai pas envie d'en parler, répondit Agneta. Je me demande d'où sortent ces racontars.

– Mais vous ne les démentez pas, fit remarquer Flovent.

Agneta ne répondit pas.

– Je sais que vous n'aimez pas aborder ces choses-là, poursuivit-il, mais je souhaiterais que vous m'en disiez plus.

– J'avais des soupçons, admit-elle après un silence.

– Vous la connaissez ?

– Non.

– Vous lui avez posé la question ?

– Oui.

– Et ?

– Il m'a répondu que je me faisais des idées.

– Vous étiez en colère ?

– Évidemment.

– Comment vous sont venus ces soupçons ?

– J'avais l'impression que Manfred s'éloignait. Tout à coup, il restait au bureau tard le soir et ne passait plus les week-ends à la maison, prétextant qu'il devait travailler. Quand je l'ai interrogé, il s'est dérobé. Il a fini par m'avouer que notre situation risquait de changer. Je me suis mise en colère en lui demandant ce qu'il voulait dire. Il m'a déclaré qu'il envisageait de vivre seul un moment. De déménager. Je lui ai demandé s'il y avait quelqu'un d'autre. C'est là qu'il m'a répondu que je me faisais des idées. Je... j'avais

senti son odeur. J'avais senti sur lui l'odeur d'une autre femme.
— À quel moment cela a-t-il commencé ?
— C'est récent. J'ai remarqué ces changements dans son attitude il y a environ deux mois.
— Et il a toujours nié ?
— Oui.
— Vous avez raison, ces ragots ne concernent pas la police et je n'aurais même pas pris la peine de les mentionner s'il n'y avait pas un autre point dont je voudrais discuter.
— Lequel ?
— Quelque chose que le légiste a découvert dans son organisme.
— Dans son organisme ?
— Un produit dont nous ignorons encore la nature précise, mais qui semble être un anesthésiant. Ce n'est pas de l'alcool.

Agneta lui lança un regard interrogateur et passa une main dans ses cheveux noirs.
— Je ne vous suis pas.
— Son organisme contient quelque chose qui ne devrait pas être là dans des conditions normales. Avez-vous des anesthésiants dans votre pharmacie ? Ou des médicaments qui diminuent la vigilance et engourdissent le corps ? Est-ce que vous avez ce genre de produits à la maison ?
— Qu'est-ce qu'il a pris exactement ?
— On attend le résultat des analyses, répondit Flovent. En tant qu'infirmière, vous avez accès à toutes sortes de médicaments. Je me suis dit qu'il vous avait peut-être dérobé quelque chose.
— Non, je n'ai que des analgésiques à la maison. Il en a peut-être pris une dose massive.

Elle se leva pour aller dans la cuisine et revint avec un flacon qu'elle venait d'ouvrir. Il n'y manquait rien. Les yeux rivés sur les pilules, elle comprit tout à coup le véritable motif de la visite du policier.

— Vous pensez que j'ai voulu me venger ? Vous êtes sérieux ? Vous imaginez réellement que j'ai pu... lui faire du mal ?
— Je ne peux exclure aucune hypothèse.
— Non mais vous êtes dingue ?
— Quelque chose cloche, et nous devons tirer ça au clair...
— Vous allez m'arrêter ? s'emporta Agnes. Je n'arrive pas à le croire. Vous êtes venu ici pour m'emmener ?
— Non, mais je dois vous demander de ne pas quitter la ville tant que nous n'aurons pas découvert ce qui s'est passé, déclara Flovent en se levant.

Avant de rentrer chez lui, il passa au bureau et trouva un message succinct de Baldur, le légiste de l'Hôpital national. L'autopsie du corps découvert dans la baie de Nautholsvik avait révélé la présence d'une faible dose de Percaïne dans le liquide céphalorachidien. Ce produit prescrit sur ordonnance était entre autres utilisé pour les anesthésies rachidiennes. On l'administrait exclusivement par injection.

26

Elle n'avait pas reconnu Reykjavík, totalement transformée depuis qu'elle l'avait quittée, quelques années plus tôt. Les changements lui avaient sauté aux yeux dès que l'*Esja* était entré dans le golfe de Faxafloi, puis dans le port où les navires de guerre, frégates, pétroliers, torpilleurs et croiseurs voisinaient avec les bateaux de pêche et les chalutiers islandais. Un hydravion Walrus décrivait des cercles dans le ciel. Elle avait eu largement le temps d'observer les lieux puisque les autorités militaires avaient interdit à l'*Esja* d'accoster tant qu'on n'avait pas procédé aux vérifications prévues à Kirkwall. Quelques soldats britanniques étaient montés à bord pour informer les passagers qu'ils devaient attendre l'arrivée de la brigade d'inspection et que personne ne descendrait à terre tant que ladite brigade n'avait pas donné son aval.

L'impatience allait grandissant. Ayant enfin atteint leur destination, les voyageurs avaient hâte de retrouver ceux qui les attendaient à terre. Quand la brigade était montée à bord, ils s'étaient employés à lui faciliter la tâche et, bientôt, on avait commencé à les débarquer dans des chaloupes. Ils avaient dû répondre à un tas de questions sur l'occupation du Danemark, les installations militaires et les activités de l'ennemi. La brigade d'inspection détenait un certain nombre d'informations personnelles sur les passagers. Pendant qu'ils étaient interrogés, on avait fouillé leurs bagages et tout le navire.

Aussi impatiente que les autres, elle avait trouvé cet interrogatoire interminable. Le lieutenant-colonel de l'armée britannique chargé de l'inspection était au courant de l'arrestation d'Osvaldur. Elle lui avait raconté le peu qu'elle savait. Ne voulant rien lui cacher, elle avait expliqué qu'Osvaldur faisait sans doute partie de la résistance, mais qu'elle ignorait la nature exacte de ses activités et pour quelle raison les nazis l'avaient arrêté. Elle lui avait demandé s'ils avaient des nouvelles, mais le lieutenant-colonel n'en savait pas plus qu'elle. Les autorités islandaises s'efforçaient de retrouver la trace d'Osvaldur et de découvrir de quoi on l'accusait. Par ailleurs, cette affaire ne concernait pas le commandement britannique.

Après cette longue attente, on l'avait enfin emmenée à terre où elle avait découvert un univers très différent de celui qu'elle avait connu. L'Islande était occupée depuis le printemps précédent. Partout, on voyait des camions militaires, des barricades en sacs de sable et des soldats anglais en uniformes gris. Une brigade motorisée était passée à côté d'elle dans un bruit assourdissant. Un détachement de soldats marchait au pas vers la rue Posthusstraeti. Des marins déchargeaient un cargo sur le quai. Au pied de cette bonne vieille colline d'Arnarholl où les gamins faisaient de la luge en hiver, on avait installé d'énormes canons dont la gueule béante regardait le port.

Venue l'attendre au bâtiment des douanes, sa tante maternelle lui avait souhaité un bon retour au pays. Elle lui avait proposé la petite chambre qu'elle avait aménagée au sous-sol de sa maison en attendant qu'elle trouve un travail et un appartement plus convenable. Elle avait vite compris que la tâche ne serait pas facile. Une terrible pénurie de logements sévissait en ville. Les loyers étaient exorbitants.

Sa tante était une petite femme replète qui marchait deux fois moins vite qu'elle. Elle lui avait fait part des changements survenus à Reykjavík depuis le début de l'occupation britannique.

Ses parents vivaient à Seydisfjördur, dans les fjords de l'Est. Jamais ils n'étaient venus à la capitale. Elle leur avait téléphoné dès qu'elle s'était installée pour leur raconter son voyage et leur parler de l'arrestation d'Osvaldur. Ils ne le connaissaient que par les lettres que leur fille leur avait écrites, mais étaient navrés de ce qui lui était arrivé. Ils lui avaient demandé si elle prévoyait de leur rendre visite dans l'Est, elle avait répondu que non. Elle n'avait pas d'argent, elle devait trouver du travail et voulait rester à Reykjavík pour faire pression sur les autorités afin qu'elles retrouvent la trace de son fiancé et se débrouillent pour le faire rentrer en Islande.

Elle contacta sans tarder des gens susceptibles de l'aider dans l'administration et, deux jours après son arrivée, elle avait rendez-vous avec le ministre des Affaires étrangères. Ce dernier avait appelé l'ambassade d'Islande à Copenhague et envoyé une requête concernant Osvaldur aux troupes d'occupation allemandes au Danemark. On lui avait répondu que le jeune homme avait été transféré dans un camp de prisonniers sans préciser le nom ni l'emplacement du camp. Aucun acte d'accusation n'avait été rédigé à son encontre. L'affaire semblait avoir été traitée dans la plus grande précipitation. L'ambassade avait découvert ce que les nazis reprochaient au jeune homme en passant par les arcanes de l'administration danoise, elle en avait informé le ministre par télégramme : propagande et activités clandestines.

— Ça vous dit quelque chose ? demanda l'homme d'État en lui tendant le télégramme.

— Il disait qu'il voulait lutter contre les nazis, répondit-elle.

— Évidemment, il ne faut pas grand-chose pour déclencher des représailles de leur part, observa le ministre. Apparemment, son ami Christian Steensrup a aussi été envoyé dans un camp. Et ils ne sont pas les seuls dans cette situation. Vous connaissez ce nom ?

Elle hocha la tête. Les deux jeunes hommes avaient étudié ensemble à la faculté de médecine. Le ministre lui promit que les autorités continueraient à demander des comptes aux nazis et qu'elles s'emploieraient à ce qu'ils libèrent Osvaldur. On exploiterait également les circuits non officiels et on mettrait à profit les relations amicales si tout le reste échouait. Elle ajouta qu'elle avait déjà pris des dispositions pour faire parvenir à Osvaldur des vêtements et de la nourriture en s'adressant à la Croix-Rouge danoise, qui essayait également de découvrir où on l'avait envoyé.

27

Six mois après son retour en Islande, elle reçut deux visites au cours de la même soirée.

Un homme frappa à la porte de sa tante en demandant à lui parler. Elle ne l'avait jamais vu. Pourtant, un certain nombre de choses lui semblèrent familières : les expressions sur son visage, ses yeux, son sourire. La situation était stationnaire. Pour l'instant, elle ne pouvait envisager de travailler comme infirmière dans un grand hôpital et se contentait de l'emploi à mi-temps que sa tante lui avait proposé dans la boutique de confection qu'elle dirigeait. Elle n'avait pas quitté cette chambre en sous-sol et était toujours sans nouvelles d'Osvaldur. Les autorités ignoraient son lieu de détention et n'avaient aucune information sur son état de santé. On ne savait même pas s'il était vivant. D'une certaine manière, la vie avait repris son cours. Elle pensait tous les jours à Osvaldur, elle attendait de ses nouvelles en espérant qu'un jour il rentrerait au pays.

– Veuillez m'excuser de vous déranger à cette heure tardive, déclara le visiteur en la saluant poliment. Puis-je vous parler quelques instants ? J'ai appris que vous avez traversé l'Atlantique sur le même navire que mon frère, l'*Esja*.

– Ah bon ? Votre frère ? Qui est-ce ?

– Il... il est mort pendant le voyage, il s'appelait...

– Ingimar ?!

– Oui.

– Vous êtes son frère ? demanda-t-elle, surprise.

– Oui, j'ai... je suis allé voir quelques passagers de l'*Esja* ces dernières semaines et on m'a dit que vous le connaissiez un peu plus que les autres.

— Malheureusement je ne le connaissais pratiquement pas, regretta-t-elle. Mais vous avez un air de famille. Vous... vous lui ressemblez.
— On me l'a déjà dit. On était... très proches et je n'ai jamais été aussi choqué que le jour où j'ai appris ce qui lui est arrivé.
— C'était affreux, répondit-elle en le faisant entrer, tout simplement horrible, je ne comprends pas comment une chose pareille a pu se produire.
Elle l'invita à la cuisine. Même si elle louait la chambre du sous-sol, sa tante l'autorisait à aller et venir à sa guise dans la maison. Cette dernière s'apprêtait à sortir pour se rendre à sa soirée de bridge. Elle leur montra les kleinur* qu'elle avait fabriquées plus tôt dans la journée et leur fit signe de se servir.

Kristmann avait à peu près le même âge qu'elle. Grand et robuste, le geste lent, il tenait son chapeau entre ses mains d'un air embarrassé. Il s'installa sans même ôter son manteau sur une chaise de la cuisine. Elle lui demanda s'il souhaitait qu'elle le débarrasse, il lui répondit que c'était inutile. Quelques instants plus tard, il lui raconta que, depuis que l'*Esja* était arrivé de Petsamo, il avait rencontré le capitaine et plusieurs membres d'équipage pour tenter de comprendre comment son frère avait disparu. L'enquête avait conclu à un accident. Tous avaient été d'une grande gentillesse même s'ils ne lui avaient apporté aucune réponse. Ensuite, il avait rendu visite à plusieurs passagers sans toutefois procéder de manière systématique. L'un d'eux lui avait parlé d'elle en disant qu'il l'avait vue discuter avec Ingimar durant l'affreuse nuit où ils avaient craint une attaque sous-marine.

— En effet, reconnut-elle. Nous avons longuement parlé cette nuit-là. C'est votre frère qui m'a appris l'arrestation de mon fiancé par les Allemands à Copenhague. À ce

---

* Une *kleina* (pluriel *kleinur*) est un beignet islandais dont la forme rappelle celle des bugnes.

moment-là, je vivais à Sundsvall, en Suède, et je n'étais pas au courant. Ingimar m'a apporté un soutien inestimable dont je lui serai éternellement reconnaissante. Vous savez, j'appréciais beaucoup votre frère.

— Je sais ce qui est arrivé à votre fiancé. On m'a dit qu'il est dans un camp de prisonniers.

— Oui, il devait faire la traversée avec nous, mais les nazis l'ont arrêté.

— Et vous ne savez pas ce qu'il devient.

— Non, je ne sais rien. Les Allemands ne donnent aucune information. Ils ne nous disent ni le motif de son arrestation ni l'endroit où ils l'ont envoyé. Ils ne répondent pas à nos requêtes.

— Nous sommes donc tous les deux dans la même situation, observa Kristmann après un silence.

— Que voulez-vous dire?

— Mon frère et votre fiancé ont disparu et nous sommes, vous comme moi, dans l'ignorance la plus complète.

28

Elle demanda à Kristmann ce qu'il cherchait exactement. Y avait-il une raison précise à ses investigations ? Non, il n'y avait aucune raison particulière si ce n'est que les deux frères étaient proches et que ça ne ressemblait pas à Ingimar de faire ses adieux à la vie de cette manière. Kristmann n'avait pas interrogé tous les passagers, uniquement ceux dont le capitaine lui avait donné le nom. Le compagnon de cabine d'Ingimar en faisait partie. Ce dernier avait été choqué par la disparition de ce jeune homme jovial et plein d'entrain, à mille lieues d'être dépressif ou mélancolique.

– Vous étiez...

Elle proposa qu'ils passent au tutoiement.

– Puisque tu es une des dernières personnes à lui avoir parlé, je voulais te demander si tu avais remarqué des signes indiquant qu'il s'apprêtait à...

– Absolument pas. Au contraire. D'ailleurs, rien ne dit qu'il s'agisse d'un acte délibéré de sa part, c'est même très improbable puisque l'enquête a conclu à un accident.

– En effet, et je ne mets pas ses conclusions en doute. J'ai seulement envie d'en savoir plus sur ses occupations et son état d'esprit durant ses derniers jours. Je conçois que ça puisse te sembler étrange, mais...

– Non, je te comprends parfaitement, assura-t-elle, compatissante. Évite de te torturer avec ça. Nous devons parfois accepter de ne pas avoir de réponses.

– Je peux te demander de quoi vous avez parlé ?

Elle se souvenait de la plupart de leurs conversations. Elle expliqua à Kristmann qu'Ingimar avait fait de son mieux pour la rassurer et la consoler chaque fois qu'ils avaient discuté d'Osvaldur. Il lui avait dit les rares choses qu'il savait sur l'arrestation de son fiancé et s'était employé à la convaincre qu'il ne lui arriverait rien de grave.

— La nuit où le capitaine a coupé les moteurs, Ingimar n'avait pas jugé utile d'enfiler un gilet de sauvetage, contrairement à la plupart des passagers, ajouta-t-elle après un silence. Il conservait un calme olympien alors qu'on pensait être en danger. Ça m'est arrivé de repenser à la sérénité qu'il dégageait. J'enviais son fatalisme tranquille.

— Les passagers portaient toujours ces gilets ?

— Non, seulement cette nuit-là. On redoutait une attaque sous-marine. Lui, il ne s'inquiétait pas beaucoup. C'est pour ça que c'était apaisant d'être à ses côtés. On oubliait la menace.

— Donc, il ne portait sans doute pas de gilet quand il est tombé à la mer ?

— Il y a peu de chances, en effet.

— Tu te rappelles autre chose ?

Elle s'accorda un instant de réflexion. Manfred et les souvenirs qu'elle avait tenté d'enfouir après son retour en Islande affleurèrent tout à coup à son esprit. Elle ne l'avait pas revu depuis que, fou de colère, il lui avait dit d'aller au diable quand ils s'étaient croisés dans le couloir menant à sa cabine à bord de l'*Esja*. Depuis, il n'avait pas cherché à la contacter et elle n'en était pas surprise étant donné la manière dont ils s'étaient quittés. Elle avait réussi à le faire fuir et avait presque oublié qu'Ingimar lui avait dit quelque chose au sujet de Manfred, ou plus exactement de sa famille.

Kristmann comprit à l'expression de son visage qu'elle fouillait dans sa mémoire.

— Tu penses à quoi ?

Elle hésitait encore. Elle n'avait pas envie de parler de Manfred ni de leur liaison, ni de la fin de celle-ci, ni de sa mauvaise conscience envers Osvaldur. Elle ne voulait pas se rappeler le secret qu'ils partageaient même si elle tenait à aider Kristmann.

— Il y avait à bord un homme, Manfred. Tu es peut-être allé le voir ?

– Non, répondit-il, pensif. Ce nom ne me dit rien.
– Ton frère le connaissait vaguement, il voulait me raconter quelque chose sur sa famille, si je me souviens bien, mais finalement il ne l'a pas fait. Ils viennent de Hafnarfjördur. Ton frère et toi aussi, non ?
– Effectivement, nous y avons passé notre enfance.
– Il voulait me parler de l'oncle maternel de Manfred. Finalement, il ne m'en a pas dit plus.
– Ah bon ? Qui est ce Manfred ?
– Il est monté à bord en Norvège. C'était… une vague connaissance, à Copenhague.

Elle se borna à ce commentaire même si elle sentait que Kristmann aurait voulu en savoir plus. Il s'apprêtait à reprendre la parole quand quelqu'un frappa à la porte. Elle se leva pour aller ouvrir à l'homme d'âge mûr qui attendait au sommet des marches et elle reconnut immédiatement le fonctionnaire du ministère chargé du dossier d'Osvaldur.

– Bonsoir, veuillez m'excuser de vous déranger à cette heure tardive, mais j'ai pensé que vous souhaiteriez être prévenue au plus vite, déclara-t-il, l'air grave.
– Prévenue de quoi ?
– Vous pourriez peut-être m'inviter à entrer pour…
– Bien sûr, où ai-je la tête ? Je vous en prie.

Kristmann sortit de la cuisine et lui dit au revoir. Il l'avait assez dérangée. Déconcertée face à ces deux hommes qu'elle ne connaissait quasiment pas, elle jugea nécessaire de présenter son visiteur au fonctionnaire en précisant que son frère avait péri en mer pendant la traversée depuis Petsamo. L'homme hocha la tête. Ils se serrèrent la main. Kristmann remit son chapeau et descendit les marches en ajoutant qu'ils se reverraient sans doute bientôt.

Le fonctionnaire lui demanda si elle était seule chez elle. Elle répondit que sa tante s'était absentée pour aller jouer au bridge. Déboussolée, elle ne savait pas trop pourquoi elle lui parlait de ces soirées bridge. Elle reprit ses esprits quand le visiteur précisa qu'il était sans doute préférable qu'elle ait un proche à ses côtés. Il lui apportait

de mauvaises nouvelles. Est-ce qu'ils pouvaient s'asseoir quelque part ?
— Qu'est-ce que… ? Que se passe-t-il ? Des mauvaises nouvelles ? C'est-à-dire ?
— Nous avons reçu un télégramme de Copenhague il y a environ une heure. Je tenais à vous en informer personnellement. J'ai préféré ne pas attendre. Je crains que le pire ne se soit produit.
— C'est au sujet d'Osvaldur ? On a de mauvaises nouvelles ?
— Je ne sais pas vraiment comment vous… c'est la première fois que je suis confronté à une telle situation.
— Comment ça ?
— Je dois malheureusement vous annoncer le décès d'Osvaldur.
— Le décès ? Oh non…
— Je suis désolé.
— Comment savez-vous… que… ?
— Notre ambassade a reçu du commandement allemand au Danemark un message laconique indiquant qu'Osvaldur est décédé de complications cardiaques dans le camp de prisonniers de Dachau où il était incarcéré, près de Munich. Le corps ne nous sera pas remis. Il a déjà été enterré avec les autres prisonniers décédés le même jour. Ils indiquent qu'il est inutile de chercher à en savoir plus et…

Elle ne perçut que des bribes de la suite.

… dans une fosse commune…

… un proche chez vous ce soir…

… si vous le souhaitez…

… contacter un pasteur…

Tout devenait noir. Ses oreilles bourdonnaient, elle tomba à genoux. Elle se prit le visage entre les mains et, bientôt, ses sanglots irrépressibles se muèrent en un cri déchirant surgi d'un abîme de terreur.

29

Thorson attendait son ami à l'hôtel Islande où ils avaient rendez-vous à l'heure du café. Il n'y avait pas foule. Quelques clients traversèrent le hall, des campagnards en goguette à la capitale qui, à en juger par leurs rires et leurs éclats de voix, avaient un petit coup dans le nez. Quelques femmes étaient assises au restaurant. Deux gradés de l'armée américaine discutaient dans un coin. Les soirées n'étaient pas aussi calmes. On dansait au rythme d'un orchestre, l'endroit s'emplissait de soldats qui buvaient abondamment et, parfois, on se bagarrait.

Il consulta sa montre. Comme d'habitude, Edgar était en retard. Cet homme ignorait le sens du mot ponctualité. Engagés volontaires dans l'armée canadienne en même temps, ils avaient été envoyés en Grande-Bretagne dès le début de la guerre et avaient foulé ensemble le sol islandais pour la première fois trois ans plus tôt, au mois de mai. Tous deux membres des troupes d'infanterie de Sa Majesté, ils avaient été parmi les premiers à débarquer à Reykjavík et faisaient partie de ceux qui avaient méthodiquement pris possession des principales administrations du pays. Une brigade avait été dépêchée directement à la rue Tungata pour arrêter le consul d'Allemagne, très occupé à brûler des documents dans la baignoire de sa résidence. La population locale était plus stupéfaite qu'effrayée par cette invasion. On préfère tout de même que ce soit vous plutôt que les nazis, avaient confié certains Islandais à Thorson.

Lassé d'attendre, il se mit à compter ses couronnes pour aller payer son café au comptoir quand Edgar arriva enfin, longiligne et maigre, son éternelle cigarette au bec, en lui présentant ses plus plates excuses. Il n'avait pas pu se libérer plus tôt. Il alluma la cigarette suivante avec le mégot de la précédente, puis en vint droit au fait.

— Pourquoi tiens-tu tant à fouiller le passé de ce Stewart ? demanda-t-il de sa voix rauque de fumeur. Qu'est-ce qu'on lui reproche ?

— Rien du tout, enfin, pour l'instant, répondit Thorson. Tu as trouvé quelque chose d'intéressant ?

— J'ai fait de mon mieux pour te laisser en dehors de ça, mais ils savent que nous sommes amis. Nous sommes tous deux canadiens et donc...

— En dehors de quoi ?

— Je suis allé au service des registres, j'ai un copain qui travaille là-bas. J'ai prétexté devoir consulter le dossier de Stewart pour rectifier une erreur qui s'y était glissée, une erreur repérée par le haut commandement. J'ai été forcé d'inventer ces sornettes faute de mieux. Je ne pensais pas que ça poserait problème. J'étais en train de consulter le dossier et tout à coup le nouveau chef, ce colosse de Cleveland – j'ai oublié son nom –, est apparu. Quand il m'a vu lire ça, il m'a cherché des noises. Il m'a demandé ce que je faisais là et qui m'avait autorisé à consulter ces documents. Il me les a brutalement arrachés des mains en exigeant que je lui dise qui m'envoyait. Je lui ai répondu que je venais rectifier une erreur concernant les personnes à prévenir dans le cas où Stewart décéderait. J'ai ajouté que je ne voulais pas le déranger pour si peu. Bref, j'ai menti à qui mieux mieux. Il m'a demandé d'attendre qu'il contacte le lieutenant Stewart. Selon lui, personne n'est autorisé à consulter ces dossiers, enfin, il m'a sorti tout un discours.

Edgar écrasa sa cigarette et sortit son paquet de Lucky Strike de sa poche de chemise.

— Et alors ?

— Stewart n'était pas là. J'ai l'impression d'avoir à peu près réussi à amadouer le colosse de Cleveland. En tout cas, je suis reparti avant qu'il mette la main sur le lieutenant. À moins qu'il ne m'ait fait un coup de bluff. Sa réaction m'a semblé excessive. Ce n'est pas la première fois que je vais consulter les archives et ça n'a jamais posé le moindre problème. Mais là, c'était tout juste si on ne m'accusait pas de haute trahison. Thorson, tu peux m'expliquer ce qui se passe ?

— Tu ne crois pas que ce gars de Cleveland voulait seulement te montrer qui est le chef ? Il aurait sans doute réagi de la même manière en te voyant feuilleter n'importe quel dossier. J'ai eu affaire à lui et il me semble assez soupe au lait.

— Je n'en sais rien. Tu peux me dire sur quoi tu enquêtes ?

Thorson lui parla du Piccadilly et de l'agression sauvage qui avait entraîné la mort d'un jeune homme. Il ajouta que Stewart était sur les lieux plus tôt ce soir-là. Quelqu'un l'avait vu partir au volant de sa jeep avec une femme. Puisque le lieutenant refusait de coopérer, il fallait fouiller dans son passé.

— Tu penses que Stewart a quelque chose à voir avec ce jeune homme ? demanda Edgar.

— Je n'ai rien pour confirmer cette hypothèse, mais j'aimerais interroger la femme qui l'accompagnait. J'ai l'impression qu'il connaît très bien son identité, mais qu'il refuse de me la révéler.

— Tu as interrogé Stewart. Je peux t'assurer qu'il apprendra bientôt que je suis allé voir son dossier. Quand il fera le rapprochement, il risque de nous causer de gros problèmes.

— Mon petit doigt me dit qu'il ne fera rien, le rassura Thorson, même s'il apprend que c'est moi qui t'ai envoyé là-bas, ce qui me semble improbable. Ceux qui vont au Piccadilly n'ont pas forcément envie que ça se sache. Tu connais la base militaire de Falcon Point, dans le Hvalfjördur ? Des gars de là-bas fréquentent ce bouge, le jeune homme agressé les connaissait peut-être. Il n'est pas impossible non plus que ces types soient copains avec Stewart.

— Falcon Point ? Cette base est sous l'autorité de la marine. Tu veux parler de celle qui se trouve à côté du cap de Hvitanes ? C'étaient des marins ?

— Oui, en tout cas, pour certains.

— Qu'est-ce que tu sais exactement sur ce meurtre ?

— La police locale n'a pas encore identifié le corps, mais ça ne devrait plus tarder. Il y a de grandes chances que ce soit un Islandais. Ici, tout le monde se connaît et les nouvelles vont vite. Il portait l'uniforme et certains indices laissent penser qu'il a eu un rapport avec un homme.
— Avec un homme ?!
— C'est ce que l'autopsie a révélé. Ce rapport a eu lieu avant l'agression. Rien n'indique qu'il ait été violé, donc…
— Donc il était homosexuel ?
— C'est notre hypothèse.
— Tu penses à un crime haineux ? À une histoire de jalousie ?
— On ne sait pas. L'agression était d'une sauvagerie inouïe et particulièrement sanglante. Edgar, il faut que tout ça reste entre nous. Promets-moi de n'en parler à personne.
— Il était avec qui ? Il était en couple ? Il avait un petit ami ?
— On l'ignore, répondit Thorson. L'agression a peut-être eu lieu juste après ce rapport. L'enquête a été confiée à la police islandaise, mais il est très possible que des soldats soient aussi impliqués.
— J'ai lu qu'avant d'arriver en Islande, Stewart était en Grande-Bretagne, dans le Yorkshire, reprit Edgar. On l'a affecté ici sans préavis ni explications. Je pourrais envoyer une requête là-bas si tu penses que ça peut t'être utile.
— Je veux bien. J'ai grand besoin d'aide, mais sois prudent. Je me demande dans quoi nous mettons les pieds.

Edgar alluma sa énième cigarette. Thorson était sur le point de lui faire une remarque sur son tabagisme incontrôlable, mais il se souvint qu'il s'y était risqué une fois : Edgar l'avait envoyé sur les roses en lui disant de s'occuper de ses affaires. Son ami n'aimait pas recevoir des ordres et ne supportait pas non plus les conseils.

— Toi aussi, sois prudent, conclut Edgar en se levant.
— J'essaierai.

30

Après qu'Edgar eut disparu dans un nuage de fumée bleutée, Thorson resta à l'hôtel Islande pour réfléchir à la suite à donner aux événements. Il lui semblait judicieux de retourner interroger Stewart, histoire de battre le fer pendant qu'il était chaud. Il monta dans sa jeep et se rendit au bureau du lieutenant où on l'informa qu'il était parti à Seltjarnarnes, à l'ouest de la ville.

Les soldats faisaient des exercices sur les puissantes batteries anti-aériennes installées par les Américains pour remplacer les anciennes défenses britanniques au sommet de la colline de Valhusahæd qui avait jadis abrité un élevage de faucons destinés au roi de Danemark et d'Islande. Ces nouvelles batteries nettement plus efficaces et précises avaient une portée de tir supérieure et étaient équipées de radars, ce qui permettait un repérage précoce de l'ennemi. Leurs canons orientés au nord-ouest étaient dirigés sur le golfe de Faxafloi, la montagne d'Akrafjall et l'embouchure du Hvalfjördur.

Le bruit de tonnerre qui retentissait à chaque tir s'étendait à tout le cap de Seltjarnarnes et se propageait jusqu'au cœur de la ville. Des gradés, parmi lesquels le lieutenant Stewart, assistaient aux manœuvres en se bouchant les oreilles. Furieux de voir Thorson, qui observait la scène à distance, campé à côté de sa jeep, il se dirigea vers lui.

– Qu'est-ce que tu viens foutre ici ? lança-t-il dès qu'il fut à portée de voix.

Un nouveau tir fit trembler les environs.

– Je voulais vous faire part de deux-trois petites choses concern...

Thorson n'eut pas le temps d'achever sa phrase.

– Deux-trois petites choses... qu'est-ce que ça signifie ? vociféra le lieutenant. Tu me harcèles ? Quand vas-tu me

laisser tranquille ? Qui est ton supérieur ? Je n'ai rien à dire aux bleus de ton espèce !
— Je serai bref, si vous me le permettez, répondit poliment Thorson. Êtes-vous déjà allé à Falcon Point ?
— Falcon Point ?
— C'est une base de la marine dans le Hvalfjördur.
— Non mais, de quoi je me mêle ?!
— Un témoin vous a vu parler avec des soldats affectés là-bas au Piccadilly, poursuivit Thorson sans se laisser impressionner.
— Vu parler ?! ... Tu m'espionnes ou quoi ?! Fous-moi la paix, mon gars !
— Le jeune homme assassiné les connaissait aussi. Je voulais vous demander si vous l'aviez vu en leur compagnie.
— Non ! Et je refuse de répondre plus longtemps à tes questions idiotes, aboya Stewart. Je n'ai rien à voir avec cette affaire. Essaie de te mettre ça dans la tête une bonne fois pour toutes !
— Vous connaissez des soldats affectés à Falcon Point ?
— Dégage, mon vieux, et fous-moi la paix ! Allez, dégage !
Sur quoi, le lieutenant repartit à toute vitesse vers les batteries pointées sur le golfe de Faxafloi. Elles tirèrent une nouvelle salve qui fit trembler le sol.

Thorson passa le reste de la journée au bureau de la police militaire, puis regagna ses quartiers peu avant six heures. Il fit une halte à l'épicerie de la rue Hverfisgata, tenue par un charmant couple de commerçants qui l'accueillait toujours avec gentillesse et avec lequel il avait lié connaissance. Ils lui avaient posé des questions sur sa famille au Canada, ayant eux-mêmes des cousins qui avaient émigré en Amérique, mais ceux-ci étaient allés plus loin que les parents de Thorson, vers l'ouest, et s'étaient installés sur la côte Pacifique. Leurs lettres décrivaient la Californie comme un pays de cocagne. Malgré tout, le reste de la famille n'avait pas capitulé face au climat islandais et aucun de ses membres n'avait suivi la trace de ces émigrants.

Thorson n'appréciait pas les repas servis au mess. Il préférait acheter sa viande chez Klein, le boucher de la rue Baldursgata qui vendait de quoi garnir les sandwichs, fabriquait lui-même ses saucisses et proposait une délicieuse farce tous les mercredis. Pas très loin de la boucherie se trouvait une boutique de produits laitiers qu'il fréquentait également. Il avait pris l'habitude de manger du skyr, ce fromage blanc islandais était délicieux avec un peu de crème et des myrtilles qu'il allait cueillir sur les landes de Heidmörk en automne. Il avait tenté de convertir ses camarades, mais c'était peine perdue. Après un résultat aussi peu probant, il avait voulu leur faire goûter les mets typiquement islandais. La plupart des plats comme les têtes de mouton bouillies et le poisson faisandé n'avaient pas eu l'heur de leur plaire. Ils appréciaient davantage le poisson frais, même s'ils n'étaient pas très friands de poisson en général. Il en allait autrement des T-bone steaks, des ragoûts et des spaghettis en sauce à la viande, inconnus des autochtones. Les deux camps répugnaient à goûter aux plats étrangers. Une des rares fois où Flovent était passé le voir à son baraquement dans le cadre d'une enquête, Thorson lui avait cuisiné un plat italien, mais Flovent n'avait quasiment pas touché à ses spaghettis, ce n'était pas à son goût, avait-il dit.

Thorson partageait un baraquement avec quatre collègues de la police militaire au camp Sheridan, du nom d'un général de la guerre de Sécession. Le camp était situé à l'ouest d'Eidsgrandi. Thorson et ses camarades avaient installé une petite cuisine dans ce baraquement au sol cimenté, bien isolé et correctement chauffé par un poêle à charbon contrairement aux masures construites par les Britanniques, qui prenaient l'eau et étaient ouvertes à tous les vents.

Ses collègues étant en service, Thorson mit à profit ce moment de solitude pour se préparer un skyr à la crème et relire une fois encore quelques poèmes de *Fagra Veröld*, *La beauté du monde*, le recueil de Tomas Gudmundsson. Il fréquentait assidûment la bibliothèque municipale où il avait aperçu l'écrivain plongé dans les livres. Il connaissait également de vue Thorbergur Thordarson pour l'avoir croisé en ville. Un jour qu'il était chez le coiffeur, Halldor Laxness était entré dans le salon. Thorson savait que les Islandais avaient toujours été une nation de littéraires, mais il avait très peu lu dans cette langue quand il vivait au Canada. Il s'employait à combler son ignorance en empruntant ces livres. Il appréciait particulièrement la poésie islandaise, écrite dans une langue limpide et porteuse de messages qui lui parlaient intimement.

Il était tard. Endormi dans son fauteuil, il fut réveillé en sursaut par des bruits de pas et des craquements. Il entendit quelqu'un se cogner à une table et vit en un éclair le sac que son assaillant lui lançait sur la tête. Brusquement, tout devint noir et les coups se mirent à pleuvoir. Il essaya d'appeler à l'aide et se débattit, mais les coups redoublèrent d'intensité et il abandonna la lutte. Ses agresseurs l'avaient emmené à l'extérieur du baraquement où ronronnait le moteur d'une voiture contre laquelle ils le poussèrent. L'un d'eux lui asséna un coup de poing dans le ventre. Suffoquant de douleur, il s'effondra, puis se retrouva soudain allongé à plat ventre. Il y eut des claquements de portières. Le véhicule se mit en route et l'emmena avec ses agresseurs dont il n'avait pas vu le visage et qui n'avaient pas dit un mot. Qui étaient ces hommes ?

31

Flovent s'arrêta au cimetière de la rue Sudurgata comme il le faisait parfois après une longue journée de travail. Il appréciait le calme de ce genre d'endroits. La sérénité des défunts. Il longea les allées étroites, les stèles et les tombes en passant sous les arbres avant d'atteindre la fosse commune où sa mère et sa sœur reposaient avec d'autres victimes de l'épidémie de grippe espagnole. Deux fosses contenant vingt corps avaient été creusées au pic de l'épidémie. Les pompes funèbres étaient débordées et il fallait enterrer rapidement les morts. Flovent gardait d'affreux souvenirs de cette époque. Également touché par la fièvre, il était tellement affaibli qu'il n'avait pas eu la force d'accompagner sa mère et sa sœur à leur dernière demeure.

Même s'il n'était pas spécialement croyant et n'allait jamais à l'église, il pria Dieu de les bénir, elles et ceux qui reposaient à leurs côtés. Il fit un signe de croix sur la stèle. Un quart de siècle était passé depuis que la maladie avait décimé la ville. Cette époque était encore vivante dans la tête de Flovent, elle l'accompagnait à chaque instant. Un de ses souvenirs les plus affreux était le moment où sa sœur était venue au monde mort-née tandis que sa mère hurlait de douleur. Le lendemain, l'accouchée était mise en bière.

Flovent avait passé plusieurs jours à délirer, brûlant de fièvre, il se rappelait à peine les ombres qui l'entouraient à cette époque et se demandait si elles appartenaient à ce monde ou à l'au-delà. C'étaient des hommes au pas lourd et des infirmières qu'il distinguait à peine derrière leurs masques et leurs uniformes. Il est mort ? avait demandé une voix. Il avait eu envie de hurler, mais n'en avait pas eu la force, épuisé, totalement à la merci de la maladie.

Il se rappelait aussi avoir vu son père affûter son rasoir peu après le décès de sa femme. Elle lui avait fait promettre que, si elle partait avant lui, il s'assurerait qu'elle était bien morte avant qu'on la mette en terre. Pour une raison que Flovent ignorait, elle avait toujours été claustrophobe et sa plus grande angoisse était de se réveiller dans son cercueil. Allongé sur son lit, il avait tenté de détourner le regard pour s'épargner la scène. Il se souvenait du scintillement de la lame quand, hypnotisé, il avait vu son père prendre le poignet de sa mère pour honorer sa promesse.

Il se recueillit quelques instants devant la fosse commune en pensant à la grippe espagnole, à cette lame de rasoir, à la mort et à son caractère inéluctable. Même si des années avaient passé depuis qu'on avait creusé les fosses communes, il avait encore le cœur lourd chaque fois qu'il pensait à la terrifiante épidémie qui avait emporté sa mère et sa sœur. La maladie avait épargné son père qui l'avait soigné. Ils avaient toujours été très proches et vivaient encore ensemble, seuls tous les deux, dans leur vieille maison.

Flovent ne ressentait pas le besoin d'une autre compagnie. Son père s'inquiétait pour lui, il allait même jusqu'à lui conseiller de ne pas se fermer aux femmes et lui demandait régulièrement où en étaient ses amours. Une des rares fois où Flovent s'était sérieusement intéressé à la question, il avait rencontré une jeune vendeuse qui travaillait dans un magasin, rue Skolavördustigur. C'était elle qui avait provoqué les choses alors qu'il était réticent à s'engager. Ils se fréquentaient depuis presque deux ans lorsqu'elle lui avait soudain annoncé, à son grand étonnement, qu'elle préférait mettre fin à leur relation. Quand il l'avait interrogée sur le motif de sa décision, elle lui avait répondu de manière évasive, puis avait fini par avouer qu'elle était tombée amoureuse d'un autre homme et qu'elle le voyait régulièrement.

– Pardonne-moi, mais je ne veux pas me mettre entre vous.

– Entre nous ? Comment ça ? s'était enquis Flovent.

– Entre toi et ton père.

C'était une soirée d'avril belle et douce. Comme il n'avait pas envie de rentrer tout de suite chez lui, il alla dîner chez Marta, rue Hafnarstraeti. Il descendit la rue Sudurgata en direction du centre et passa devant l'hôtel Islande où quelques soldats fumaient leur cigarette. Comme tous les soirs, il y avait foule chez Marta. Il parvint toutefois à s'installer dans un coin pour y déguster tranquillement des boulettes de poisson accompagnées de pommes de terre et de pain noir. Il n'avait pas réussi à contacter le légiste qui lui avait envoyé en fin d'après-midi ce message concernant la substance découverte dans l'organisme du noyé de Nautholsvik. Il le ferait dès le lendemain. Il pensait à Agnes, aux soupçons d'infidélité qui pesaient sur son époux défunt, au jeune homme du Piccadilly et aux soldats affectés à Falcon Point. Il pensait aussi à Thorson avec qui il travaillait par intermittence depuis maintenant deux ans. Il appréciait cet homme plutôt secret et peu enclin au bavardage. Ces traits de caractère lui plaisaient, il ressemblait à Thorson sur ce point, il n'était pas non plus du genre à s'épancher.

Une des serveuses de la cantine de Marta riait en écoutant un soldat assis au comptoir lui lire des phrases tirées d'un petit livret qu'on avait remis à chaque recrue, et qui contenait des expressions traduites en islandais. Flovent connaissait ce manuel de conversation censé faciliter la communication entre les troupes et la population locale. La jeune femme riait aux éclats face aux efforts du soldat pour prononcer en islandais : "Puis-je vous inviter au cinéma?" Les tentatives répétées du jeune homme étaient à chaque fois accueillies par un éclat de rire.

À la fin de son repas, Flovent salua Marta et descendit sur le port. Il contempla les bâtiments militaires qui passaient au large et l'*Esja*, toujours à quai. Il n'avait jamais voyagé sur ce paquebot, mais il se rappelait avoir lu dans les journaux, deux ans et demi plus tôt, que l'*Esja* était parti de l'extrême nord de la Finlande pour ramener au pays des compatriotes domiciliés dans les pays nordiques ayant obtenu l'autorisation de rentrer en Islande. Il supposait qu'il serait impossible d'obtenir une telle autorisation maintenant que la guerre s'était étendue à travers le monde et que les combats se renforçaient de jour en jour.

Il y avait près du port beaucoup de cafés et de restaurants. Il observa les soldats qui, pour certains, marchaient au bras d'une femme et, fiers comme Artaban, leur tenaient la porte, allumaient leurs cigarettes ou leur offraient un verre. La musique entraînante emplissait la nuit printanière. Il surprit deux soldats en train de se battre dans une ruelle, mais il était trop las pour intervenir. Peut-être se bagarraient-ils pour une femme, peut-être pour un autre motif. Il n'avait pas envie de le savoir. Il vit un jeune homme quitter un des urinoirs installés sur le port et se rappela l'avoir croisé dans l'escalier qui menait chez Tobias, dans le quartier des Polarnir. Quelques instants plus tard, un lieutenant américain sortit à son tour, il resserra sa ceinture et partit en regardant droit devant lui. Le jeune homme le toisa, se passa la main dans les cheveux, cracha par terre et s'apprêtait à le suivre quand Flovent lui barra la route.

— Bonsoir, tu te souviens de moi ?

Le jeune homme fronça les sourcils et marmonna quelque chose d'incompréhensible, décidé à poursuivre son chemin. Flovent l'arrêta.

— Qu'est-ce que tu faisais là-dedans avec ce soldat ?
— Rien. Je pissais. De quoi je me mêle ?
— Tu le connais ?
— Non... enfin, oui, je...

Flovent ne comprenait rien à ce qu'il racontait. Le jeune homme bégayait. Il avait bu. Il sortit un paquet de cigarettes américaines de sa poche. Deux billets d'un dollar tombèrent par terre. Flovent les ramassa et les lui tendit.

— Merci. Tu es peut-être... ?
— Quoi ?
— Tu cherches... ? reprit le jeune homme en désignant les urinoirs d'un coup de tête.
— Non, répondit Flovent. Je ne cherche rien. Mais toi ?

Son interlocuteur sembla comprendre qu'il y avait un malentendu. Il était possible qu'il ait déjà croisé Flovent.
— Mais que...? Qui es-tu?
— Tu ne te souviens pas de moi?
Le jeune homme secoua la tête, l'esprit manifestement embrouillé par l'alcool.
— On s'est déjà croisés, précisa Flovent. J'allais chez ton ami Tobias, dans le quartier des Polarnir. Vous êtes bien amis, non? C'est toi que j'ai croisé dans l'escalier en montant chez lui l'autre jour?
Le jeune homme le dévisagea et le reconnut enfin.
— Ah oui, ça me revient. Tobias m'a dit que tu étais flic.
— Donc, tu l'as revu depuis? demanda Flovent. Vous vous êtes réconciliés? J'avais l'impression que vous veniez de vous disputer.
— Oui, on s'était chamaillés, répondit le jeune homme en fouillant dans ses poches en quête d'un briquet. Flovent sortit sa boîte d'allumettes et lui donna du feu. On passe notre temps à s'engueuler.
— À quel sujet?
— Sur tout. Tu n'as qu'à lui demander. Interroge-le sur le gars de Klambratun.
— C'est déjà fait, et il m'a répondu qu'il ne le connaissait pas.
— Ben voyons! Il ne le connaît pas! C'est ça! Ils sont cinglés. Lui et cette bonne femme. Elle est toxique.
— Tu veux parler de Klemensina?
— Ouais... Klemensina... cette vipère. Je passe mon temps à dire à Tobias de... déménager...
Le jeune homme hurlait. Il était plus ivre que Flovent l'avait cru au début. Cette conversation sur Klemensina et Tobias le mettait hors de lui.
— Quelle relation avait-il avec le gars de Klambratun? Comment tu sais qu'ils se connaissaient?
— Pose-lui la question! Demande-lui de te dire ce qu'ils font.
— Ce jeune homme, tu connais son nom?

Son interlocuteur secoua la tête et cracha à nouveau. Il prit une bouffée de sa cigarette avant de la jeter dans la rue.

— Interroge-le sur toutes leurs putains de conneries!

— Et sur Falcon Point? glissa Flovent.

— Je t'en ai assez dit, répondit le jeune homme. Il fit soudain demi-tour et prit en toute hâte la direction du centre-ville. Flovent se lança à ses trousses, mais comprit rapidement qu'il ne parviendrait pas à le rattraper. Renonçant à le poursuivre, il le regarda fuir en se disant qu'il devait retourner voir Tobias au plus vite.

32

La voiture s'arrêta. Thorson ignorait combien de temps ils avaient roulé. Le sac qu'ils lui avaient enfilé sur la tête l'aveuglait complètement. Ses assaillants l'avaient fait s'allonger à plat ventre sur le plancher du véhicule, les mains attachées dans le dos, ce qui lui interdisait tout mouvement. Ils n'avaient pas dit un mot de tout le trajet. La route était de plus en plus mauvaise. Ils avaient sans doute quitté la ville. Les rues en terre de la capitale avaient beau être défoncées, elles étaient tout de même plus confortables que les pistes qui sillonnaient les campagnes. La voiture faisait des embardées pour éviter les nids-de-poule, le plancher avait par deux fois heurté de gros blocs de pierre avec les grincements afférents. Ils roulaient assez vite. Les cailloux rebondissaient sur les garde-boue et, à chaque virage, il heurtait violemment le plancher.

Il était incapable de déterminer le nombre exact de ses agresseurs. Au moins trois et pas plus de cinq, se disait-il en se repassant le cours des événements. Faisant de son mieux pour maîtriser sa peur et ne pas se laisser envahir par les émotions, il s'efforçait de se raisonner, de garder son calme et d'analyser la situation. Ces hommes étaient probablement américains, même s'il n'avait aucune certitude. Cela pouvait aussi être des Islandais avec qui il se serait disputé dans le cadre de son travail. Il ne se rappelait pourtant aucun événement susceptible de justifier de telles représailles. Il préférait s'en tenir aux évidences : c'étaient sans doute des soldats américains qui l'avaient enlevé et jeté dans cette voiture pour l'emmener loin de la ville. Il ignorait dans quel but, mais craignait le pire.

L'opération semblait soigneusement préparée. Ces hommes savaient qu'il était seul dans son baraquement ce soir-là et que ses collègues étaient en service. Et, apparemment, ils savaient très bien où ils l'emmenaient. Pendant un moment, Thorson avait eu quelques doutes, ils roulaient depuis longtemps, la route était de plus en plus mauvaise. Il s'était demandé s'ils n'étaient pas perdus.

Il était en danger. Ces hommes voulaient peut-être seulement l'effrayer, mais on ne pouvait exclure qu'ils l'emmènent à l'écart, loin de la ville, pour lui régler son compte. Ce devait être lié à son travail de policier. Sa seule affaire en cours susceptible de provoquer une telle réaction était le meurtre de Klambratun. La voiture ralentit.

— Qui êtes-vous ? cria-t-il en anglais. Il reçut un coup de pied dans la tête en guise de réponse.

Le véhicule s'immobilisa. Il se débattit en vain quand ses ravisseurs l'attrapèrent sous les aisselles pour le jeter sans ménagement par terre. Le sac glissa partiellement sur sa tête. Il sentit sur son visage le contact d'une surface moelleuse et rafraîchissante qui semblait être de la mousse. Il imagina les grandes étendues de mousses recouvrant les champs de lave de la péninsule de Reykjanes.

Ils le prirent à nouveau sous les bras pour le déplacer avant de le plaquer à nouveau à terre. La mousse avait été remplacée par des pierres qui lui arrachaient la peau. Ils ôtèrent le sac qui lui couvrait la tête. À la lumière des phares, il découvrit une faille sans fond. Un de ses assaillants le tenait par les jambes, le buste suspendu dans le vide. Si ce dernier le lâchait, il tomberait dans le précipice. Les mains attachées dans le dos, Thorson était impuissant. Pétrifié, il fixait avec terreur la lave tranchante aux formes biscornues sans voir le fond de l'abîme.

— Jolie vue, non ? déclara en anglais une voix, avec un accent de Brooklyn ou de la région de New York. Il tenta de tourner la tête vers celui qui s'adressait à lui, mais ce dernier lui décocha un coup de pied dans les côtes.

— Baisse la tête !

— Qu'est-ce que tu me veux ? cria Thorson. Pourquoi tu fais ça ?

L'homme lui répondit par un deuxième coup de pied. Thorson étouffa un cri de douleur. Refusant d'accorder à ces hommes le plaisir que leur procuraient ses souffrances, il serra les dents.

— Tu es trop curieux, déclara une autre voix, quelque part derrière lui.

Thorson fixait le vide. Peinant à maintenir son buste à l'horizontale au-dessus de la faille, il se laissa glisser le long de la paroi. La lave tranchante s'enfonça dans sa peau, sur son visage. Même si la nuit était tombée, on distinguait encore une lueur dans le ciel. Les jours étaient de plus en plus longs. Bientôt, la clarté serait permanente. Il aimait tant les soirées printanières d'Islande.

— Tu es beaucoup trop curieux, répéta la voix. Il faut que ça change. Tu vois ce que je veux dire? Tu ne peux pas nous échapper. On peut t'emmener faire une gentille petite balade comme celle-là n'importe quand. Et te balancer dans un de ces trous. La curiosité est un vilain défaut. Tu me suis?

Thorson secoua la tête.

— Je suis policier, et si vous...

L'homme lui décocha un nouveau coup de pied dans le ventre. La douleur était insupportable.

— Personne n'a envie de savoir qui tu es ni ce que tu fais, hurla-t-il. Tu n'es qu'un pauvre type! Tu m'entends? Un pauvre type et un connard, et tu te mêles de choses qui ne te regardent pas!

— Que... quelles choses? Pourquoi tu fais ça?

Un autre coup de pied s'abattit dans ses côtes.

— Je viens de te dire de fermer ta gueule!

— Dis-moi ce que tu veux! s'écria Thorson.

— Je veux que tu crèves, hurla l'autre. Je veux que tu crèves pour débarrasser le monde d'un pauvre type! C'est compris? Pigé?

Thorson ne répondit pas. Ses assaillants chuchotaient sans qu'il parvienne à entendre ce qu'ils se disaient. Ils semblaient se disputer. Apparemment, ils n'étaient pas d'accord. Il avait beau tendre l'oreille, il ne distinguait pas ce qu'ils disaient. L'un d'eux le retenait encore fermement par les jambes. Il était terrifié à l'idée de se retrouver projeté dans ce puits de ténèbres. La dispute allait crescendo. Tout à coup, il crut entendre l'un d'eux mentionner le Piccadilly.

— Qui êtes-vous ? hurla-t-il. Pourquoi vous faites ça ?

L'un d'eux le frappa à nouveau de toutes ses forces. Il se tordit de douleur, s'attendant à recevoir d'autres coups qui ne vinrent pas. Ses ravisseurs continuaient à se disputer à mi-voix, il ignorait à quel sujet.

— Stewart est avec vous ? cria-t-il.

Il y eut un silence.

— Est-ce que Stewart est là ? répéta Thorson.

— Je croyais t'avoir dit de fermer ta gueule !

— Stewart ? Vous êtes là ? hurla-t-il, suspendu dans le vide. C'est vous qui êtes derrière tout ça ?

À peine le dernier mot prononcé, il ressentit une violente douleur. Peut-être lui avaient-ils cassé des côtes. Un des hommes laissa échapper un juron et lui détacha les mains. Au même moment, il sentit l'étreinte se relâcher autour de ses jambes et plongea tête la première vers l'abîme. Son corps heurta la paroi de lave, frôla un arbuste qui poussait là et rebondit sur une corniche avant d'aller s'écraser de tout son poids au fond du gouffre. Puis, ce fut le noir.

33

Elle se souvenait à peine des jours qui avaient suivi la visite du fonctionnaire. Elle n'avait pas envie de revivre cette douleur. Le remords d'avoir trahi Osvaldur. Les larmes qui refusaient de se tarir et pouvaient revenir à la moindre occasion. Elle n'avait obtenu aucun détail supplémentaire. Le commandement allemand au Danemark avait cessé de répondre aux requêtes du ministère et les circuits parallèles déployés pour obtenir des informations avaient tous échoué. Apparemment, Osvaldur avait été transféré en Allemagne et à Dachau juste après son arrestation. Elle n'avait jamais entendu ce nom. Le ministère avait tenté d'en savoir plus. Les nazis internaient dans ce camp des prisonniers politiques, des juifs et des citoyens originaires des pays qu'ils occupaient, ainsi que des détenus de droit commun de nationalité allemande ou autrichienne. Osvaldur avait sans doute enduré les pires souffrances dans ce camp de travail. Elle avait aussi demandé au ministère de se renseigner sur Christian. On lui avait répondu que la famille du jeune homme et les autorités danoises ignoraient ce qu'il était devenu.

Les jours avaient passé, puis des semaines, des mois. Elle avait vécu si longtemps dans l'angoisse, la tristesse et le deuil, qu'elle se rappelait à peine ce que signifiait vivre normalement et se réveiller le matin sans avoir l'estomac noué. Elle s'appliquait à faire son travail à la boutique sans trop parler avec les clients. Après avoir déménagé au Danemark, elle avait négligé ses amies restées en Islande. Les liens s'étaient distendus et elle n'avait pas l'énergie nécessaire pour les renouer. Devenue plutôt solitaire, elle avait tendance à s'isoler. Elle n'avait quasiment que sa tante avec qui se distraire. Le soir, elles écoutaient la radio et les dernières infos sur la guerre, elles lisaient beaucoup et jouaient aux cartes. Sa tante lui avait appris à jouer au bridge, elle l'avait encouragée à l'accompagner aux soirées auxquelles elle se rendait, mais ça ne l'avait pas intéressée plus que le reste. À ses yeux, tout était triste et inutile.

La presse islandaise avait parlé de l'arrestation d'Osvaldur, le gouvernement exigeait de savoir ce qui lui était arrivé. Elle avait également annoncé son décès dans un camp. Les Allemands refusaient de remettre son corps à l'Islande, ce qui attestait une fois encore des exactions commises par les nazis contre la liberté. À cette époque-là, elle avait lu dans un journal un article décrivant ces camps que les Allemands avaient construits un peu partout à l'est de l'Europe, spécialement destinés aux juifs, depuis longtemps persécutés par le régime nazi.

Elle avait écrit aux parents de Christian pour leur demander s'ils en savaient plus sur Osvaldur et leur fils. L'ambassade lui avait communiqué l'adresse qu'elle avait écrite sur l'enveloppe, mais elle n'avait jamais reçu de réponse.

Un an s'était écoulé depuis le décès d'Osvaldur quand Kristmann revint la voir. Il était tard. Elle avait, comme souvent, passé la soirée avec sa tante à écouter la radio et s'apprêtait à se coucher quand elle avait entendu ces coups à la porte. Elle le reconnut immédiatement. Il s'excusa de la déranger à cette heure tardive et demanda s'ils pouvaient discuter un moment. Bien sûr, répondit-elle en le débarrassant de son manteau pour le ranger dans la penderie. Sa tante les rejoignit dans l'entrée, ils parlèrent de tout et de rien, principalement du temps, puis elle regagna sa chambre, les laissant seuls.

Elle avait pensé de temps en temps à Kristmann après qu'il lui avait rendu visite pour lui parler de la mort de son frère. Elle se rappelait avec émotion les instants passés avec Ingimar durant cette longue nuit où le capitaine avait laissé dériver le navire tous moteurs coupés. Elle était bouleversée qu'il ait perdu la vie si peu de temps après. Même si les mois avaient passé, elle pensait tous les jours à l'affreux destin d'Osvaldur, à ce retour à bord de l'*Esja*, et à Ingimar. Tout cela était encore source d'une douleur intense même si elle faisait de son mieux pour ne pas se laisser briser par le souvenir de ces événements. C'était une lutte de tous les instants.

Elle raconta à Kristmann le peu qu'elle savait concernant le décès d'Osvaldur. Kristmann n'était pas resté les bras croisés depuis leur dernière rencontre. Elle s'étonna de constater qu'il connaissait le nom de plusieurs camps allemands, parmi lesquels celui de Dachau. Il était toutefois réticent à lui donner des détails, mais elle l'avait prié instamment de le faire, se rappelant l'article qu'elle avait lu dans le journal.

– Quelle est la cause du décès, selon les Allemands? demanda-t-il.

– Complications cardiaques.

– Il était malade du cœur?

– Non. Il n'avait jamais eu aucun problème de ce côté-là. Il était robuste.

– Tu crois qu'ils mentent?

– Je me pose des questions. Osvaldur était un jeune homme en pleine santé. C'est tout ce que je sais. Mais toi, que sais-tu de ce camp?

– Je ne suis pas sûr qu'il faille...

Kristmann s'interrompit.

– Quoi?

– Ce n'est pas le genre d'endroit où on a envie d'aller, éluda-t-il. C'est d'ailleurs valable pour tous ces camps. Apparemment, il s'y passe des choses abominables.

– Comment ça?

– À en croire les articles publiés dans la presse américaine, les prisonniers sont maltraités. Le taux de mortalité est effarant. On parle d'assassinats, de tortures et même de...

– De...

– Je ne suis pas sûr que tu aies envie d'entendre ça.

– Tu n'as pas besoin de m'épargner, protesta-t-elle.

— On dit qu'ils font des expériences sur les prisonniers.
— Des expériences ? De quel genre ?
— De toutes sortes. Ils ne sont jamais à court d'idées. Par exemple, ils se servent des détenus pour tester la capacité de résistance au froid extrême. Ils testent les limites du corps humain jusqu'à la mort.
— Dieu tout-pui... Ils ont le droit ? On les autorise à commettre de telles horreurs ? Il n'y a pas de... il y a quand même des règles... ?

Kristmann secoua la tête.

— Il n'y a personne pour les arrêter. Ils font tout ce qu'ils veulent.
— Tu penses que ces complications cardiaques... Tu crois qu'ils ont...? Qu'ils se sont servis de lui comme...?

Kristmann haussa les épaules, ignorant ce qu'Osvaldur avait subi.

— Mais ces gens-là sont des... de véritables monstres !

Elle avait souvent pensé aux conditions de détention dans ce camp en imaginant le pire, mais tout cela n'était rien comparé aux horreurs que Kristmann venait de lui décrire.

Ils gardèrent le silence un long moment. Kristmann toussota puis lui demanda si elle avait revu Manfred. Elle lui répondit que non d'un air absent. Il avait interrogé une bonne partie des passagers de l'*Esja* depuis leur dernière rencontre. Une femme se rappelait avoir vu Ingimar discuter avec Manfred la veille de sa disparition. Elle les avait seulement aperçus de loin et ignorait la teneur de leur conversation, mais s'était étonnée de voir Manfred y mettre fin en tournant subitement les talons. Elle n'en avait parlé à personne, considérant que ça n'avait pas d'importance, et l'avait juste mentionné à Kristmann parce qu'il l'avait harcelée de questions.

— Évidemment, elle n'a aucune raison de mentir, reprit-il. Tu m'as dit à notre première rencontre qu'Ingimar t'avait demandé si tu connaissais la famille de Manfred du côté de sa mère.

– Oui ?
– Il t'a parlé de son oncle. Tu m'as aussi dit que Manfred était monté à bord en Norvège et que tu l'avais connu à Copenhague.

Elle hocha la tête.

– Ce Manfred, c'est quel genre d'homme ?

Déconcertée par cette question à laquelle elle n'avait jamais réfléchi, elle ne savait pas quoi répondre. Manfred était prévenant malgré sa tendance à s'emporter facilement. Il était bon amant, mais elle s'interdisait de l'avouer à quiconque. Il était drôle, bien que parfois buté et trop insistant. Son pire défaut était sans doute son arrogance alliée à son autosatisfaction. En fin de compte, elle était incapable de le cerner. Elle ne le connaissait pratiquement pas et leur relation avait été très superficielle.

– Comment ça ?
– Il a des sympathies nazies ?

Elle n'était pas certaine de bien comprendre.

– Qu'est-ce que tu veux dire ?
– Est-ce qu'il est séduit par leur doctrine ? Quelles sont ses opinions sur le nazisme ? Tu as une idée sur la question ?
– Ses opinions... il ne m'en a jamais parlé, assura-t-elle. Et en effet, aussi surprenant que cela puisse paraître étant donné l'époque troublée qu'ils traversaient, aucune de leurs conversations n'avait jamais porté sur la guerre, les nazis ou les sujets d'actualité. Leurs rendez-vous secrets étaient peut-être une manière de fuir cette terrible réalité et de l'oublier.

– Comment l'as-tu connu ?

Elle tenait à aider Kristmann, mais ne comprenait pas le sens de toutes ces questions. Ne sachant pas trop quoi répondre, elle lui dit la première chose qui lui vint à l'esprit.

– Eh bien... par le biais de l'Association des Islandais de Copenhague.
– Il connaissait Osvaldur ?
– Non, je... je ne pense pas, en tout cas, pas plus que ça.

– Tu sais pourquoi Osvaldur a été arrêté ? J'ai entendu plusieurs versions. Tu peux m'expliquer ?

Elle avait dit aux autorités qu'Osvaldur voulait s'engager dans la résistance danoise et ne voyait aucune raison de cacher la vérité à Kristmann. Ça ne changeait plus rien qu'on sache ce qu'il avait fait. Désormais, elle ne pouvait plus le protéger par son silence.

– Je crois qu'il voulait lutter contre les nazis.
– Ce Manfred était au courant ?
– Comment ça ?
– Il savait qu'Osvaldur était dans la résistance ?
– Pourquoi cette question ?
– Vilmundur, ça te dit quelque chose ? Manfred n'en aurait pas parlé pendant vos conversations ?
– Non, en tout cas je ne m'en souviens pas.
– C'est de lui qu'Ingimar voulait te parler. C'est un nazi notoire. Ou disons plutôt c'était, il n'y a plus grand monde en Islande pour oser afficher de telles opinions. En tout cas, c'est lui qui a mis sur pied le mouvement national-socialiste dans notre pays. À l'époque, il faisait partie d'une association baptisée la Société de Thulé, inspirée d'un groupe allemand du même nom, et dont je ne sais pas grand-chose.
– Et… c'est lui qui est… ?
– L'oncle maternel de Manfred. On m'a dit qu'ils ont toujours été très proches.

34

Kristmann lui résuma ses activités depuis sa visite précédente. Il avait consacré la plupart de son temps libre à interroger les passagers de l'*Esja* les uns après les autres pour leur demander s'ils avaient rencontré Ingimar. C'est ainsi qu'il avait découvert l'existence de la conversation entre Manfred et son frère peu avant le drame. Il avait suivi les informations publiées dans la presse sur Osvaldur, s'était intéressé à son arrestation et documenté sur les camps nazis, entre autres par le biais du service de renseignement que l'armée américaine avait mis sur pied à Reykjavík. Les militaires lui avaient apporté une aide précieuse en l'autorisant à consulter la documentation considérable dont ils disposaient sur divers sujets, comme le camp de Dachau.

Il s'était également intéressé à l'oncle de Manfred. Kristmann n'avait pas eu à chercher très longtemps, Manfred étant originaire de Hafnarfjördur comme lui. Ses parents se souvenaient de la famille et lui avaient indiqué le nom d'autres gens qui la connaissaient mieux. Kristmann avait fait ses recherches tranquillement sans dévoiler pourquoi il tenait à en savoir plus. Quand on lui posait des questions, il répondait qu'il se documentait sur l'histoire de Hafnarfjördur et sa population, peut-être même qu'il écrirait un livre. Il prétexta aussi qu'il cherchait des photos de fêtes ou de célébrations qui avaient eu lieu dans la ville et évoquait, là aussi, la perspective d'une publication. Il avait préféré se rendre coupable de ces petits mensonges plutôt que de risquer d'entacher la réputation d'honnêtes gens.

Ses recherches lui avaient permis de découvrir que Vilmundur, l'oncle maternel de Manfred, s'était chargé de l'éducation de son neveu quand il avait douze ans. Les parents de Manfred avaient divorcé, son père avait déménagé en province et sa mère souffrait de désordres mentaux qui l'empêchaient de s'occuper de son fils unique. Vilmundur était grossiste. Avant de prendre en charge l'éducation du garçon, il avait séjourné en Allemagne et s'était passionné pour l'histoire et la culture de ce pays. Les nouvelles idées qui s'y développaient, le national-socialisme et l'énergie de son chef de file l'avaient séduit. À son retour en Islande, il avait écrit quelques articles sur cette doctrine et son porte-parole. Il avait également tenu des réunions d'information, ne tardant pas à rassembler autour de lui un groupe de sympathisants et à organiser la première manifestation à la gloire du mouvement. Les participants portaient le brassard noir à croix gammée qu'il avait fait fabriquer spécialement pour l'occasion. Parmi ceux que Kristmann avait interrogés, deux hommes détenaient des photographies de cette marche. Vilmundur brandissait le drapeau nazi, vêtu d'une veste brune, de bottes en cuir, d'un pantalon brun bouffant et d'une chemise assortie.

Kristmann fit une pause dans son récit. Elle l'avait écouté avec un intérêt grandissant. Elle ignorait tout, elle ne s'était jamais interrogée sur la famille de Manfred. Elle ne savait rien de ce Vilmundur et encore moins qu'il avait tenu lieu de père à son neveu. En revanche, elle savait qu'avant la guerre il y avait en Islande un certain nombre de sympathisants du national-socialisme, séduits avant tout par la personnalité d'Adolf Hitler qui avait prétendument sorti l'Allemagne du chaos.

— Tu es allé voir Manfred ? demanda-t-elle, hésitante, comme si elle n'avait pas envie d'entendre la réponse.

Kristmann hocha la tête.

— Je l'ai interrogé. C'était... une rencontre très instructive. C'est le moins qu'on puisse dire.

Manfred l'avait accueilli avec courtoisie en fin de journée au bureau de la compagnie d'assurances où il travaillait. Il avait abandonné ses études de pharmacie et trouvé cet emploi grâce à son oncle. Kristmann n'était pas tout à fait un inconnu, les deux hommes s'étaient parlé au téléphone et, même si plus d'un an s'était écoulé depuis le décès de son frère, Manfred avait renouvelé ses condoléances. Calme et posé, il comprenait que Kristmann cherche des réponses auprès des passagers de l'*Esja*. Il avait toutefois précisé qu'il avait peu de temps à lui accorder, comme pour lui suggérer d'en venir droit au fait.

— Donc, vous connaissiez mon frère ?
— C'est beaucoup dire, avait répondu Manfred. Je ne le connaissais quasiment pas. Il faisait partie des passagers et, évidemment, je l'ai croisé sur le bateau, comme tous les autres.
— Ça vous est arrivé de discuter avec lui ?
— Très peu.
— Mais un peu quand même ?
— Disons deux ou trois fois, pas plus qu'avec les autres. On était assez nombreux. On formait un groupe sympathique malgré les circonstances très particulières. On essayait de voir le bon côté des choses.
— De quoi avez-vous parlé ?
— J'ai oublié. Je suppose qu'on a discuté de la traversée, enfin, de tout et de rien. D'ailleurs, on n'avait rien à se dire.
— Vous avez parlé avec Ingimar juste avant l'accident ?

Manfred s'était accordé un instant de réflexion.

— Je ne crois pas, mais personne n'est capable de dire à quel moment le drame s'est produit puisqu'il n'y a aucun témoin. Je ne vous apprends rien.
— Quand l'avez-vous vu pour la dernière fois ?
— Malheureusement… tout cela commence à dater et je ne suis pas sûr de bien m'en souvenir.
— Vous l'avez peut-être oublié, mais si je vous dis que quelqu'un vous a vus parler tous les deux le soir juste avant sa disparition ?
— Ah bon ? s'était étonné Manfred en consultant discrètement sa montre.
— C'est vrai ?

– Eh bien, c'est… c'est possible. Comme je viens de vous le dire, tout cela est assez lointain.

– Je suppose donc que vous avez aussi oublié le sujet de cette conversation.

– Alors là… je suis bien incapable de vous le dire. Je ne me rappelle même pas avoir eu la discussion dont vous parlez.

– Le passager qui vous a vus ensemble a cru que vous vous disputiez. Ça vous dit quelque chose ?

– Je ne vois pas très bien où vous voulez en venir, avait répondu Manfred. Je viens de vous dire que je ne connaissais pratiquement pas votre frère et on n'avait aucune raison de se disputer les rares fois où nous nous sommes croisés à bord. Il faisait partie des passagers et je ne passais pas mon temps à importuner mes compagnons de voyage.

– J'en ai interrogé un certain nombre. Vous êtes sûr que ça ne vous dit rien ?

– Malheureusement, non.

– En fait, Ingimar vous connaissait par ouï-dire et je me suis dit qu'il en avait peut-être parlé avec vous.

– Ah bon ? Je n'étais pas au courant. Comment ça, par ouï-dire ? Pourquoi dites-vous qu'il me connaissait ?

– Parce qu'il a parlé de vous, ou plus exactement de votre oncle, à un autre passager…

– De mon oncle ?

– Oui, de Vilmundur, c'est bien son nom ?

– Qu'est-ce que… ? Vilmundur… ?

– C'est votre oncle, n'est-ce pas ?

– Qu'est-ce qu'il a à voir là-dedans ? avait rétorqué Manfred.

– Pourriez-vous… ?

– Pourquoi devrais-je vous parler de lui ?

– Parce que mon frère n'aimait pas les nazis. Pour tout vous dire, il les détestait.

Manfred avait longuement dévisagé Kristmann qui avait touché une corde sensible. Les deux hommes étaient seuls dans le bureau. Le silence se dressait comme un mur entre eux.

– Votre frère n'aimait pas les nazis, vous dites ? avait répété Manfred.
– En effet, vraiment pas.
– Et qu'est-ce que ça change ? Qu'est-ce que... qu'est-ce que vous cherchez au juste ? Quel rapport avec mon oncle ? Que se passe-t-il ?
– Si je ne m'abuse, il a bien été nazi ? D'ailleurs, il l'est peut-être encore.
– C'est donc ça ?
– Quoi donc ?
– C'est ça que vous aviez en tête ? s'était emporté Manfred. Vous êtes venu m'interroger sur mon oncle ? Vous êtes journaliste, ou quoi ?
– Pas du tout, je veux juste savoir si vous et mon frère avez abordé cette question. Avez-vous discuté du nazisme avec lui ? Je sais que c'était un opposant farouche à ce régime. Et je vous répète qu'un autre passager m'a confié qu'Ingimar lui avait raconté qu'il connaissait votre oncle...
– Un autre passager ? Qui donc ? s'était écrié Manfred, furieux. Qui sont ces passagers dont vous parlez constamment ? Vous pouvez me donner leurs noms ?
– Je préfère garder ça pour moi. De toute manière, j'ai interrogé presque tous ceux qui étaient sur l'*Esja*, donc...
– Je ne me suis jamais disputé avec votre frère. Je ne sais pas d'où vous tenez cette information. Je ne le connaissais pas du tout. Je comprends que vous cherchiez des réponses et il me semblait évident d'accepter cette rencontre, mais je ne peux pas vous aider davantage.
– Je peux vous demander votre opinion sur le nazisme ? Vous partagez celle de votre oncle – ou du moins, celle qu'il avait ?
– Je ne suis pas sûr que cela vous concerne, avait répondu Manfred. Et je dois dire que je suis dubitatif quant à... votre visite, vos questions et vos manières.
– Vous ne partagez pas ses idées politiques ?
– Ça ne vous regarde pas, s'était agacé Manfred. Mes idées ne vous concernent pas. De quoi m'accusez-vous au

juste ? D'être nazi ? C'est ça que vous prétendez ? Que je suis nazi ?

— Je ne voulais pas vous mettre en colère, ce n'était pas du tout mon intention, avait plaidé Kristmann.

— Eh bien, on peut dire que c'est réussi ! avait hurlé Manfred, hors de lui. Je n'ai pas de temps à consacrer à ces bêtises. Je vais ai reçu en toute confiance et vous... m'insultez. C'est... Vous feriez mieux de partir. S'il vous plaît, allez-vous-en ! Allez, dehors ! Partez !

35

Elle avait écouté son récit avec angoisse puis, ne tenant plus en place sur sa chaise, s'était levée pour aller à la fenêtre du salon. Elle regardait l'arrière-cour tandis qu'il lui expliquait que Manfred, hors de lui, l'avait mis à la porte en disant qu'il ne voulait plus jamais le revoir. La colère de celui-ci l'avait déconcerté. Cette réaction indiquait qu'il avait touché un point sensible.

– Tu n'as pas mentionné mon nom? demanda-t-elle en continuant à regarder la cour.

– Je ne lui ai donné aucun nom. Tu aurais préféré que je le fasse? J'aurais dû?

Elle secoua la tête.

– Non, tu as eu raison, répondit-elle, soulagée. Cela dit, je me pose la même question que lui. Que cherches-tu au juste? Que veux-tu qu'il te dise? Qu'il s'est disputé avec ton frère? Qu'ils se sont querellés et qu'Ingimar a tellement mal pris la chose qu'il a... fini par commettre l'irréparable?

– Je ne sais plus quoi penser, avoua Kristmann. J'ai tellement de mal à croire qu'Ingimar ait pu mettre fin à ses jours.

– Tout indique pourtant qu'il s'agit d'un accident.

– En effet, mais c'est une piètre consolation. C'est affreux de savoir qu'il n'est plus là. Je devrais peut-être arrêter toutes ces recherches. Ça ne le ramènera pas.

Kristmann était las et déprimé, elle le plaignait sincèrement. Il était venu lui demander de l'aide, lui demander des informations et, même si elle l'avait bien accueilli, elle ne lui avait pas dit grand-chose. Il avait été honnête avec elle, elle voulait faire de même et mettre fin à ces faux-semblants. Elle hésitait toutefois à confesser ce dont elle n'avait jamais parlé à personne et qu'elle avait du mal

à mettre en mots tant elle craignait d'être jugée infidèle, amorale et déloyale.
— Pourquoi ? reprit Kristmann. Excuse-moi, mais pourquoi ai-je bien fait de ne pas mentionner ton nom ? J'ai eu l'impression, enfin, je ne sais pas, disons que tu m'as semblé soulagée quand je t'ai dit ça. Pardonne-moi cette question mais... cette idée te faisait peur ?
Elle ne répondit pas.
— Il y a quelque chose que... je ne veux pas être indiscret, mais il y a quelque chose que tu ne m'as pas dit ?
Elle se taisait, debout à la fenêtre.
— Excuse-moi, je ne voulais pas...
— Je ne sais pas, murmura-t-elle. Je ne pense pas que ça change quoi que ce soit.
— Je peux te demander encore une fois comment tu l'as connu ?
— À Copenhague, répondit-elle si bas qu'on l'entendait à peine. Nous nous sommes rencontrés à Copenhague. Il y avait beaucoup d'Islandais là-bas, ils se retrouvent régulièrement et... c'est comme ça que je l'ai croisé.
— Je comprends. Et Osvaldur ne le connaissait pas ?
Elle garda le silence.
— Tu l'as rencontré avant de faire la connaissance d'Osvaldur ?
Debout à la fenêtre, elle tournait le dos à Kristmann.
— Non, mais... c'était... c'était complètement superficiel. Je ne sais pas ce qui m'a pris. Nous nous sommes vus quelques fois et j'ai mis fin à tout ça quand il...
— Quand quoi ?
— Quand il a exigé plus. Il voulait que notre relation aille plus loin et je lui ai répondu que ce n'était pas possible.
— À cause d'Osvaldur ?
— Évidemment.
— Et Osvaldur, il était au courant ?
— Non, murmura-t-elle. Il ne savait rien. Je ne lui ai jamais rien dit. Je te laisse imaginer à quel point je m'en veux de ne pas lui avoir tout avoué. Tu ne sais pas à quel point

je souffre de ce que j'ai fait, toutes les nuits d'insomnies que j'ai passées. Et quand je pense à lui entre les mains de ces hommes... et à ce que tu viens de me dire sur ces camps...
— Tu n'en as jamais parlé à personne?
— À personne.
— Ce sont des choses qui arrivent. Tu n'as pas voulu lui faire de mal. En fin de compte, tu ne l'as pas trahi. Tu n'es pas la première à commettre ce genre d'écart.
— J'ai pensé à tout ça des milliers de fois, reprit-elle. Ça n'efface pas ce que j'ai fait. Tu peux me dire tout ce que tu veux, ça ne changera rien.
— Et Manfred?
— Comment ça?
— Tout est fini entre vous?
— Bien sûr! Je le lui ai redit très clairement sur le bateau.
— Et il l'a pris comment?
— Mal. Très mal. Il m'a dit d'aller au diable. Je ne l'ai plus revu depuis et je n'ai eu aucune nouvelle.
— Il aurait voulu que tu rompes avec Osvaldur? demanda Kristmann après un silence.
— Oui, en tout cas, à cette époque. Il m'y a encouragée.
— Il était amoureux?
— Oui.
— Et toi?
— Je l'avais prévenu que je ne quitterai jamais Osvaldur.
Kristmann était sur le point de dire quelque chose, mais il se contenta de baisser les yeux d'un air pensif. Elle se tourna à nouveau vers la fenêtre. Ils passèrent ainsi un long moment plongés dans leurs réflexions. Elle ne regrettait pas de lui avoir confié son secret. Finalement, ça n'avait pas été si difficile, et ça l'avait soulagée. Elle lui était reconnaissante de l'avoir comprise, d'avoir essayé de la soutenir et d'apaiser ses souffrances. Elle était prête à tout pour aider cet homme qu'elle savait profondément bon.
— Tu ne crois tout de même pas que Manfred a fait du mal à ton frère? déclara-t-elle. J'espère que ce n'est pas ce que tu suggères.

Kristmann leva les yeux et la regarda d'un air grave.
— Disons que ce n'est pas à Ingimar que je pense en ce moment.
— Comment ça?
— Je réfléchissais à ce que je t'ai dit tout à l'heure. Est-ce que Manfred savait... mais bon, je divague. Est-il possible que quelqu'un lui ait parlé des activités d'Osvaldur dans la résistance?
— Quelqu'un qui...? Non, personne n'était au courant.
— Tu en es sûre?
— Oui. Je ne vois vraiment pas qui aurait pu lui dire ça.
Kristmann hésita.
— J'ai parfois des idées très étranges.
— À quoi penses-tu? Quelles idées?
— As-tu parlé à Manfred de ce que faisait Osvaldur?
— De ses études de médecine? Bien sûr, il était au courant.
— Ce n'est pas ce que je veux dire, répondit Kristmann prudemment.
— Alors de quoi?
— De son activité dans la résistance.
Elle mit du temps à comprendre le sens de sa question.
— Dans la résistance?
— Est-ce que c'est possible qu'il ait su qu'Osvaldur était dans la résistance? Qu'il luttait contre les nazis? Tu as une idée de la manière dont il pourrait l'avoir appris?
— Tu ne crois pas que Manfred...? Tu crois qu'il aurait dénoncé Osvaldur?
— Je l'ignore. Ça t'est arrivé de lui parler de lui? De te confier à Manfred? Tu ne lui as jamais parlé de tout ça? Peut-être un détail que tu aurais mentionné?
— Comment ça?! Qu'est-ce que tu insinues?
— Tu es sûre de rien ne lui avoir dit?
Elle fouilla dans sa mémoire en quête d'une conversation, d'une phrase, d'un mot prononcé par mégarde, et se retrouva tout à coup dans la chambre d'hôtel miteuse de Vesterbro en fin d'après-midi. La pluie battait les toits de la

capitale danoise et coulait le long des gouttières. Elle était avec Manfred. C'était la deuxième fois qu'ils se voyaient dans cet hôtel. Elle se blottissait dans ses bras, la douce torpeur d'après l'amour les envahissait, ils étaient presque endormis. Il la questionnait sur Osvaldur. En général, elle refusait d'en parler. Il lui demandait s'il lui donnait autant de plaisir, mais elle ne voulait rien lui dire alors elle répondait une bêtise, elle voulait être drôle mais s'exprimait maladroitement et l'observation pouvait sembler blessante. Elle essayait de se rattraper en disant que, finalement, Osvaldur était le plus héroïque des deux puisqu'il voulait s'engager dans la résistance et qu'il connaissait un certain Christian à la faculté de médecine qui prévoyait d'organiser...

– Qu'est-ce qui se passe ? Ça ne va pas ? s'inquiéta Kristmann en voyant son visage défait et son expression distante et froide.

– C'est moi, murmura-t-elle. C'est moi qui lui ai parlé des activités d'Osvaldur.

Deux semaines plus tard, elle reçut une lettre. Sur l'enveloppe ne figuraient que son nom, Reykjavík et Islande. Sans doute un postier s'était-il donné la peine de chercher son adresse qu'il avait rajoutée au crayon. L'écriture était différente. L'adresse de l'expéditeur était absente et elle ignorait combien de temps il avait fallu à cette lettre pour lui parvenir. Le cachet de la poste était illisible, mais le timbre indiquait qu'elle venait du Danemark. Elle se rappela alors avoir écrit aux parents de Christian. Il y avait si longtemps qu'elle l'avait presque oublié.

Elle décacheta soigneusement le pli avec un couteau de cuisine. La lettre était rédigée d'une main énergique en danois et, dès qu'elle eut pris connaissance de son contenu, elle la laissa tomber par terre, foudroyée.

36

Flovent trouva enfin le temps d'aller voir le légiste, tôt le lendemain matin de sa rencontre fortuite avec l'ami de Tobias sur le port. Le médecin sortait de la salle d'autopsie d'un pas pressé. Il était en retard pour ses visites. Flovent avait essayé de comprendre ce qu'impliquait son message concernant les analyses pratiquées sur le corps du noyé de Nautholsvik et la substance trouvée dans le liquide céphalorachidien qui, selon le médecin, était un anesthésiant, la percaïne. Il avait écrit le nom sur le calepin qu'il gardait en permanence sur lui pour ne pas l'oublier.

– Alors, tu as eu mon message? demanda Baldur en le voyant dans le couloir. Je commençais à croire que cette affaire ne t'intéressait plus.

– Je suis débordé, s'excusa Flovent. Tu en sais davantage sur la nature de la substance que tu as découverte?

Baldur n'aimait pas qu'on le dérange à cette heure de la journée. Il regarda sa montre, fit une grimace et lui demanda de le suivre dans la salle d'autopsie. Le corps reposait sous un drap blanc qu'il souleva. Flovent découvrit la victime allongée sur le ventre.

– La percaïne n'est pas le genre de drogue qu'on se procure facilement, commença Baldur en passant la main sur le dos du cadavre. On n'en trouve pratiquement que dans les hôpitaux. Nous en avons ici, et je sais qu'ils en ont également à l'hôpital de Landakot. L'armée américaine en a sans doute aussi.

Flovent remarqua le cercle rouge délimitant une zone de la colonne vertébrale.

– Il s'agit d'un anesthésiant?

– En effet, un produit très puissant qui existe uniquement sous forme liquide et qu'on administre par injection.

Il est réservé à un usage professionnel. Il peut être très dangereux s'il est utilisé par un amateur qui ne sait pas ce qu'il a entre les mains. Quand mon interne a trouvé ces globules rouges dans le prélèvement de liquide céphalorachidien, j'ai tenté de localiser la trace de la piqûre. Je supposais qu'elle était quelque part au niveau de la colonne vertébrale. La percaïne est utilisée pour les anesthésies rachidiennes, comme je te l'ai déjà dit, je savais donc à peu près où chercher, mais j'ai bien cru que je n'allais jamais trouver cette fichue trace.

— C'est là, n'est-ce pas ? s'enquit Flovent, l'index pointé sur le cercle rouge.

Baldur hocha la tête et lui tendit une loupe. Flovent se pencha sur le corps, scruta l'intérieur du cercle et repéra un minuscule trou dans la peau.

— Ça veut dire quoi ?

— C'est la trace d'une seringue. Il est impossible qu'il se soit fait ça lui-même. On lui a administré le produit peu avant le décès, ce qui l'a plus ou moins paralysé. En revanche, il était sans doute tout à fait conscient, mais la percaïne le rendait incapable de bouger ou de se défendre.

— Comment ça ?

— Il n'a pas pu se jeter dans la mer tout seul, répondit Baldur.

— Tu es en train de me dire qu'il s'agit d'un meurtre ?

Le légiste haussa les épaules comme si l'hypothèse ne faisait plus aucun doute.

— Je ne vois pas d'autre possibilité, Flovent. J'y ai beaucoup réfléchi. En réalité, ça m'a tenu éveillé une bonne partie de la nuit parce que, en y repensant, c'est affreux. À mon avis, le but était d'induire la police en erreur. Tout cela était soigneusement prémédité. Personne ne fait une chose pareille sur un coup de tête.

— Une chose pareille ?

— Une anesthésie rachidienne, précisa Baldur.

— Mais dans ce cas... c'est peut-être ce produit qui l'a tué ?

– Pas du tout. Pas en soi. Il n'a servi qu'à faire diversion, à orienter la police sur une fausse piste. À te tromper. Et il a été utilisé pour rendre la victime plus coopérative. Elle est décédée par noyade, poursuivit Baldur d'un ton las comme s'il s'adressait à l'un de ses internes.

– Tu veux dire que l'assassin a paralysé sa victime en la rendant incapable de se défendre avant de la jeter à la mer où elle s'est noyée ?

– Oui, en gros. Quand vous l'avez trouvé sur la plage, il ressemblait à n'importe quel corps ramené par les vagues. L'autopsie a révélé la présence d'eau de mer dans les poumons et tout indique que cet homme s'est effectivement noyé. Le corps ne présente aucune trace de lutte. On a voulu nous faire croire que la victime s'est jetée à l'eau pour mettre fin à ses jours. C'est un processus que nous connaissons d'expérience et qui ne donne pas lieu à l'ouverture d'une enquête. On parle alors de drame personnel. En revanche, cette anesthésie rachidienne nous raconte une tout autre histoire, celle de quelqu'un qui voulait se débarrasser de cet homme et qui a soigneusement préparé son geste. Il a injecté ce produit à la victime avant de la conduire à la mer et de la déposer dans l'eau où elle s'est noyée, totalement impuissante. C'est tout à fait par hasard que nous avons découvert la trace de cette piqûre. Si mon interne passionné de neurobiologie n'avait pas fait ce prélèvement de liquide rachidien où il a trouvé du sang, nous n'aurions jamais imaginé être en présence d'autre chose que d'un suicide.

Baldur consulta à nouveau sa montre. Il était très en retard.

– La trace est très discrète, reprit-il, il faut vraiment la chercher pour la trouver. Personne n'est capable de faire une injection si discrète à moins d'être spécialiste. Et on ne recourt pas à la percaïne sans savoir exactement ce qu'on fait.

– Tu sous-entends que ce serait l'œuvre d'un médecin ?

– Ou d'une infirmière. En tout cas, d'un membre du corps médical. Sa femme travaille à l'hôpital de Landakot, non ?

— Agneta ? Oui, elle est infirmière là-bas. Tu ne prétends quand même pas que...

— Je ne prétends rien. C'est à toi d'enquêter, Flovent. Ce n'est pas à moi de prouver quoi que ce soit. On a aussi découvert chez cet homme un tassement des disques intervertébraux qui le faisait sans doute beaucoup souffrir, mais l'injection de percaïne n'a rien à voir avec ce problème.

— Comment fonctionne ce produit ? Tu dis qu'il était conscient quand il s'est noyé ?

— Très certainement, et je ne te cache pas que c'est une mort affreuse.

— Mais comment... ?

— Il a été témoin de tout le processus, répondit Baldur. Nous devons envoyer des prélèvements à l'étranger pour en avoir la confirmation, mais pour l'instant c'est mon hypothèse. Je ne vois pas ce qu'on aurait pu lui faire d'autre que cette anesthésie rachidienne. Il ne s'agit pas d'une anesthésie générale mais locale, et sa portée est déterminée par la manière dont on la pratique. J'imagine qu'il ne pouvait plus bouger ni les bras ni les jambes, son assassin pouvait faire de lui ce qu'il voulait. Enfin, si mes suppositions sont fondées. Bien sûr, je n'en suis pas sûr à cent pour cent.

— Je n'ai jamais entendu une chose pareille.

— Non, c'est... je ne vois vraiment pas comment qualifier ça.

— Si l'assassin voulait l'empêcher de se défendre, pourquoi ne l'a-t-il pas simplement endormi ? Pourquoi a-t-il opté pour une anesthésie rachidienne ?

— J'ai beaucoup réfléchi à la question, répondit Baldur.

Flovent fixait le corps sur la table d'autopsie. Il scrutait la trace de l'aiguille au centre du cercle rouge. Bientôt, il comprit ce qui avait valu toute une nuit d'insomnie à Baldur.

— L'assassin aurait pu pratiquer une anesthésie générale avant de le jeter à la mer pour maquiller son crime. Or ça ne lui a pas suffi. Celui qui a fait ça voulait faire disparaître tous les indices, mais il tenait aussi à ce que cet homme soit témoin et tout à fait conscient de ce qui lui arrivait. Il voulait qu'il comprenne qu'il se noyait.

— C'est ce que je crois, répondit Baldur. J'ai l'impression que c'est exactement ça.

— Tu ne trouves pas ça... d'une cruauté impitoyable ?

— Je t'avais prévenu que c'était affreux.

37

Le quartier somnolait encore dans la quiétude matinale quand Flovent arriva aux Polarnir, peu après sa rencontre avec le légiste. Personne ne se disputait à la pompe. Le seul signe de vie était le vieil homme qui sortait d'un cabinet d'aisance, reboutonnait son pantalon et faisait son signe de croix avant de se diriger d'un pas mal assuré vers les tourbières de Vatnsmyri. Flovent gravit l'escalier qui menait à l'appartement où vivaient Tobias et Klemensina. Il devait les interroger tous les deux sur ce que lui avait raconté le jeune homme croisé la veille sur le port à propos du garçon de Klambratun. Il voulait également interroger Klemensina sur la femme que recherchait Gudmunda, cette Elly connue pour coucher avec des soldats et des gradés, et qui caressait le rêve de se marier en Amérique.

Vêtue d'une épaisse robe de chambre et les cheveux maintenus par un filet, Klemensina était de mauvaise humeur. Il l'avait réveillée, elle refusait de le laisser entrer et fronçait les sourcils d'un air menaçant, qu'est-ce qu'il lui prenait de venir comme ça importuner les honnêtes gens aux aurores! Elle ne comprenait pas ce que lui voulait la police. Elle le pria de la laisser tranquille et était sur le point de lui claquer la porte au nez, mais il rétorqua qu'il avait besoin de l'interroger, il ne partirait pas avant de l'avoir fait, mais si elle avait besoin d'un peu de temps pour... il ne voyait pas exactement comment s'exprimer... se préparer, bredouilla-t-il, il pouvait attendre. Voyant qu'elle ne parviendrait pas à se débarrasser de lui, elle soupira et rentra dans son appartement en laissant la porte ouverte.

Hésitant, Flovent pénétra dans le vestibule. Il supposa que Klemensina était partie s'habiller et enlever le filet qui retenait ses cheveux. Un long moment passa. Il l'entendait fourrager dans la chambre. Elle revint enfin, les joues maquillées d'un peu de rouge et, sans le regarder ni lui dire un mot, elle mit de l'eau à chauffer pour préparer du café.

— Eh bien, déclara-t-elle soudain, debout à côté de la cuisinière, en lui faisant clairement sentir qu'elle n'appréciait pas sa visite, qu'est-ce que tu me veux exactement ?

— On m'a dit que vous...

— Aïe, mon petit, inutile de me vouvoyer, je ne suis pas une princesse !

— On m'a dit que vous connaissiez une certaine Elly et je voudrais savoir si vous l'avez croisée ces derniers jours.

— Si je sais où elle est ? Pourquoi ?

— Une amie à elle est venue nous voir car elle ne l'a pas vue depuis un bon moment et elle s'inquiète. Elle a ajouté que vous sauriez peut-être où elle se trouve.

— Je n'en ai aucune idée, répondit Klemensina.

— Mais vous la connaissez ?

— Vaguement. Il lui arrive de traîner ici, aux Polarnir. Mais je ne la connais pas vraiment et je ne sais pas grand-chose d'elle. Bon, c'est tout ? J'en ai assez dit ? Tu peux débarrasser le plancher ?

— J'ai appris qu'elle fréquentait pas mal de soldats, répondit Flovent comme s'il ne l'avait pas entendue.

— Ce n'est pas nouveau, rétorqua-t-elle. Et elle n'est pas la seule !

— Et vous ? Vous en connaissez aussi ?

Klemensina fit comme si sa question ne méritait même pas de réponse, mais elle se tourna brusquement vers lui. Ses yeux lançaient des éclairs.

— Qu'est-ce que tu chantes ? Qui t'a raconté ces conneries ? Tu me traites de putain ou quoi ?

— Pas du tout, s'excusa Flovent. Je ne fais que vous interroger sur une femme que vous connaissez.

— Qui t'a raconté ces mensonges ? Tu ne devrais pas croire tout ce qu'on te dit. Tu as parlé aux voisins ? Ne les laisse pas te farcir la tête avec leurs conneries.

— Mais pas du tout, assura Flovent.

Il se souvenait avoir interrogé Lotta qui vivait également aux Polarnir. Lotta n'appréciait pas Klemensina qu'elle avait décrite comme une vieille bique.

— J'ai seulement parlé aux amis d'Elly...

— Aux amis d'Elly! ricana-t-elle. Lesquels?! C'est qu'Elly n'a pas d'amis, tu vois! J'ai pris cette pauvre fille en pitié un jour que je l'ai vue traîner aux Polarnir. Je l'ai invitée à dormir chez moi et maintenant voilà que tout le monde me prend pour une pute à soldats! J'aurais mieux fait de m'abstenir de cette bonne action.

Elle remua les casseroles posées sur la cuisinière, furieuse, et marmonna quelque chose d'inaudible, sans doute des jurons destinés à Flovent.

— Elle a laissé des effets personnels chez vous? demanda-t-il en regardant l'appartement minable.

— Des effets personnels?! Elle n'a rien. Donc je ne vois pas ce qu'elle pourrait laisser ici!

Flovent continua à l'interroger. Il lui demanda de lui indiquer des gens qui connaissaient Elly, mais elle lui répondit qu'elle ne pouvait pas l'aider. Puisqu'il l'avait mise en colère, elle ne lui avait pas offert de café et buvait le sien toute seule dans l'étroite cuisine en faisant comme s'il n'était pas là. Il remarqua qu'elle achetait un produit connu sous le nom d'Export de chez O. Johnson et Kaaber. Cet exhausteur de goût était très apprécié des Islandaises parce qu'il parfumait le café, mais surtout parce qu'elles se frottaient les joues avec l'emballage rouge qui déteignait sur la peau. Les pauvres n'étaient pas les seules à le faire. Il se dit tout à coup que Klemensina recourait au même procédé, ce qui expliquait ses joues bien rouges. Incapable de deviner son âge, il n'avait pas envie de connaître cette femme malpolie et désagréable. Elle lui déplaisait et il ne regrettait pas de l'avoir rudoyée avec ses questions.

Il lui demanda s'il lui arrivait d'aller au Piccadilly. Elle ne connaissait cet endroit que de nom. Et elle avait entendu parler du jeune homme agressé qu'on avait retrouvé le visage défiguré dans le pré de Klambratun.

– Ce jeune homme, vous savez qui c'est ? demanda Flovent.
– Moi ? Non. Quelle idée ! Vous ne le savez pas non plus ?
– Il n'est jamais venu chez vous ?
– Non, pas que je sache.
– On m'a dit que votre neveu Tobias le connaissait.
– C'est impossible. Il ne m'en a jamais parlé.
– Vous croyez qu'il vous en parlerait ? demanda Flovent. La porte de l'appartement s'ouvrit. Tobias entra, les regarda à tour de rôle et lança un juron avant de disparaître comme une flèche dans l'escalier.

Flovent se lança à ses trousses. Tobias descendit les marches quatre à quatre et se retrouva en un clin d'œil dans la cour. Flovent passa devant la pompe et les cabinets, et quitta les Polarnir pour le suivre en direction du quartier de Nordurmyri. C'était en vain qu'il lui criait de s'arrêter. Le jeune homme redoublait encore de vitesse et le policier devait courir comme un forcené pour ne pas se laisser distancer. Ils avaient atteint Nordurmyri. Flovent craignait que Tobias ne lui échappe quand, soudain, il le vit tomber ou plus exactement disparaître sous terre. Quand il le rejoignit, il le découvrit en train de se débattre dans un bourbier puant, plongé dedans jusqu'aux aisselles. Il avait gelé pendant la nuit et une fine pellicule de glace avait recouvert cette fosse creusée dans le marais de Nordurmyri. Tobias avait voulu prendre un raccourci en espérant que la glace tiendrait, mais elle avait cédé. Essoufflé après cette course, Flovent n'imaginait pas une seconde le toucher. Il sortit son mouchoir pour se boucher le nez et se protéger de l'odeur pestilentielle qui émanait du trou.

– Vous trouvez que ça valait la peine ? demanda-t-il, haletant sous son mouchoir.

Tobias se releva, pris de haut-le-cœur. Son plongeon dans la fosse l'avait un peu assommé. Flovent savait qu'il ne tenterait plus de prendre la fuite.

– J'espère que vous ne vous êtes pas fait mal. Pourquoi vous être enfui comme un imbécile ?

Il ne pouvait pas se mettre en colère contre Tobias étant donné la situation. Le jeune homme était tombé dans la fosse où l'on vidait les excréments des cabinets d'aisance des Polarnir et d'autres bâtiments du périmètre. Écœuré, il se mit à vomir dès qu'il eut regagné le bord. Il retira ses vêtements, ne conservant que son maillot de corps et son caleçon malgré le froid glacial d'avril. Il les balança d'un coup de pied dans la fosse. Il ne pourrait jamais les remettre. Flovent lui prêta son manteau, bien qu'à contrecœur. Il ne voulait pas qu'il meure de froid. Puis ils retournèrent aux Polarnir. Flovent prenait garde à ménager une distance de plusieurs mètres entre eux, il ouvrait la marche face au vent.

38

À leur retour, Klemensina et ses joues rougies à l'emballage d'exhausteur de goût avaient disparu. Tobias monta l'escalier en grelottant. Le vent qui soufflait des hautes terres avait forci, amenant la grisaille.

— Si je vous aide à vous nettoyer, vous me promettez de ne pas recommencer vos bêtises ? demanda Flovent en arrivant à la porte de l'appartement.

Le jeune homme claquait des dents. Il secoua la tête en lui jurant qu'il resterait tranquille. Persuadé qu'il tiendrait parole, Flovent alla chercher plusieurs seaux d'eau à la pompe, puis attendit patiemment qu'elle chauffe dans une grande bassine. Tobias gagna une autre pièce pour se laver soigneusement au savon et récurer les excréments qui lui couvraient le corps. Il avait enfilé des vêtements propres et achevait de se peigner quand il revint à la cuisine où il trouva Flovent assis, occupé à feuilleter un livre posé sur la table.

— Ça vous plaît ? demanda le policier en lui montrant le recueil de poèmes de David Stefansson.

— J'aime certains de ses textes, d'autres moins, répondit Tobias en reposant son peigne.

— Vous écrivez peut-être aussi de la poésie ?

— Non.

— Vous ne saviez pas qu'il y avait une fosse là-bas ?

— Si, répondit Tobias. Quand on était gamins, on s'amusait à courir sur la glace qui la recouvrait en espérant qu'elle ne céderait pas. On se faisait des frayeurs quand elle craquait sous nos pieds. On n'avait pas envie de tomber dans la merde. Aujourd'hui, je suis trop grand et trop lourd. J'ai cru que je réussirais à la franchir.

— Ce n'est pas une expérience très plaisante.

— Non, c'est franchement dégoûtant.
— Que s'est-il passé ? Pourquoi avez-vous fui ?

Tobias ne répondit pas tout de suite. Assis à côté de Flovent dans la cuisine, emmitouflé dans une couverture, il frissonnait encore après son plongeon dans la fosse. Ils gardèrent le silence un long moment, puis le jeune homme toussota et lui demanda ce qu'il voulait savoir.

— Connaissez-vous le gamin agressé au Piccadilly ?
— Je crois que c'est... il s'appelle... je crois que c'est Jenni. Je ne sais pas si c'est son vrai prénom ou juste un diminutif, mais tout le monde l'appelait comme ça.
— Qu'est-ce qui vous fait penser ça ? Vous étiez avec lui ? Vous avez vu ce qui s'est passé ?
— Non, je n'y étais pas je n'ai rien vu, répondit Tobias. Mais je... je crois que c'est lui. Le signalement correspond. Jenni allait souvent au Piccadilly, je savais qu'il y serait ce soir-là et je ne l'ai pas revu depuis.
— Pourquoi ne pas me l'avoir dit l'autre jour ?
— Je voulais rester en dehors de cette histoire. Je ne sais pas comment ça a pu lui arriver et je ne voulais pas...
— Quoi ?
— Rien.
— Qui est ce Jenni ? Comment l'avez-vous rencontré ?
— Klemensina...
— Oui ?
— Vous l'avez interrogée ?
— Non, répondit Flovent. Enfin, si, je lui ai posé des questions, mais elle m'a envoyé paître.

Tobias inspira profondément, comme s'il continuait à réfléchir sur ce qu'il pouvait dire et ce qu'il devait taire. Flovent connaissait ce type d'hésitations, après des années passées dans la police. Il ne pensait pas que Tobias allait lui mentir même s'il n'avait aucune certitude.

— J'ai croisé un de vos amis. Il m'a dit que vous devriez quitter cet endroit, déclara Flovent. Que vous deviez partir d'ici et quitter Klemensina. Vous savez pourquoi ?
— Qui vous a dit ça ?

— Le jeune homme que j'ai croisé dans votre escalier l'autre jour. Je crois qu'il s'inquiète pour vous et qu'il tente de vous raisonner. J'ai eu l'impression que vous vous étiez disputés, il m'a dit que c'était à cause de votre tante et de ce que vous faites avec elle.
— Je ne fais rien, assura Tobias. Je reste en dehors de ça. Klemensina est... je préfère que vous lui posiez la question.
— Votre ami semble croire autre chose.
— Peut-être, mais il se trompe. C'est ce que j'essayais de lui dire l'autre jour. Il est venu ici quand il a appris pour Jenni et... il m'a engueulé comme si j'étais responsable. C'est faux.
— Et Klemensina, elle est responsable de ce qui est arrivé à ce jeune homme ?
— Je n'en sais rien. Je ne crois pas. J'espère que non.
— Pourquoi le serait-elle ? Quels étaient leurs rapports ?
— C'est Jenni lui-même qui voulait faire ça, reprit Tobias. Il a des contacts, il voulait rencontrer des soldats et se faire un peu d'argent en couchant avec eux. Je pense qu'il voulait arrêter, il l'avait dit à Klemensina, mais...
— En quoi ça la concernait ?
— Vous ne pourriez pas lui poser ces questions ? Je... ça me met mal à l'aise de vous en parler.
— Tobias, je l'ai déjà interrogée, mais j'ai besoin que vous m'apportiez des réponses, tout de suite. Ça vous soulagera d'un poids. J'ai l'impression que ce qu'elle fait vous déplaît. Je crois que ça vous fera du bien de confier vos inquiétudes à quelqu'un.
Tobias prit le recueil de David Stefansson, regarda quelques instants la couverture, puis le reposa. Le livre s'intitulait *Plumes noires*.
— Elle prend à chaque fois cinquante couronnes, commença-t-il. Aussi bien à Jenni qu'à Elly, et peut-être à trois ou quatre autres femmes. Elle refuse de me dire combien il y en a en tout et qui c'est. Elle fait ce petit commerce toute seule et ne veut pas que je m'en mêle. Ça me dégoûte. Je passe mon temps à lui dire d'arrêter, mais elle refuse de

m'écouter. C'est assez lucratif et elle n'a jamais eu d'argent de sa vie. Même si elle ne fait pas ça depuis très longtemps, elle envisage l'avenir sous un jour radieux et dit qu'elle quittera les Polarnir à la première occasion. Klemensina a un cousin qui travaille pour l'armée. Il connaît beaucoup d'Américains, c'est lui son contact. Les soldats donnent une heure et un lieu de rendez-vous. Elle fait l'entremetteuse.

– Comment a-t-elle connu Jenni ?

– Il... c'est moi qui l'ai invité ici. Les jeunes hommes de notre genre font vite connaissance. On se voit à domicile. On reste cachés, on va les uns chez les autres. Je me fous de ce que les gens pensent de moi. Je m'en moque complètement.

– Et Jenni ?

– Klemensina a compris qu'il était intéressé et elle l'a encouragé. Elle l'a mis en relation avec des soldats. Je ne le connaissais pas beaucoup. Il vient des campagnes de l'Est, de la région de Floi. Sa mère est fille de ferme je ne sais où. Elle est célibataire. Il ne sait rien de son père. Jenni est venu à Reykjavík dès qu'il a pu. Il ne supportait pas de vivre là-bas et je crois qu'il n'avait plus aucun rapport avec sa mère. Donc... et puis voilà qu'on le retrouve là-bas, à Klambratun. Et j'ai l'impression d'être en partie responsable. Avec ma tante. C'est...

– Vous ne savez pas ce qui s'est passé, répondit Flovent. Peut-être que, vous et votre tante, vous n'avez rien à voir là-dedans.

– Mais bon... Jenni n'était qu'un petit paysan naïf et Klem... ma tante en a profité. Cette vieille bique l'a exploité. Quand je suis passé tout à l'heure, je venais seulement chercher mes affaires et lui rendre la clef. Je ne veux plus vivre ici. Je ne peux plus.

– Quel âge avait Jenni ? s'enquit Flovent. Vous savez comment je pourrais joindre sa mère ?

– Il m'a dit qu'il avait vingt et un ans. Quant à sa mère, je ne sais rien d'elle. J'ignore le nom de la ferme où elle vit. Jenni ne m'en parlait jamais. Il disait juste qu'il avait

toujours voulu quitter la campagne. Je crois qu'il ne s'y sentait pas bien. Enfin, c'est mon impression.
— Il avait l'âge de savoir ce qu'il faisait.
— Oui, mais vous ne savez pas comment il était. C'était un garçon tellement naïf. Il faisait confiance à n'importe qui, croyait tout ce qu'on lui disait. Et Klemensina... ne s'est pas gênée pour en profiter.

Tobias secoua la tête.
— Elle sait ce qui lui est arrivé? Elle connaît son agresseur? demanda Flovent.
— Non, elle me jure que non, mais je ne sais pas s'il faut la croire. Il y avait un moment que je n'avais pas croisé Jenni. Ma tante m'a dit qu'il avait trouvé un ami dans l'armée et qu'il voulait arrêter de travailler pour elle.
— Où vivait-il?

Tobias secoua à nouveau la tête.
— Savez-vous qui était cet ami soldat? Qui étaient ses clients?
— Non, je ne lui ai jamais posé la question. Mais j'imagine que Klemensina est au courant.
— Et les femmes qu'elle a sous sa coupe? Vous connaissez leurs noms?
— Seulement cette Elly dont vous m'avez parlé l'autre jour. Je ne connais pas les autres. Elles ne viennent jamais ici. Elly a dormi ici pendant un moment. Elle est assez spéciale. Klemensina ne me parle pas beaucoup de tout ça. Elle sait que ça me dégoûte.
— À votre avis, qu'est-ce qui est arrivé à Jenni?
— Je l'ignore. J'ai posé la question à ma tante qui assure ne rien savoir. Elle dit qu'elle n'avait aucune nouvelle de lui depuis deux ou trois semaines. C'est peut-être des mensonges. Je ne crois plus un mot de ce qu'elle raconte. Je suppose que Jenni est tombé sur... sur un malade qui l'a mis dans cet état.
— Un soldat?
— Vous ne pensez pas? C'est bien l'une des pistes que vous explorez, non? Vous ne pouvez pas la négliger. Il

avait une histoire avec un soldat. Je veux dire, il était vraiment en couple. Vous devriez réussir à retrouver cet homme.

— Rien ne permet d'affirmer que l'agression sauvage dont il a été victime est l'œuvre d'un militaire. Est-ce que vous vous rappelez avoir entendu votre tante parler d'un lieu qui s'appelle Falcon Point?
— C'est l'endroit.
— L'endroit?
— Celui qu'Elly adore. C'est là-bas qu'elle est allée avec un de ces hommes qui voulait l'épouser. Elle l'adorait et voulait le suivre en Amérique. Je vous ai déjà dit qu'elle n'avait que ces histoires à la bouche, pauvre fille. C'était... ça me dérangeait de l'entendre dire ce genre de choses...
— Pourquoi?
— Parce qu'elle croyait vraiment à ces rêves. Tout le monde sait que ce ne sont que des illusions et qu'ils ne se réaliseront jamais.

Thorson revint à lui dans le noir complet. Il avait mal partout. Il lui fallut un certain temps avant de comprendre où il était. Peu à peu, il se rappela l'agression, le trajet en voiture, la faille sur le champ de lave et sa chute légèrement amortie par l'arbuste.

Il avait mal à la tête, un côté le faisait encore souffrir après les coups de pied qui avaient plu sur lui, mais, allongé sur le flanc au fond de ce gouffre, il semblait ne rien s'être cassé. Il parvenait à bouger les jambes et ses doigts lui obéissaient. Il ne réussissait à ouvrir qu'un œil, la paupière de l'autre étant collée. Il se palpa le crâne et découvrit que du sang avait coulé et séché sur son œil, ce qui expliquait tout. Il ne saignait plus. Il se frotta l'œil et parvint à l'ouvrir. Il ignorait combien de temps il était resté au fond de cette faille. Il n'entendait plus aucun bruit à la surface, ses agresseurs étaient repartis.

Tout du moins, il l'espérait.

Allongé au fond de ce trou où il supposait qu'il allait mourir, il pensait au lieutenant Stewart en se disant que, peut-être, son enquête sur le gamin du Piccadilly l'avait touché de si près qu'il avait jugé nécessaire de l'éliminer.

39

Tobias ignorait comment contacter la mère de Jenni, il ne connaissait même pas son nom. Flovent avait prévu de demander à la préfecture de Selfoss d'effectuer des recherches. Si cette femme vivait dans une ferme du district de Floi, elle ne serait pas difficile à retrouver.

Tobias était extrêmement réticent à l'accompagner à la morgue pour procéder à l'identification du corps. L'idée l'angoissait, il n'avait jamais fait ce genre de choses ni jamais vu de cadavre. Flovent avait objecté qu'il était urgent que la police identifie le corps et qu'il resterait tout le temps à ses côtés. Après discussion, Tobias avait accepté de le suivre. Baldur avait recousu les entailles sur le visage du défunt. Déjà présent dans la salle d'autopsie à leur arrivée, il souleva le drap et Tobias reconnut immédiatement son ami.

— C'est lui, murmura-t-il, manifestement bouleversé bien qu'il se soit préparé au pire. C'est bien lui. J'en étais sûr. C'est Jenni.

Quand il eut repris ses esprits, Flovent le reconduisit aux Polarnir en précisant qu'il reviendrait l'interroger ultérieurement. Il lui demanda également d'informer Klemensina qu'il souhaitait la voir au plus vite. Tobias répondit qu'il ignorait où elle était partie, mais promit de faire de son mieux. Flovent voulait aussi demander à Thorson de l'accompagner à Falcon Point, dans le Hvalfjördur, pas très loin de la base navale de Hvitanes. Tobias affirmait qu'Elly y était allée plusieurs fois, à l'instigation de Klemensina.

Quand Flovent coupa le moteur pour se garer devant la maison, Agneta rentrait chez elle, les bras chargés de produits laitiers et d'un gros paquet enveloppé de papier kraft maintenu par une ficelle verte. Il se précipita vers elle pour lui proposer son aide. Surprise, elle fronça les sourcils en le voyant traverser la rue d'un pas pressé. Elle le remercia en disant qu'elle pouvait se débrouiller seule et lui demanda ce qu'il faisait là. Elle sembla plus étonnée encore quand il lui annonça qu'il venait l'informer des dernières conclusions du légiste.

Il grelottait sous le vent du nord. Après avoir poursuivi Tobias dans le quartier de Nordurmyri, il avait laissé son manteau dans le coffre de sa voiture et n'avait pas encore eu le temps de le faire nettoyer.

Agneta le contemplait, désarçonnée, les bras serrés autour de son colis.

– Quelles conclusions? demanda-t-elle.

– Je préférerais vous les exposer ailleurs que dans la rue, répondit Flovent.

Elle hésita, puis lui tendit le colis pour chercher ses clefs dans la poche de son manteau. Elle ouvrit la porte et l'invita à entrer, puis se rendit droit à la cuisine pour y déposer ses courses en demandant à Flovent de mettre le colis contenant les rideaux qu'elle était allée chercher à la blanchisserie sur la table de la salle à manger. Elle lui proposa un café. Il la remercia et pensa aux joues de Klemensina en se demandant s'il verrait jusqu'à la fin de sa vie ses pommettes rouge pâle chaque fois qu'il boirait un café.

– Qu'est-ce que vous me disiez au sujet du légiste? demanda-t-elle en revenant de la cuisine, quelques instants plus tard. Vous avez découvert la nature de la substance dont vous m'avez parlé l'autre jour?

– Le légiste a une idée sur la question.

– Et?

– Un de ses internes a fait un prélèvement de liquide céphalorachidien sur le corps de votre mari parce qu'il s'intéresse à la neurobiologie ou que sais-je dans ce goût-là.

– Et qu'a-t-il trouvé?

Agneta s'arrêta de déballer le paquet contenant les rideaux et le regarda dans les yeux.

— Ils pensent que c'est un produit administré par injection dans le cadre des anesthésies rachidiennes. Je parle d'une anesthésie locale. Quelqu'un l'a injecté à votre mari pour le paralyser, puis il l'a jeté à la mer et, quand nous avons retrouvé son corps, nous avons naturellement conclu à un suicide. Cet anesthésiant l'a empêché de se défendre, mais…

— Mais il était conscient de ce qui lui arrivait, interrompit Agneta, complétant la phrase de Flovent. Elle s'affaissa lentement sur sa chaise. Abasourdie, elle fixait le policier, ce qu'il venait de lui annoncer était inconcevable.

— Vous le connaissez? demanda Flovent après un silence.
— Quoi donc?
— Ce produit.
— Vous voulez dire la percaïne?

Flovent hocha la tête.

— Qui donc a pu lui injecter de la percaïne? s'alarma Agneta. Qui aurait pu vouloir lui faire vivre… une telle abomination? Qui…?

Flovent laissa la question en suspens. Agneta comprit quelques instants plus tard.

— Moi?!!
— Vous avez accès à ce produit sur votre lieu de travail. Je suppose que vous savez vous servir d'une seringue. Et votre mari vous trompait.
— Vous avez déjà insinué ce genre de choses lors de votre dernière visite, rétorqua Agneta. Et vous croyez maintenant avoir des preuves formelles, c'est ça?
— Je ne sais pas. Mais votre mari vous trompait.
— Vous utilisez tout ce que je dis contre moi. Je ne sais plus quoi vous répondre.
— Et si vous me disiez juste la vérité?
— C'est bien le problème. Je vous dis la vérité, mais vous ne me croyez pas. Je n'ai rien à voir avec sa mort. Rien du tout.
— Avez-vous accès à ce produit?
— Oui.

— Savez-vous l'administrer ?
— J'ai vu des collègues le faire.
— On m'a dit que c'est un acte délicat qui demande à être pratiqué par un professionnel.
— En effet. Mais... admettons que j'aie réussi à l'anesthésier, comment aurais-je fait pour le jeter à la mer ? Je n'ai pas la force physique nécessaire.
— Vous avez peut-être un complice.
— Vous croyez vraiment que c'est ce qui s'est passé ?
Flovent hocha la tête.
— C'est une hypothèse, elle se fonde sur les éléments dont nous disposons actuellement, précisa-t-il.
— Je n'ai pas fait ça, assura Agneta. Je... j'ai découvert qu'il m'était infidèle, et... il a fini par me l'avouer. Mais je ne lui ai pas fait ça ! Je ne lui ai rien fait.
— Connaissez-vous la femme qu'il fréquentait ?
— Non, il n'a pas voulu me le dire. Il n'a pas non plus voulu me dire depuis combien de temps il la voyait. Il affirmait vouloir mettre fin à cette liaison. Évidemment, j'ai exigé qu'il me donne le nom de cette femme, mais il m'a répondu que ça n'avait aucune importance et que ça ne m'apporterait rien.
— Vous étiez curieuse ?
— Et je le suis encore.
— Et en colère ?
— Très en colère, reconnut Agneta. Blessée et en colère. Je l'avoue.
— Et vous lui en vouliez terriblement ?
— Pas de la manière que vous imaginez.
— De quelle manière alors ?
— Si ça ne vous dérange pas, je préfère ne pas en parler.
Flovent comprit qu'il était inutile de la harceler en lui posant inlassablement les mêmes questions. Il la prévint qu'il la recontacterait bientôt et prit rapidement congé d'elle. Il resta assis au volant de sa voiture un certain temps pour réfléchir. Au bout d'un moment, il aperçut un soldat américain qui marchait tranquillement dans la

rue. L'homme s'arrêta, inspecta les alentours comme pour s'assurer que personne ne l'avait repéré. Il n'y avait quasiment pas de circulation, la rue était déserte. Il s'approcha de chez Agneta et frappa trois fois avant qu'elle lui ouvre. Il se faufila précipitamment à l'intérieur, puis elle referma soigneusement la porte.

Ni Agneta ni le soldat n'avaient remarqué la présence de Flovent. Il envisagea d'aller les interrompre, puis, se ravisant, démarra en se disant que, la prochaine fois qu'il verrait Agneta, il faudrait absolument qu'il l'interroge sur l'identité de l'homme qui s'était faufilé chez elle comme un voleur en pleine journée.

40

En rentrant chez lui dans la soirée, Flovent eut l'impression qu'il n'était pas seul. Il habitait une jolie maison individuelle en bois rue Vesturgata. Les fenêtres donnaient au nord-ouest et il y avait un petit jardin à l'arrière. Son père était censé revenir en ville quelques jours après. Il pénétra à pas de loup dans le salon et distingua la silhouette d'un homme qui se levait lentement du fauteuil en gémissant de douleur.

— Excuse-moi, je ne voulais pas te faire peur, j'ai dû m'assoupir.

Flovent identifia immédiatement la voix. Il alluma la lumière et découvrit son collègue debout dans le salon. Les vêtements déchirés, il se tenait le côté, il avait la tête en sang, les mains couvertes d'éraflures et le visage tuméfié comme s'il était tombé la tête la première.

— Thorson ?! Que t'est-il arrivé ?
— Pardon, Flovent...

Il grimaça de douleur et retomba sur le fauteuil, épuisé.

— Je suis entré par la fenêtre... je ne veux pas retourner à mon baraquement... j'ai peur qu'ils le surveillent...

Thorson ne voulait pas qu'il s'inquiète, mais avoua qu'il craignait pour sa vie. Il refusait d'aller à l'hôpital faire panser ses blessures. Flovent tenta de le convaincre, mais son collègue ne céda pas. Il appela donc Baldur, qui n'était pas de garde, et lui demanda de venir au plus vite chez lui. Baldur comprit de suite que l'affaire était sérieuse. Flovent était désolé de le déranger, mais il était désemparé. Un quart d'heure plus tard, Baldur arriva avec sa sacoche noire. Il connaissait Thorson pour l'avoir croisé en compagnie de Flovent, il ne posa aucune question et entreprit de le soigner. Il lui fit quelques points de suture à la tête qu'il enveloppa dans des bandages, désinfecta les plaies et éraflures qui lui couvraient le visage et les mains. Ses genoux présentaient des blessures ouvertes qu'il fallait également panser. Baldur craignait que Thorson ait trois côtes cassées sur le côté droit. Il lui enveloppa le thorax dans un bandage qu'il fixa à l'aide d'épingles à nourrice même s'il n'était pas certain que cela serve à grand-chose, dit-il pour détendre un peu l'atmosphère.

— Vous venez du Manitoba, non? demanda-t-il quand il eut terminé les soins.

— Oui, répondit Thorson, revigoré par le repas que lui avait préparé Flovent et l'analgésique de Baldur.

— Votre nom?
— Thorson.
— Et votre collègue, c'est...?
— Flovent.
— Combien de doigts voyez-vous?
— Quatre.
— Parfait. Et maintenant?
— Deux.
— Dans quelle région du Canada êtes-vous né?
— Dans le Manitoba, je viens de vous le dire.
— Avez-vous ressenti des nausées, des étourdissements, souffert de maux de tête?

— Je ne crois pas avoir de traumatisme crânien, si c'est ce que vous craignez, répondit Thorson.

— Vous seriez le dernier à vous en rendre compte, mon petit.

— Il faut l'hospitaliser? s'inquiéta Flovent.
— Je ne peux pas aller à l'hôpital, répondit Thorson.
— J'ai l'impression que vous êtes tout à fait conscient, reprit Baldur. Vos réflexes sont normaux. Vous avez subi un choc considérable à la tête et il faudrait vous placer sous surveillance médicale. Je suppose que vous avez de bonnes raisons de refuser une hospitalisation. Je n'ai pas envie de les connaître, mais il faudra que quelqu'un veille sur vous les prochains jours.

— Il peut rester ici, proposa Flovent, je m'occuperai de lui.

— Parfait, répondit Baldur. Il ramassa ses instruments et ses bandages, et referma sa sacoche noire. Je repasserai demain soir pour vérifier que tout va bien.

Sur ce, il prit congé. Flovent vint s'asseoir à côté de Thorson qui lui raconta que des hommes l'avaient attaqué à camp Sheridan, puis emmené à l'extérieur de la ville. Il ignorait l'identité de ses agresseurs et ne savait pas non plus pourquoi ils l'avaient jeté au fond d'une faille quelque part dans les champs de lave de la péninsule de Reykjanes. La chute l'avait assommé et, quand il était revenu à lui, il avait réussi à se hisser à la surface. Il avait alors découvert qu'il n'était pas très loin de la montagne Keilir : il lui suffisait d'aller vers la mer pour rejoindre la route du cap de Sudurnes. Il avait donc marché au clair de lune dans les champs de lave tapissés de mousse et quand, au point du jour, il avait atteint la route, un homme au volant d'un tracteur s'était arrêté en lui proposant de l'emmener à Reykjavík. Le conducteur de l'engin ayant beaucoup bu, il ne lui avait posé aucune question. Thorson n'avait pas tardé à prendre le volant. Assis sur le garde-boue du tracteur, l'homme avait fini par s'endormir sur son épaule. Ils étaient arrivés en ville, s'étaient séparés près des tourbières de Vatnsmyri et Thorson avait continué à pied jusqu'à chez Flovent, n'ayant pas d'autre endroit où se réfugier.

— Je ne suis pas sûr à cent pour cent qu'ils aient voulu me tuer, mais je penche fortement pour cette hypothèse, conclut Thorson à la fin de son récit. Ils m'avaient attaché les mains et les ont détachées avant de me jeter dans cette faille. Je pense qu'ils voulaient faire croire que j'étais tombé là par accident si on m'avait retrouvé. C'était une précaution inutile. Personne ne m'aurait jamais découvert. Jamais. Je suis parti le plus vite possible, au cas où ils reviendraient, et je ne suis même pas capable de te dire où se trouve cette faille.

— Tu sais pourquoi ils voulaient te faire taire ? Que cherchaient-ils ?

— Ils m'ont dit que j'étais trop curieux et qu'ils pouvaient m'offrir un tour en voiture quand bon leur semblerait.

C'est tout. J'ai retourné cette histoire dans ma tête. Je n'ai enquêté sur aucune affaire vraiment importante à part celle du gamin du Piccadilly. Il m'a semblé entendre l'un d'eux mentionner le bar.
– Tu n'as aucune idée de leur identité ?
– Ils ont fait attention à ce que je ne voie pas leurs visages. Je leur ai demandé si le lieutenant Stewart était avec eux et ça les a encore plus énervés. Or la dernière personne à qui j'ai parlé avant ça, c'était justement le lieutenant.

Thorson lui relata sa rencontre avec Stewart dans la colline de Valhusahæd durant les exercices de tir. Il avait interrogé le lieutenant sur Falcon Point et ce dernier avait refusé de lui répondre. Il s'était mis en colère et l'avait accusé de le harceler.

– Apparemment, cet homme a beaucoup de mal à se maîtriser, observa Thorson. J'espérais que ça me serait utile et que sa colère lui ferait dire certaines choses par mégarde. Il est évident qu'il ne nous raconte pas tout concernant les gars de Falcon Point et le gamin qui traînait avec eux. Ni sur la femme avec qui il est parti du Piccadilly.

– J'ai une remarque à faire, déclara Flovent après un long silence. Tu dis que tes ravisseurs sont des Américains.

– Le seul qui m'ait parlé l'est sans aucun doute.

– Si ce sont des soldats américains, que savent-ils des failles de la péninsule de Reykjanes ? demanda Flovent. Comment ont-ils su quel était le meilleur endroit pour se débarrasser de toi ? Quelqu'un a dû leur parler de ces gouffres. Peut-être même qu'il les a accompagnés pour leur indiquer l'endroit idéal.

– Ils n'ont pas prononcé un mot d'islandais et leur anglais était bon même si je n'ai vraiment entendu que celui qui s'adressait à moi. Il m'a quand même semblé les entendre parler du Piccadilly.

– Il a bien fallu qu'un Islandais les guide. J'en suis sûr. Ils ne connaissent pas du tout cette zone.

Thorson poussa un gémissement de douleur en se redressant sur son fauteuil.

— Nous avons trouvé l'identité du jeune homme du Piccadilly même si nous n'avons pas encore son nom et prénom ni son adresse, déclara Flovent. Quelqu'un est venu procéder à la reconnaissance du corps à la morgue. Il s'appelait Jenni, ce qui est sans doute un diminutif. Originaire des campagnes de l'Est, il était arrivé à Reykjavík depuis peu. Tobias le connaît. Je t'ai déjà parlé de lui. C'est aussi un homosexuel. Jenni faisait affaire avec Klemensina, la tante de Tobias. Apparemment, cette dernière jouait les entremetteuses et en tirait profit. Je n'ai pas encore réussi à l'interroger. Selon Tobias, ce Jenni fréquentait des soldats. Il était tombé amoureux et voulait arrêter de travailler pour Klemensina. Tobias pense que son ami est tombé sur un malade qui l'a défiguré, il est sûr que le coupable est un militaire. Une des femmes qui travaille pour Klemensina, une certaine Elly, a aussi disparu. Elle est allée à Falcon Point. C'est certainement aussi le cas de Jenni puisqu'il traînait avec des soldats de là-bas au Piccadilly. Mais nous n'avons aucune certitude.

— Peut-être que si.

— Comment ça ?

— À mon avis, il y a une bonne raison pour qu'ils m'aient agressé juste après que j'ai interrogé le lieutenant Stewart sur Falcon Point.

— Et ?

— Et j'ai beaucoup réfléchi à ce que ce pauvre Jenni a essayé de me dire avant de mourir à l'hôpital militaire. Je n'ai saisi que deux mots, ou plutôt deux syllabes, qu'il avait un mal fou à articuler. Fa et con.

— Fa... con ?

— Il voulait sans doute dire Falcon.

— Falcon Point ?

— Je crois que ce gamin voulait nous dire quelque chose sur cet endroit. Qu'il était allé là-bas ou qu'il savait ce qui s'y passait, et que c'était suffisamment important pour qu'il utilise son dernier souffle de vie à essayer de nous en parler.

41

Flovent avait dû patienter un moment avant qu'on lui passe Edgar au téléphone. Du jazz, des éclats de voix et des rires résonnaient dans le combiné. Les hommes à l'autre bout de la ligne s'amusaient et se chamaillaient amicalement sans qu'il puisse distinguer ce qu'ils disaient exactement. Quand Edgar arriva enfin, Flovent se présenta comme un ami de Thorson et demanda à le voir au plus vite. C'était urgent. Il ajouta qu'il travaillait à la Criminelle de Reykjavík. Edgar était au courant, Thorson avait à plusieurs reprises évoqué le policier islandais avec qui il faisait de temps en temps équipe.

– Où est Thorson? Je n'arrive pas à le contacter! s'inquiéta Edgar.

Flovent allait répondre quand le Canadien cria à ses compagnons de laisser ses cartes tranquilles, de ne pas essayer de tricher et de lui réserver un verre.

– Oui, allô? Vous êtes là? Alors, qu'est-ce qui se passe avec Thorson? demanda Edgar en reprenant le combiné.

– Je ne sais pas où il est, répondit Flovent, mais je dois vous voir au plus vite. Ce soir si possible. Tout à l'heure. S'il vous plaît.

Edgar était réticent. Il n'avait pas le temps, il jouait au poker et s'amusait avec ses copains. Il se demandait ce que Flovent lui voulait à une heure si tardive alors qu'ils ne se connaissaient même pas. Ils discutèrent encore un moment. Edgar était sur le point de raccrocher. Ses compagnons l'attendaient pour terminer la partie de poker.

– Je vous appelle au sujet de ce gars de Cleveland, risqua Flovent.

– Le gars de Cleveland?

– Oui, et c'est urgent.

Pendant un long moment, Flovent n'entendit plus que le bruit des verres qui s'entrechoquaient. Edgar retrouva enfin sa voix et consentit à quitter ses amis pour rejoindre cet Islandais fatigant et fouineur. Soulagé, Flovent proposa d'aller le chercher. Edgar lui donna rendez-vous au cinéma de Tripolibio, pas loin. Une dizaine de minutes plus tard, Flovent arriva en voiture au cinéma et vit un homme correspondant à la description que lui avait fournie Thorson. Il s'arrêta. Edgar ouvrit la portière et passa la tête dans l'habitacle.

— Flavint? C'est bien ça?
— Flovent. Merci d'avoir accepté de me voir, je suppose que vous êtes Edgar?

Ils se serrèrent la main. Edgar monta en voiture. Flovent reprit le chemin de son domicile et lui raconta la terrible aventure qu'avait vécue Thorson. Ce dernier s'était réfugié chez lui lorsqu'il avait regagné Reykjavík, gravement blessé après avoir été enlevé par des hommes qui l'avaient laissé pour mort au fond d'une faille sur les champs de lave de la péninsule de Reykjanes.

Edgar avait du mal à croire ce que lui racontait l'Islandais. Il avait dessoûlé d'un coup et s'inquiétait de l'état de santé de son ami. Quand ils arrivèrent chez Flovent, Edgar se précipita à l'intérieur de la maison.

— C'est donc vrai? s'écria-t-il en voyant Thorson qui somnolait, allongé sur le canapé, à la lumière douce d'une lampe de bureau.
— Merci d'être venu, Edgar. Flovent t'a raconté ce qui m'est arrivé?
— Qui sont ces salauds? Qui sont les ordures qui t'ont mis dans cet état? Tu les connais?

Thorson fit non de la tête.

— Je l'ignore. Ils pensent que je suis encore au fond de la faille où ils m'ont balancé et c'est une bonne chose. Arrangeons-nous pour qu'ils continuent à le croire. Tu as réussi à en savoir plus sur le lieutenant Stewart?
— C'est lui qui t'a fait ça? C'est lui qui est derrière tout ça?

— Je ne sais pas. Et toi, qu'en dis-tu ? demanda Thorson. En tout cas, j'ai réussi à le mettre très en colère.
— Ce gars-là est incapable de se maîtriser. J'ai trouvé pourquoi on l'a forcé à quitter l'Angleterre. J'ai essayé de te contacter, mais...
— J'étais très occupé, répondit Thorson avec un sourire forcé.
— Il a été dégradé. L'armée l'a sanctionné en l'envoyant en Islande. Il n'est pas satisfait de cette mutation d'office et très remonté contre le commandement. Il dit qu'il serait plus utile sur le front et attend qu'on l'y envoie. Il affirme avoir dans l'armée une foule d'ennemis qui auraient inventé un tas de mensonges pour lui nuire. D'après ce qu'on m'a dit, il raconte n'importe quoi.
— Qu'est-ce qu'on lui reprochait ?
— Un viol, répondit Edgar. Une gamine de dix-huit ans originaire d'un village l'a accusé de viol et ils l'ont envoyé ici. C'est un de ses subalternes qui m'a dit ça en échange d'une bouteille de whisky et d'une cartouche de cigarettes. Il le déteste. Il était avec lui dans le Yorkshire. D'après lui, il a un problème relationnel avec les femmes, c'est un malade. Il a fait subir des horreurs à cette gamine et, d'après le gars à qui j'ai parlé, il s'en est pris à d'autres même si elle a été la seule à se manifester et à porter plainte. Le commandement était au courant de ses déviances. La hiérarchie n'a pas tardé à réagir en l'envoyant ici, dans le Grand Nord. Il se prend pour un bourreau des cœurs. Il avait une maîtresse là-bas, en Angleterre, une femme mariée, d'après son subalterne.
— Il était en galante compagnie au Piccadilly, glissa Thorson.
— Je crois que c'est une des raisons pour lesquelles il ne supporte pas que tu l'importunes, compléta Flovent.
— Comment ça ?
— J'ai réfléchi à cette femme du Piccadilly qu'un témoin a vue partir avec Stewart. Cette liaison lui pose peut-être un problème ? Je veux dire, à lui, à elle, ou à eux deux. Qui sait si elle n'est pas mariée ? Après tout, on ne sait pas. Cette

idée m'est venue à l'esprit aujourd'hui en voyant un soldat entrer à la dérobée chez une jeune veuve, c'est une autre affaire sur laquelle je travaille, et qui prend un tour de plus en plus étrange. On a d'abord cru à un suicide et, maintenant, on est quasi persuadés qu'il s'agit d'un meurtre.

— C'est celle du noyé de Nautholsvik ? s'enquit Thorson.

Flovent hocha la tête. Il leur parla d'Agneta et de l'orientation inattendue que prenait son enquête. Désormais, tout indiquait que le mari avait été assassiné et que le meurtrier s'était arrangé pour faire croire à un suicide.

— Le légiste et un de ses internes ont découvert pendant l'autopsie des choses troublantes suggérant que cet homme a été tué d'une manière très... particulière. Agneta dit que son mari la trompait, mais il est bien possible qu'elle lui ait également été infidèle.

— Avec ce soldat ?

— Quel autre motif cet homme aurait-il de lui rendre visite ? Ça m'étonnerait qu'ils aient eu le temps de se rencontrer depuis le décès de son mari. Elle devait fréquenter ce soldat avant et... qui sait, peut-être même qu'ils l'ont tué ensemble.

— Tu as des preuves ?

— J'essaie de rassembler les pièces du puzzle sans y parvenir vraiment. Mais je me suis demandé si Stewart n'était pas dans la même situation. Il voit peut-être une femme mariée et n'a pas envie que ça s'ébruite. Surtout s'il a des problèmes à cause d'une autre en Angleterre. Les Islandaises qui fréquentent des soldats essaient d'être discrètes. Beaucoup refusent d'avouer qu'elles sont avec un militaire.

— Surtout si elles sont mariées, fit remarquer Thorson.

— Effectivement, surtout si elles sont mariées.

42

Dès qu'elle fut un peu remise du choc, elle contacta Kristmann qui lui rendit visite le soir même. Elle lui montra la lettre qu'elle avait reçue du Danemark en précisant qu'elle avait complètement oublié celle qu'elle avait envoyée aux parents de Christian pour leur demander s'ils avaient des détails concernant l'arrestation de leur fils et d'Osvaldur. Elle ne s'était rappelé leur avoir écrit que lorsqu'elle avait reçu cette réponse qui confirmait ses pires cauchemars.

Kristmann comprit tout de suite pourquoi elle l'avait accueilli avec des sanglots dans la voix. Elle faisait nerveusement les cent pas dans la pièce en attendant qu'il ait achevé sa lecture. Il se leva en lui disant de se calmer. Cette lettre ne contenait aucune révélation, mais venait simplement alimenter ses soupçons.

– Tu as bien lu ? Tu sais ce que ça implique ? s'agaça-t-elle, comme si elle lui reprochait de ne rien comprendre. Le nom de celui qui l'a dénoncé est quasi écrit noir sur blanc.

– J'ai bien lu, répondit Kristmann. Il faut que tu te calmes. Tout ira bien. Arrête de te torturer avec ça. Cela ne t'aidera pas. C'est arrivé et tu ne peux plus rien y changer. Nous devons penser à l'avenir. Ce qui compte, c'est l'avenir.

Elle inspira profondément. Elle aurait voulu hurler.

– Je me demande ce que j'ai trouvé à cet homme, soupira-t-elle. Je ne comprends pas ce qui m'est passé par la tête.

– Tu ne devrais pas te faire ces reproches concer...

– Et à qui je devrais les faire ? Hein, dis-moi ! Bien sûr que je me reproche tout ça. Je ne peux pas faire autrement.

– Allons, assieds-toi, s'il te plaît. On va discuter de tout ça. L'important, c'est la manière dont nous allons réagir maintenant que nos soupçons sont confirmés. Nous avons plusieurs possibilités. Discutons-en de façon posée et raisonnable. Nous ne pourrons le faire que lorsque tu seras un peu calmée.

Les paroles de Kristmann l'apaisèrent un peu. Tous deux se rassirent. Kristmann reprit la lettre pour la relire.

La sœur de Christian l'avait datée de quatre mois plus tôt. Elle commençait par s'excuser d'avoir tant tardé à lui répondre, mais il y avait à cela une raison bien précise. Elle avait récemment découvert chez son père décédé quelques semaines plus tôt après une longue hospitalisation cette lettre envoyée d'Islande parmi un tas d'autres papiers. N'étant pas parvenue à retrouver l'enveloppe, elle ignorait l'adresse exacte de l'expéditrice et avait donc envoyé sa réponse depuis la Suède vers Reykjavík en espérant que le pli arriverait à bon port.

Leur mère étant décédée peu avant la guerre, les deux sœurs de Christian se retrouvaient désormais seules à Copenhague. Leur père avait commencé à rédiger une réponse quand une attaque cérébrale l'avait cloué au lit et rendu incapable de s'exprimer. Il avait finalement été emporté par une pneumonie à l'Hôpital national.

Le destin de son fils Christian l'avait terriblement affecté, tout comme les deux sœurs du jeune homme, le pire étant d'ignorer ce qui lui était arrivé. Malgré les demandes répétées que le père et ses filles avaient adressées aux autorités allemandes, ces dernières ne leur avaient jamais répondu et ils n'étaient même pas sûrs que Christian soit vivant. Des gardiens de la prison de Vestre Fængsel leur avaient laissé entendre qu'on l'avait envoyé dans un camp de travail en Pologne, mais ils n'en avaient aucune preuve. Malheureusement, les deux sœurs ignoraient tout du sort d'Osvaldur. Elles ne savaient pas où il était et préféraient ne faire aucune supposition.

Les seules informations qu'elles avaient concernant l'arrestation des deux amis avaient été communiquées à leur père par le chef du commissariat central de Copenhague le lendemain de celle-ci. Le père avait exigé de voir son fils, mais on lui avait répondu qu'il avait été transféré au quartier général de la Gestapo. Le fonctionnaire affirmait avoir parlé quelques instants avec un Islandais dans une des cellules, un jeune homme également étudiant en médecine que les nazis avaient arrêté devant son domicile alors qu'il rentrait de l'université. Peu après, cet Islandais avait été emmené du commissariat central qui grouillait de soldats allemands et de membres de la Gestapo. Le père de Christian avait eu beau poser des questions au fonctionnaire, ce dernier lui avait répondu qu'il ne savait rien puisque l'arrestation avait eu lieu sous la responsabilité seule de la Gestapo. Pour l'apaiser, il lui avait toutefois dit qu'il avait entendu les Allemands en discuter. À ce qu'il avait compris, la dénonciation ne provenait pas du Danemark, mais de Norvège. En outre, elle concernait l'Islandais et non le Danois.

Le père de Christian avait essayé à plusieurs reprises de demander des comptes à la Gestapo qui avait à chaque fois refusé de lui répondre en le menaçant. Pour finir, on l'avait informé que son fils n'était plus à Copenhague et que ses requêtes incessantes étaient inutiles.

Kristmann acheva sa seconde lecture. Ne tenant plus en place, elle se leva d'un bond et se remit à faire les cent pas dans la pièce.

— Les sœurs demandent si tu peux expliquer les propos de ce policier danois, reprit Kristmann. Elles cherchent des réponses, comme nous.

— Oui, je pourrais leur dire que je connais assez bien la Norvège, rétorqua-t-elle, caustique. Tu le sais aussi bien que moi. Manfred a vécu un certain temps là-bas. Il est monté à bord de l'*Esja* à Trondheim après avoir quitté Oslo. C'est lui qui les a dénoncés. J'en suis sûre. C'est lui qui les a envoyés à la mort.

— Tu ne peux pas être...

— C'est ma faute, je le sais! C'est ma faute!

— Tu ne peux pas en être sûre. Manfred a peut-être entendu d'autres gens parler de leurs activités. Qu'en sais-tu ? Ni toi ni moi ne pouvons le dire. Une dénonciation arrivée de Norvège ? Et alors ? Ça ne signifie pas forcément qu'elle provient de Manfred. Un tas de gens collaborent avec les nazis là-bas comme au Danemark. Certains ont peut-être eu vent de l'amitié de Christian et d'Osvaldur. Ne vois pas le mal partout ! En tout cas, tant que tu n'as pas de preuves solides !

– Ça me fait une belle jambe ! s'emporta-t-elle. Qui donc, en Norvège, aurait pu être au courant des activités de Christian et d'Osvaldur ? Je te le demande ! Y avait-il en Norvège quelqu'un d'autre qui les connaissait ? Qui d'autre que Manfred aurait pu les dénoncer ?

Kristmann ne savait pas quoi répondre.

– Mais tu n'as pas de preuves formelles, c'est tout ce que je veux dire, marmonna-t-il. Et tu ne pourras jamais en être sûre.

– Peut-être pas, concéda-t-elle.

Il y eut un silence.

– Et Ingimar ? demanda Kristmann en repliant la lettre.

– Oui, Ingimar...

– S'il avait menacé Manfred ? Quand je l'ai rencontré, je lui ai demandé s'il s'était disputé avec mon frère sur l'*Esja*. Il a vigoureusement nié, il était très vexé et m'a dit qu'il ne voulait plus jamais entendre parler de moi.

– Ils se sont peut-être effectivement disputés. Ingimar l'a peut-être menacé en exigeant des réponses... Je ne sais pas. Ingimar avait peut-être des soupçons...

– Sur le rôle de Manfred dans l'arrestation de Copenhague ?

Elle hocha doucement la tête.

– Pourquoi aurait-il dénoncé un compatriote ?

– Parce que c'est un nazi ! C'est ce qu'ils font. Ces ordures sont des assassins !

– Ingimar ne mâchait pas ses mots, convint Kristmann. S'il soupçonnait Manfred d'avoir mal agi, il n'a sans doute pas hésité à le lui dire.

Kristmann se tut un instant et la regarda.

– Tu crois que tu pourrais découvrir ce qui s'est passé ?
– Comment ça ?
– Non, il n'y a aucune chance que ça fonctionne.
– Quoi ?
– Tu crois que tu pourrais amener Manfred à te dire ce qui s'est passé ? Même un peu ?
– Ça m'étonnerait. Je ne vois pas comment je pourrais m'y prendre.
– Évidemment, convint Kristmann. Oublie ça. Oublie ce que je t'ai dit. C'était une idée bête.

43

Elle trouvait qu'il avait maigri.

Manfred l'avait fait attendre et elle commençait à croire qu'il ne viendrait pas au rendez-vous, mais la porte du bar s'ouvrit et leurs regards se croisèrent. Une éternité s'était écoulée depuis leur retour en Islande. Elle n'éprouva rien en le revoyant. Il portait une veste en tweed. Le pli de son pantalon était aussi fin que la lame d'un couteau. Il ôta son chapeau en pénétrant dans le bar et s'avança vers elle.

Kristmann lui avait indiqué son lieu de travail, et elle l'avait appelé au bureau. Ce coup de fil avait indéniablement surpris Manfred. Il pensait ne plus jamais avoir de nouvelles, avait-il dit. Elle souhaitait le voir. Il lui avait demandé pourquoi. Tu ne m'as tout de même pas complètement oubliée, avait-elle répondu sur le ton de la plaisanterie. Elle avait ajouté qu'ils s'étaient quittés en mauvais termes, elle y avait beaucoup pensé depuis leur dernière rencontre et voulait s'assurer qu'ils n'étaient plus fâchés. Il s'était accordé un long moment de réflexion, elle n'avait rien osé ajouter et se disait qu'il devait avoir raccroché quand, enfin, il lui avait proposé un rendez-vous dans un bar où il était allé récemment et qui lui plaisait bien.

Elle avait longuement hésité à l'appeler. Elle ne voulait pas le faire, ne voulait pas le revoir ni lui parler, ni avoir le moindre contact avec lui. Finalement sa curiosité, alliée à son sentiment de culpabilité, l'avait emporté. Elle craignait que ce mélange ne soit explosif parce qu'elle avait peur d'entendre ce qu'il lui dirait si ses soupçons étaient fondés.

— Bonjour, dit Manfred, étrangement lointain et pourtant si proche, tout en s'installant et en posant son chapeau sur la table.

– Merci d'être venu. J'aurais sans doute dû te contacter depuis longtemps.
Ils ne s'étaient pas embrassés ni serré la main. Il n'y avait pas grand monde dans ce bar ouvert récemment dans un faubourg de la ville. Seules deux autres tables étaient occupées, l'une par trois amies dans la cinquantaine et l'autre par quatre jeunes hommes qui fumaient en buvant leur café.
– J'ai hésité, avoua Manfred. Je dois dire que j'ai été sacrément surpris quand tu m'as appelé. Je croyais ce chapitre définitivement clos.
– Tu veux parler du nôtre ?
– La dernière fois que nous nous sommes croisés, ton message ne pouvait pas être plus clair. Tu t'es montrée intransigeante.
– Je sais.
– Je ne voulais pas me mettre en colère, assura Manfred. J'espère que tu me pardonnes. Je sais que tu n'étais pas toi-même pendant cette traversée. J'aurais dû le comprendre. Voilà pourquoi, j'ai été… assez surpris quand tu m'as téléphoné. Je croyais vraiment ne plus jamais te revoir.
– Bien sûr, je comprends bien. Je… j'allais très mal, ce retour en Islande a été très douloureux, mais j'ai eu le temps de me remettre un peu et il m'est arrivé de penser à toi et à… J'étais désolée de la manière dont nous nous sommes quittés.
– Nous avons eu de bons moments, répondit Manfred en souriant. J'ai été maladroit, j'ai manqué de tact, j'espère que tu m'excuses. Je suis allé trop loin, sur le bateau. Sache que je l'ai tout de suite regretté.
– J'espère que tout ça ne t'a quand même pas trop perturbé.
– Je suppose que tu n'as rencontré personne depuis ton retour au pays. Bien sûr, ça ne me concerne pas.
– Non… non, je n'ai personne. Mais toi, tu es… ?
Gênée de poser des questions dont elle connaissait la réponse, elle avait l'impression que sa voix sonnait faux

même si Manfred semblait ne rien remarquer. Kristmann lui avait dit qu'il était marié.

— Marié ? Oui, c'est même possible que tu la connaisses. Agneta est infirmière elle aussi. Décidément, je suis attiré par votre profession.

Il éclata de rire, ce qu'elle fit aussi, même si elle n'avait pas le cœur à plaisanter. Cela détendit toutefois un peu l'atmosphère.

— Elle a quatre ans de moins que toi, ajouta-t-il. Elle travaille à l'hôpital de Landakot. J'ai complètement oublié de lui demander si elle te connaissait.

— Son nom ne me dit rien. Je suis partie à l'étranger dès la fin de mes études ici et je n'exerce plus comme infirmière depuis mon retour en Islande. J'aide ma tante dans sa boutique, elle a été adorable avec moi. J'envisage quand même d'aller voir l'Hôpital national pour leur demander s'ils cherchent du personnel.

Deux Américains qui discutaient bruyamment entrèrent et s'installèrent à une table voisine en les saluant d'un signe de tête. Manfred les ignora et ne répondit pas à leur salutation.

— Vivement que cette guerre soit terminée. J'ai hâte de voir ces sales types décamper.

— Leur présence en Islande te dérange ?

— Oui. Je veux qu'ils partent. Ils n'ont rien à faire chez nous.

Préférant ne pas s'engager sur ce terrain, elle changea de conversation pour discuter de tout et de rien. Manfred semblait peu à peu se détendre et apprécier ces retrouvailles. Il essayait de se montrer sous son meilleur jour. Face à ses sourires charmeurs, elle se rappela ce qui l'avait séduite chez cet homme qui pouvait se montrer très attirant et sympathique.

— Oui, ce voyage était... vraiment particulier, reprit-il après un silence, ayant retrouvé son aplomb naturel. Un gars est venu me voir l'autre jour, je ne sais pas s'il t'a aussi contactée. Il s'appelle Kristinn ou Kristmann. Ça te dit quelque chose ? Il voulait me parler de l'homme passé par-dessus bord pendant la traversée. C'était son frère.

Elle avait prévu d'aborder ce sujet, mais ne voyait pas comment s'y prendre sans éveiller ses soupçons ou lui donner l'impression qu'elle s'immisçait dans sa vie. Elle était à la fois soulagée et surprise que l'initiative vienne de lui.

— Je l'ai rencontré. Il a interrogé presque tous les passagers de l'*Esja*. Je ne peux pas dire que je l'ai beaucoup aidé.

— Je suis perplexe, reprit Manfred. Je dois t'avouer que je l'ai trouvé presque insultant. Il m'a parlé de choses qui n'ont rien à voir avec son frère. Il avait des informations à mon sujet. Je me demande où il les a trouvées.

— Ah bon ?

— Enfin, peu importe. Je ne l'ai pas revu.

— Tu te souviens d'Ingimar ? s'enquit-elle.

— Très peu. On a discuté une fois ou deux, mais je ne le connaissais pas. D'ailleurs, c'est ce que j'ai dit à son frère et il s'est mis à parler de tas d'autres choses.

— Il a été très poli avec moi, répondit-elle pour meubler.

— Il est peut-être plus sympathique avec les femmes, observa Manfred en regardant discrètement la belle montre qui ornait son poignet, sans doute pressé de retourner à ses activités.

— Son frère était vraiment un garçon adorable, reprit-elle. Tu ne trouves pas ?

— Hmm, oui, enfin, je n'ai pas vraiment eu le temps de le connaître, répondit Manfred, l'air absent. Pour tout dire, je ne me souviens pratiquement pas de lui.

— On a longuement discuté tous les deux la nuit où le capitaine a coupé les moteurs. Cette conversation m'a beaucoup apaisée. C'était vraiment un brave homme.

— Je n'en doute pas. De quoi avez-vous parlé ?

— De tout et de rien. Il était étudiant en médecine. C'est lui qui m'a annoncé l'arrestation d'Osvaldur. Je lui ai demandé s'il avait des précisions, il était aussi surpris que moi.

— J'ai appris la mort d'Osvaldur par les journaux. Je suppose que tu as vécu des moments terribles.

— J'étais désespérée. Surtout quand j'ai appris qu'ils l'avaient envoyé dans ce camp. Ces gens sont des monstres, Manfred, de véritables monstres.

— Les nazis ? Ils sont impitoyables.

Manfred s'apprêtait à partir. Elle ne voulait pas le laisser s'en aller sans évoquer avec lui une suite à ce rendez-vous.

— Ça m'a fait plaisir de te revoir, dit-elle. Cette rencontre lui avait pris plus d'énergie qu'elle ne l'avait envisagé. Elle n'éprouvait plus pour cet homme le moindre sentiment et se sentait gênée d'être assise face à lui comme s'ils étaient amis alors qu'elle avait juste envie de lui demander sans ambages si c'était vraiment lui qui avait dénoncé Osvaldur.

— À moi aussi, assura-t-il en lui tendant la main.

— J'aimerais bien qu'on puisse bavarder à nouveau comme ça un de ces jours, tranquillement. Si ça ne te dérange pas...

— C'est... oui, ça ne pose aucun problème, répondit-il sans enthousiasme. Tu m'as dit que tu n'avais pas... personne n'a remplacé Osvaldur dans ta vie ?

Elle secoua la tête, certaine que sa question n'était pas innocente.

— Non, personne.

44

Agneta désinfectait des seringues dans l'office, la pièce réservée aux infirmières au premier étage de l'hôpital de Landakot. Flovent avait gravi à pied la colline, quittant le centre-ville. Une aimable religieuse française de Saint-Joseph croisée au rez-de-chaussée lui avait indiqué le premier étage, c'était là que la jeune femme travaillait. L'hôpital avait été fondé grâce à une collecte organisée par des religieuses originaires de France qui s'occupaient des malades de manière tout à fait désintéressée, ce que Flovent avait toujours admiré. Il avait remercié la nonne pour le renseignement et les bonnes actions qu'accomplissait sa congrégation par un grand sourire.

Agneta fut moins souriante en le voyant débarquer sur son lieu de travail. Elle le somma de lui dire ce qu'il venait faire ici en lui demandant si ça ne pouvait vraiment pas attendre. Elle jeta un œil dans le couloir et vérifia que personne ne les voyait ensemble, puis referma la porte derrière eux en le prévenant qu'elle était très occupée. Elle n'avait pas le temps de discuter pour l'instant, Flovent devrait attendre. Il assura n'avoir pas voulu la mettre en colère, mais elle devait répondre à quelques questions concernant son mari et c'était urgent.

Elle tenta à nouveau de se dérober en prétextant qu'elle devait aller voir ses malades et que le moment était mal choisi. Or elle était seulement occupée à stériliser ces seringues et prenait tout son temps. Flovent répondit qu'il pouvait tout à fait patienter. Cela lui permettrait de flâner dans les couloirs de l'hôpital, de discuter avec le personnel et les patients à qui il ne manquerait pas d'expliquer qu'il attendait de pouvoir parler à Agneta.

– Pour l'amour de Dieu ! s'écria-t-elle. Pourquoi faites-vous tout ça ?!

— C'est dans cette pièce que vous stockez les médicaments ? éluda Flovent en ouvrant une armoire pleine de masques, de pansements et de flacons de désinfectant.
— Certains d'entre eux.
— Et la percaïne ?
— Non.
— J'aurais pensé que vous seriez un peu plus curieuse du décès de votre mari, reprit-il en refermant l'armoire. Vous ne me demandez pas si l'enquête progresse ? Si nous avons découvert de nouveaux éléments ? À moins que vous ne les connaissiez déjà tous ?
— Où voulez-vous en venir ? Je n'en sais pas plus que vous.
— Vous en êtes sûre ?
— Évidemment ! Qu'est-ce que ça signifie ? Pourquoi voulez-vous absolument que j'aie tué mon mari ? Je ne vous comprends pas. Je ne comprends vraiment pas ce que vous avez dans la tête !
— À mon avis, vous ne nous dites qu'une partie de la vérité. Vous nous cachez un certain nombre de choses. Je crois qu'il serait temps que vous nous disiez tout ce que vous savez. Vous ne trouvez pas ?
— Je ne vois pas ce que je pourrais vous dire de plus, soupira Agneta, moins virulente.
— Vous saviez que votre mari vous trompait.
— Oui.
— Mais vous ignorez avec qui ?
— Il a refusé de me le dire. D'ailleurs, il voulait mettre fin à cette liaison. Je ne fais que répéter ce que vous savez déjà.
— Comment avez-vous découvert son infidélité ? Il est rentré un beau jour et vous l'a simplement avouée ?
— Non, pas du tout. Il passait de moins en moins de temps à la maison et de plus en plus au travail. Il lui arrivait aussi de s'absenter un jour ou deux en province. J'ai remarqué un changement dans son comportement. Il s'intéressait moins à moi, se souciait moins de ce que je pouvais penser. J'ai compris qu'il me mentait quand il disait qu'il devait travailler tel ou tel soir, qu'il serait absent

tel ou tel week-end. Je percevais une gêne que je n'avais jamais ressentie chez lui jusque-là et j'avais l'impression qu'il me mentait. Je me suis donc mise à le surveiller d'un peu plus près. En fait, je l'ai espionné... Qu'est-ce que ça vous apporte de savoir tout ça ?

— Vous devez me dire tout ce que vous savez, répondit Flovent. Le plus tôt sera le mieux.

— En fouillant ses vêtements, j'ai trouvé la facture d'un repas pour deux pris dans une auberge. Je pensais pourtant qu'il était toujours seul quand il s'absentait pour le travail, il s'en était même plaint en disant qu'il n'aimait pas voyager dans ces conditions. Il n'était pas du genre à faire attention, je le savais. Cela dit, cette facture pouvait très bien être celle d'un repas d'affaires. Quelque temps plus tard, j'ai regardé dans son portefeuille et j'ai trouvé une autre facture provenant d'un restaurant, également en règlement d'un repas pour deux. Il y avait sur ce papier des traces de rouge à lèvres, comme si une femme s'en était servie pour s'essuyer la bouche. Je suppose qu'il avait conservé ces factures pour se les faire rembourser par son employeur. Il était assez près de ses sous. Celles que j'ai trouvées n'étaient sans doute pas les seules.

— Et vous lui avez demandé des comptes ?

— Oui. Il a d'abord juré ses grands dieux qu'il n'y avait pas d'autre femme, puis il a fini par avouer qu'il fréquentait une de ses anciennes amies. Je lui ai demandé s'il avait l'intention de mettre fin à cette liaison, mais sa réponse ne m'a pas vraiment convaincue. Évidemment... nous nous sommes violemment disputés. Il refusait de me dire qui était cette femme, je me suis mise en colère, j'ai pleuré et... enfin, je ne sais pas. Je ne vois pas ce que je pourrais vous dire de plus.

— Il ne vous a jamais révélé l'identité de sa maîtresse ?

— Non. Je lui ai pourtant posé la question je ne sais combien de fois. Tout ce qu'il m'a dit, c'est qu'il l'avait connue à Copenhague, mais je n'ai aucune idée de l'identité de cette femme.

– Comment leur liaison a-t-elle commencé ? Comment se fait-il qu'ils aient repris le fil de leur ancienne relation ?

– Il m'a dit qu'ils s'étaient revus pour parler du bon vieux temps, répondit Agneta en haussant les épaules comme pour prouver qu'elle n'en savait pas plus que Flovent. C'est elle qui l'a contacté et, une chose en entraînant une autre, leur amour s'est réveillé, enfin, c'est ce qu'il m'a dit. J'avais l'impression que c'était sérieux. Par conséquent...

– Oui ?

– Non, rien.

– Et ça ne vous a pas semblé étrange qu'il aille se jeter à la mer alors qu'il était de nouveau amoureux ?

– Je ne sais pas, répondit Agneta. Son idylle s'est peut-être achevée sur un chagrin d'amour, ajouta-t-elle, cynique. Peut-être qu'en fin de compte cette femme n'a pas voulu de lui et qu'il a opté pour cette solution. Je ne peux pas vous le dire. Je ne m'explique pas son geste.

– Je crois que vous en savez plus que ça.

Agneta ne répondit rien.

– Vous lui en vouliez à mort, poursuivit Flovent.

– Qu'est-ce qui vous fait penser ça ?

– C'est vous-même qui me l'avez dit à notre dernière rencontre. Vous avez même laissé entendre que vous vous étiez vengée. Puis-je savoir de quelle manière ?

– Je n'ai rien à voir avec son décès, rétorqua Agneta. N'allez pas croire une chose pareille.

– D'accord. Alors, qu'avez-vous fait ?

– Ça n'a aucune importance.

– C'est à moi d'en juger, répondit Flovent.

– Si ça ne vous dérange pas, je préfère ne pas en parler.

Agneta semblait embarrassée et honteuse, coincée dans cette pièce. Ce n'était pas son attitude habituelle. Elle garda le silence un moment, puis finit par renoncer à toute résistance.

– Je ne sais pas ce qui m'a prise mais...

Une infirmière frappa à la porte, entra et s'excusa aussitôt en percevant la tension qui régnait dans l'office.

Agneta la rassura : Flovent venait prendre des nouvelles d'un membre de sa famille, hospitalisé à Landakot. L'infirmière prit des bandages, des pansements et des aiguilles, et repartit quelques instants plus tard. Agneta referma derrière elle et demanda au policier s'ils pouvaient attendre avant de reprendre cette conversation. Comme il refusait de transiger, elle lui proposa de le retrouver devant l'hôpital, ils pourraient aller s'asseoir devant l'église.

Flovent consentit à l'attendre. Il traversa la rue Tungata et se dirigea vers l'église catholique aux formes lourdes et anguleuses qui trônait au sommet de la colline. Le bâtiment semblait plus adapté à affronter les tempêtes islandaises qu'à célébrer la gloire de Dieu. C'était sans doute pour cela que Flovent l'appréciait tant. Cette église n'était pas clinquante. Elle avait été consacrée environ quinze ans plus tôt par un ambassadeur du pape Pie XI. À l'époque, Flovent avait monté la garde dans la rue, c'était son premier été dans la police.

Il alla s'asseoir sur le banc installé à gauche du porche. De là, le regard embrassait une bonne partie de la ville, le centre, le quartier de Thingholt, les tourbières de Vatnsmyri et, plus loin vers l'est, on apercevait les collines verdoyantes de Kringlumyri et de Haaleiti. Plus bas dans la rue se trouvait la résidence abandonnée de Werner Gerlach, consul d'Allemagne arrêté et déporté en Grande-Bretagne, et dont la façade était percée d'un œil-de-bœuf qui voyait tout. Flovent était entré dans cette bâtisse inquiétante qui abritait les décombres du nazisme en Islande.

Agneta ne tarda pas à le rejoindre et à s'asseoir à ses côtés, elle avait enfilé son manteau par-dessus son uniforme d'infirmière.

– Jolie vue, non ? observa Flovent.

– Oui, convint-elle. On vient s'asseoir ici à la pause déjeuner, quand il fait beau. C'est agréable de se reposer, adossé au mur. L'église nous abrite du vent.

– Donc, vous vous êtes vengée de votre mari ?

– J'ai fait une grosse bêtise, répondit-elle, nettement plus coopérative, comme si elle avait décidé de cesser de

résister au policier. Je voulais me venger. J'étais tellement en colère. Je crois que je n'en ai jamais autant voulu à quelqu'un. J'ai été naïve d'imaginer que...
— Et ?
— Il ne supportait pas les militaires. Il les détestait. Je me demandais même parfois s'il n'était pas du côté des Allemands dans cette maudite guerre.
— Donc... ?
— J'ai rencontré un soldat.

45

Un curé en habit noir passa devant eux, un encensoir à la main. Il les salua, Flovent lui répondit et le suivit du regard jusqu'à l'angle de l'église. Deux jeunes filles traversèrent la rue en riant avant de disparaître derrière l'hôpital. Assise à ses côtés sur le banc, Agneta restait silencieuse, elle observait un vieil homme qui descendait la rue Tungata en tenant un enfant par la main.

– Alors, comment s'y prend-on pour rencontrer un soldat? demanda Flovent après un long silence.

– C'est très simple, répondit Agneta. Les femmes qui viennent ici pour faire soigner les infections contractées à la suite de leurs rapports nous le disent clairement, mais je ne pensais pas que c'était aussi facile.

– Vous voulez parler des maladies honteuses?

– Oui.

– Et vous leur avez demandé conseil?

– Non, je n'en ai pas eu besoin. Elles nous racontent leurs histoires, nous parlent des lieux qu'elles fréquentent et des hommes qu'elles y rencontrent. Des simples soldats comme des gradés. Des Britanniques, des Américains, des Canadiens, enfin, tout le bataclan.

– Vous avez entendu parler du Piccadilly?

– Oh oui, le Piccadilly, le Ramona, le White Star, tous ces troquets. J'en connaissais déjà certains de réputation, je savais ce qui s'y passait. Elles parlent aussi de l'hôtel Borg et de l'hôtel Islande. Je... mon mari n'était pas en ville. J'ai choisi l'hôtel Islande. J'y suis allée seule car je préférais ne pas être accompagnée. Je peux vous dire que ce n'était pas facile pour une femme mariée comme moi d'entrer dans cet endroit le samedi soir pour faire la fête. Ah ça non, ce n'était pas facile.

— Mais vous vouliez vous venger ?
— J'ai bu quelques verres avant d'y aller, histoire de me donner du courage. Et j'ai quelques rudiments d'anglais, une des enseignantes à l'école d'infirmières était anglaise. Très vite, un homme très bien originaire du Minnesota m'a offert un verre. Puis il a disparu, un autre est presque aussitôt venu m'inviter à danser et je n'ai pas dit non. J'étais là dans un but précis et, rapidement, j'ai commencé à bien m'amuser. J'avais l'impression d'être libérée, sans doute les effets de l'alcool. On a discuté un moment, puis il est parti. Il y avait beaucoup d'hommes, beaux et polis, mais bien trop jeunes. Un autre gars est venu m'inviter à danser, il m'a offert un verre et nous avons beaucoup parlé. Le bar était bondé, l'orchestre jouait des morceaux entraînants et je me suis amusée comme une folle. Il y avait aussi quelques Islandais, des gens que je ne connaissais pas. En tout cas, je ne craignais plus de tomber sur des connaissances quand...

Agneta soupira, manifestement gênée de devoir dévoiler ces événements.

— Vous êtes sûr d'avoir besoin de savoir tout ça ?
— Oui, confirma Flovent.
— Je suis rentrée chez moi avec le troisième homme qui m'a invitée à danser. Il était un peu plus âgé que moi et il a compris, je ne sais comment, que j'étais mariée. Ça se voit peut-être à des lieues. On dansait joue contre joue, il s'est penché à mon oreille et m'a posé la question. Je lui ai répondu que oui. Ça ne le dérangeait pas, je crois même que ça l'a encore plus excité. Il m'a demandé où était mon mari. Je lui ai répondu qu'il n'était pas en ville.

— Ça a fonctionné ?
— Il avait très envie de venir chez moi pour continuer à discuter et écouter de la musique, répondit Agneta. Il disait aussi qu'on pourrait prendre un dernier verre. Il évitait de parler de ce que nous allions faire, même si nous le savions tous les deux. Je lui ai dit que j'habitais tout près mais qu'on ne pouvait pas arriver chez moi ensemble. Il m'a répondu qu'il me suivrait en marchant discrètement derrière moi,

à bonne distance. J'avais le sentiment que ce n'était pas la première fois qu'il faisait ce genre de choses. Je suis rentrée à la maison. À aucun moment, je n'ai remarqué sa présence derrière moi, mais quelques minutes plus tard il a frappé à la porte du jardin.

— Vous n'auriez pas préféré aller ailleurs ?

— Je ne voyais pas où. En plus, je voulais prouver à Manfred que je pouvais jouer le même jeu que lui et que j'étais même capable de bien pire. Vous voyez où j'en étais arrivée et jusqu'où me poussait mon désir de vengeance. J'avais tout investi dans notre couple. Je l'aimais et c'était vraiment blessant de découvrir qu'il me trompait. J'étais loyale. Il me trahissait.

— Donc, avec cet homme, vous avez... ?

— Il y a une chose que Manfred méprise encore plus que les soldats américains, ce sont les femmes qui couchent avec eux, reprit Agneta.

— C'était donc la vengeance parfaite, observa Flovent. Et après, vous vous sentiez mieux ?

— Je crois avoir dit tout ce que vous vouliez savoir. Ce soldat n'a pas passé la nuit chez moi. Je voulais informer Manfred de ce que j'avais fait, puis je me suis dit que moi aussi, j'avais le droit d'avoir mes petits secrets et, le moment venu, il était trop tard. Il avait disparu.

— Mais vous n'avez pas mis fin à votre liaison avec cet homme ? Vous avez continué ? s'enquit Flovent.

— Non. Pas du tout. C'est la seule fois où...

— Je crois pourtant l'avoir vu se rendre chez vous hier. Apparemment, il considère que ce n'est pas fini. Vous ne me dites pas toute la vérité.

— Vous l'avez vu ? s'étonna Agneta. Qu'est-ce que... vous m'espionnez ?! C'est du harcèlement !

Flovent secoua la tête.

— Cette liaison me pose problème, vous devriez quand même le comprendre. Ça me met mal à l'aise d'en parler.

— Je veux bien vous croire. Quel type de relation avez-vous ? Que venait-il faire chez vous hier ? Depuis combien de temps le voyez-vous ? Sait-il ce qui est arrivé à votre mari ?

— Il... il est au courant, mais nous ne parlons pas de Manfred. On n'en a jamais parlé.

— En tout cas, vous le voyez encore. Je lui ai trouvé un air assez fuyant quand il a frappé à votre porte.

— Comment ça, un air fuyant ?

— Manfred était-il un obstacle à votre liaison ?

— Manfred ? Non.

— Vous avez décidé de vous débarrasser de lui ensemble ?

— Absolument pas.

— Avez-vous fait une injection de percaïne à votre époux ?

Agneta était à bout. Elle se leva et se précipita vers l'hôpital. Flovent la regarda partir sans même essayer de la retenir. Arrivée au milieu de la rue Tungata, elle se ravisa et retourna vers l'église. Le policier était toujours assis sur le banc.

— Je vous croyais plus malin que ça ! s'exclama-t-elle.

— Navré de vous décevoir, ironisa Flovent.

Les yeux d'Agneta lançaient des éclairs.

— Que me voulez-vous exactement ?

— Vous m'avez exposé la manière dont vous avez séduit ce soldat. Vous m'avez montré jusqu'où vous étiez capable d'aller pour vous venger de votre mari. Cela m'en apprend beaucoup sur votre état émotionnel. Je comprends maintenant que vous étiez une menace pour votre époux. Vous aviez accès au produit que nous avons découvert. Vous vouliez vous venger et vous venez de me dire très précisément comment.

— Je me demande pourquoi je vous ai raconté tout ça. Vous ne croyez pas un mot de ce que je vous dis, fulmina Agneta. Ça ne sert à rien de discuter avec vous ! À rien !

— Je suis toujours prêt à vous écouter, répondit Flovent, tant que vous ne passez pas votre temps à jouer au chat et à la souris. Dites-moi ce que vous savez. Dites-moi toute la vérité.

— On ne peut pas discuter avec vous. C'est impossible !

Sur ce, Agneta tourna les talons et se dirigea vers l'hôpital d'un pas pressé avant de disparaître dans le bâtiment. Flovent se retrouva seul. Il levait les yeux sur l'église presque inquiétante en pensant au confessionnal qu'elle abritait, au pardon et à la rémission des péchés pour tous ceux qui enfreignaient les lois divines. Puis, il redescendit la colline pour regagner le cœur de la ville.

46

Ils se donnèrent rendez-vous dans le même café. Elle avait mis du rouge à lèvres et du mascara. On l'avait un jour complimentée sur ses beaux yeux et ses très longs cils, elle les avait donc mis en valeur. Il apprécierait qu'elle se soit faite belle pour lui. Cela fonctionnait même s'il tentait de s'en cacher. Il la regardait différemment, plus longuement et de manière plus insistante. C'était leur deuxième rendez-vous. Elle n'avait pas eu besoin d'argumenter quand elle lui avait téléphoné pour le lui proposer. Il avait immédiatement été intéressé. Il était content qu'elle pense à lui.

Le calme régnait dans ce bar excentré. C'étaient les heures creuses de la journée. Les premières minutes, Manfred avait scruté les alentours d'un air inquiet, comme s'il craignait de croiser des connaissances. Il avait inventé une excuse, prétextant un rendez-vous d'affaires ou que cette jeune femme était sa cousine. Il avait déjà évoqué le problème au téléphone : l'Islande était petite, mais les mauvaises langues nombreuses. Puis il s'était détendu, goûtant simplement ces moments avec elle.

Elle faisait de son mieux pour le mettre à l'aise. Elle lui souriait d'un air engageant et acquiesçait à tout ce qu'il disait. Et son maquillage faisait son effet.

– Ça va mieux que l'autre jour ? demanda-t-il.

Elle hocha la tête.

– Tu as l'air plus en forme.

– Vivre dans le passé est inutile, répondit-elle. Ça n'a jamais été mon genre.

– Tu as raison. Il n'y a que l'avenir qui compte. Ce n'est jamais bon pour personne de rester figé sur son passé.

Ils discutèrent sans évoquer Osvaldur ni Ingimar, ni leur voyage de retour en Islande, ni leur liaison à Copenhague.

C'était comme s'ils faisaient à nouveau connaissance, comme s'ils ne s'étaient jamais rencontrés et n'avaient pas de passé commun. Elle s'arrangeait pour suggérer qu'elle était enfin prête à tourner le dos à ce passé, qu'il était trop tard pour y changer quoi que ce soit et que leur amitié comptait malgré tout à ses yeux. Ce qu'ils avaient vécu ensemble était précieux même si elle n'en prenait conscience que maintenant.

Elle lui parlait sans détour et en toute honnêteté. Il l'écoutait avec intérêt en glissant quelques commentaires encourageants qu'il considérait utiles maintenant qu'elle était à un tournant de son existence. Oui, elle reconnaissait que la solitude lui pesait parfois. Elle s'était gardée de le lui avouer tant qu'il ne lui avait pas posé la question, mais elle avait orienté la discussion de manière à ce qu'il soit forcé de l'interroger s'il ne voulait passer pour un goujat.

— En fait, je n'ai plus de liens avec mes anciennes connaissances, dit-elle. Mes parents et toute ma famille vivent dans les fjords de l'Est. Il n'y a ici que ma tante chez qui je loue une chambre. Elle m'a beaucoup aidée depuis mon retour.

— Pareil de mon côté, observa Manfred. Je n'ai pas fait assez d'efforts pour reprendre contact avec mes anciens amis. C'est la raison pour laquelle ça m'a fait plaisir que tu me rappelles. Quand j'y repense, notre amitié était assez particulière. J'étais vraiment désolé que tu... que tout déraille à ce point entre nous sur le bateau, tu te rappelles ?

— Bien sûr, mais c'est du passé, comme je viens de le dire. On ferait mieux de l'oublier, nous n'avons aucune raison de ressasser tout ça.

Manfred ne put s'empêcher de sourire, comme si tout ce qu'elle disait était l'exact reflet de ses propres pensées.

— Peux-tu me pardonner de m'être comporté comme un imbécile ?

— Allons, répondit-elle, il n'y a rien à pardonner.

Une semaine plus tard, ils se donnèrent à nouveau rendez-vous. C'était lui qui avait pris l'initiative. Elle avait espéré qu'il l'appellerait et s'était retenue de le contacter.

Cette fois, il lui avait proposé d'aller au Tryggvaskali de Selfoss, un restaurant-auberge où ils pourraient être tranquilles. Manfred passa la prendre au volant de son véhicule de service. Elle ne l'interrogea ni sur sa femme ni sur l'excuse qu'il avait trouvée pour qu'ils puissent se voir. Elle n'eut pas besoin de le faire. Il lui exposa sa situation en précisant que son couple était dans une mauvaise passe. Il avait informé sa femme qu'il devait s'absenter une journée en province. Ce genre de choses se produisaient régulièrement quand il allait signer des contrats en dehors des heures de bureau. Il arrivait même qu'il doive passer une nuit loin de Reykjavík. Son épouse le savait. Elle ne lui avait posé aucune question.

Sur le trajet, ils croisèrent des soldats en manœuvres, des véhicules militaires, des jeeps et des camions. Manfred manifesta son agacement devant leur présence là, loin dans le Nord. Elle acquiesça sans conviction, aborda le sujet des relations entre soldats et Islandaises qui choquaient beaucoup de gens. Ces gens n'ont aucune morale, assura-t-il, s'arrogeant le droit de les juger alors qu'il traversait cette lande en voiture avec une autre que sa femme. Elle se demanda s'il voulait parler des militaires ou des Islandaises, et se rappela qu'il avait toujours été incapable de se remettre en question bien que très prompt à juger les autres. C'était un trait de caractère qu'elle détestait chez lui.

Elle n'avait pas encore décidé comment elle se comporterait durant la soirée. Depuis qu'il l'avait appelée pour l'inviter à l'accompagner à Selfoss, elle s'était demandé ce qu'elle ferait s'il voulait coucher avec elle. Elle n'était pas naïve au point d'imaginer que ce n'était pas là le but de ce voyage, mais elle n'avait pas envisagé que cela vienne si vite. Il n'y allait pas par quatre chemins et, quand ils arrivèrent dans la petite ville de Selfoss, le projet de Manfred ne faisait plus aucun doute. Elle pouvait toujours prétexter une maladie subite, mais cela risquait de lui sembler étrange, voire d'éveiller ses soupçons. Elle s'était montrée enthousiaste et savait très bien que ce voyage impliquait pour Manfred qu'ils passent la nuit ensemble, aussi clairement que s'ils avaient signé un contrat.

Manfred avait réservé à l'auberge de Tryggvaskali une chambre pour deux offrant une belle vue sur la rivière Ölfusa. Il avait dû s'acquitter de quelques tâches professionnelles, mais n'avait pas tardé à la rejoindre. Il n'y avait pas grand monde dans le restaurant : des représentants et deux gradés accompagnés par de jeunes femmes qui bavardaient entre elles en islandais. C'était le milieu de la semaine. Personne ne remarquait leur présence ici.

— Tu te plaisais en Norvège ? demanda-t-elle après qu'ils eurent parlé de tout et de rien, considérant le moment venu de passer à la vitesse supérieure. Ce doit être très différent du Danemark.

— Bien sûr, ça n'a rien à voir. En Norvège, tout a un côté beaucoup plus, comment dire, primitif. Plus campagnard. Rien à voir avec Copenhague qui est une ville fantastique. Et toi, tu as aimé la Suède ? Ce sont trois pays très différents.

— Copenhague m'a toujours manqué. C'est une ville tellement agréable, et les Islandais y ont une grande partie de leur histoire. Elle me manque toujours, d'ailleurs.

— Tu crois que tu y retourneras après la guerre ? Enfin, si elle finit un jour.

— Pourquoi pas ? Je pourrais très bien vivre là-bas. Si ce n'est que...

— Quoi ?

— Les souvenirs sont... les souvenirs y ont imprimé leur marque, reprit-elle. Ce serait très différent d'y retourner maintenant.

— Évidemment, convint Manfred. Ça se comprend. Je ne connaissais pas Osvaldur. Tu le sais, je ne l'ai jamais rencontré, mais j'imagine à quel point tout cela t'a fait souffrir. Pourtant, comme tu l'as si bien dit l'autre jour... ce n'est jamais bon de vivre dans le passé.

— Je me demande ce qui a pu le pousser à faire ça, reprit-elle.

— À faire quoi ?

– Je crois que c'est ce Christian qui lui a monté la tête. Son copain étudiant en médecine. Ce jeune homme avait de drôles d'idées. Il voulait lutter contre les nazis et Osvaldur s'est contenté de le suivre. Je n'étais pas d'accord. Je le lui ai dit. Je lui ai dit clairement que ce n'était pas raisonnable. Ils auraient pu se rendre… bien plus utiles. Par exemple, dans la lutte contre les communistes…

Elle faisait de son mieux pour être convaincante, mais craignait d'aller un peu trop loin. Apparemment, Manfred ne remarquait rien.

– Hitler a accompli des choses incroyables en Allemagne, répondit-il. Il a relevé le pays après l'humiliation du traité de Versailles.

– Oui, et je trouve qu'on a tendance à l'oublier. À oublier ses hauts faits. Même s'il s'est ensuite engagé dans cette fichue guerre.

– Tu as raison, mais je crois qu'il l'a fait surtout pour combattre le communisme, Staline et tous ces salauds.

– Je me rappelle m'être disputée avec Osvaldur à ce sujet, avoua-t-elle. On n'était pas du tout d'accord et je crains qu'il n'ait commis quelques imprudences. Malheureusement. Il était comme ça, je crois que c'était un grand naïf. Je l'ai vraiment senti quand nous en avons parlé. Il voyait cette lutte, cette résistance, sous un jour plutôt romantique, je dirais même héroïque. Tout cela n'était pas très réaliste, si tu vois ce que je veux dire…

Manfred hocha la tête. Elle craignait qu'il ne l'ait percée à jour et qu'il la laisse s'enliser dans son discours jusqu'à s'acculer elle-même. Qu'il attende patiemment l'instant adéquat pour s'en prendre à elle et lui reprocher de n'être qu'une traîtresse dissimulatrice face à tous les clients parce qu'elle n'avait dit tout cela que pour gagner sa confiance. Mais il n'en fit rien. Manfred hochait la tête, protégé par la carapace de son aplomb naturel, comme s'il pensait à peu près la même chose.

– Tu connais tout ça mieux que moi, observa-t-il. On prend de sacrés risques à se lancer dans une telle aventure.

– Oui, je suppose, convint-elle.
Leurs regards se croisèrent. Il lui sourit. La soirée touchait à sa fin. Bientôt, elle allait devoir prendre une décision concernant la suite des événements.
– Tu veux qu'on fasse une promenade? suggéra-t-il.
– Avec joie.
Il s'apprêtait à se lever pour l'aider à quitter la table mais il porta soudain sa main à son dos en gémissant. Il avait du mal à se redresser et grimaçait de douleur.
– Nom de Dieu! soupira-t-il.
– Ça ne va pas?
– C'est mon dos. Ce n'est pas la première fois que ça m'arrive.
– Tu as un lumbago?
– Ça ressemble plutôt à un tour de reins, répondit-il en quittant le restaurant tandis qu'elle l'aidait à regagner le couloir menant aux chambres. Il s'allongea sur le lit, incapable de faire le moindre geste. Le matelas était assez ferme, ce qui était une bonne chose, dit-il, en faisant de son mieux pour trouver une position qui ne soit pas trop douloureuse.
– Tu veux que j'aille voir s'ils ont de l'aspirine? suggéra-t-elle. Il hocha la tête. Il semblait souffrir le martyre.
Elle alla voir l'aubergiste qui lui donna quatre cachets d'aspirine. Manfred en prit deux en lui présentant ses excuses. Il ne s'attendait pas à ça. Son dos lui causait des ennuis depuis qu'il s'était fait mal en déplaçant des meubles lourds dans son bureau. Cela datait de l'année dernière. Depuis, il avait régulièrement des douleurs, parfois violentes, qui se propageaient jusque dans ses jambes.
– J'ai l'impression que c'est tout simplement une sciatique. Tu as consulté un médecin?
– Non, pas encore, répondit-il. Je repousse toujours l'échéance.
Elle l'aida à se déshabiller au prix d'affreuses souffrances. Il se rallongea sur le matelas en grimaçant. L'aspirine commençait à faire effet. La douleur diminua et, quelques instants plus tard, Manfred dormait.

47

La poursuite fut plutôt brève et le spectacle assez pitoyable. En voyant Thorson, le patron du Piccadilly avait blêmi et s'était précipité vers la porte de service. Il avait renversé le barbecue des Américains dans sa course en direction du pré de Klambratun où il était tombé à plat ventre après avoir dérapé sur l'herbe mouillée. Il s'était relevé, mais sa chute lui avait fait perdre des secondes précieuses que Flovent avait mises à profit pour le rattraper et le plaquer à terre. Le policier serait tôt ou tard parvenu à ses fins : le patron avait bu et soufflait comme un bœuf malgré la courte distance qu'il venait de parcourir. Il n'avait opposé aucune résistance.

Thorson avait observé la scène depuis le Piccadilly. Ses blessures guérissaient et il reprenait peu à peu des forces même s'il n'était pas encore tout à fait remis. Son crâne était enveloppé dans les bandages dont on apercevait une partie sous sa casquette et les éraflures sur son visage étaient encore visibles. Il avait mal partout et boitait légèrement. Il marchait en s'aidant d'une canne que Flovent lui avait prêtée.

La réaction du patron indiquait clairement qu'il savait ce qui était arrivé à Thorson et qu'il ne s'attendait pas à le revoir vivant. Les deux policiers en avaient discuté : selon eux, seul un Islandais avait pu renseigner ses agresseurs sur la géographie de la péninsule de Reykjanes. Ils étaient donc venus demander à Bensi si cela lui disait quelque chose et le patron avait détalé comme un lapin. S'il avait voulu par sa fuite leur prouver qu'il n'avait rien à voir avec cette histoire, il s'était lourdement trompé. Quand Flovent le ramena au Piccadilly, il s'affaissa sur une chaise à côté du comptoir, osant à peine regarder Thorson. Affolé, Bensi

avoua immédiatement qu'il avait pris part à l'agression et se montra des plus coopératifs.
– Je croyais ne plus jamais vous revoir, marmonna-t-il.
– Ça ne m'étonne pas, répondit Thorson.
– Ils m'ont obligé, reprit le patron, honteux. J'ai essayé de leur expliquer que cette histoire ne me concernait pas, mais ils m'ont menacé. Ils m'ont dit qu'ils mettraient le feu à mon bar et qu'ensuite ils me tueraient. Ils n'avaient pas l'air de plaisanter, je sais qu'ils en sont capables. Ces gars-là sont des détraqués. Complètement détraqués.
– Vous les avez accompagnés dans les champs de lave? s'enquit Thorson.
Bensi hocha la tête.
– J'étais avec eux quand ils vous ont agressé dans votre baraquement. Je les attendais dans la voiture. Je leur avais dessiné une carte, mais ils disaient qu'ils n'y comprenaient rien et ont exigé que je leur montre le chemin. Ils voulaient que je leur montre les failles sur la péninsule. Je ne comprenais pas ce qui se passait. Les gars, il faut que vous m'aidiez. S'ils apprennent que je vous ai parlé, ils me régleront mon compte.
– On verra bien, répondit Flovent.
– Comment ça, on verra bien?! Je vous jure que je ne savais pas ce qu'ils voulaient faire. Je n'en avais aucune idée. Il faut me croire, je vous le jure, répéta Bensi en regardant Thorson. Je ne savais pas qu'ils allaient vous mettre dans cet état. Ils m'avaient dit qu'ils voulaient vous faire peur, c'est tout. J'ignorais qu'ils avaient l'intention de vous tuer. Tout a déraillé, ce n'était pas censé aller jusque-là. Sinon, ils ne m'auraient pas emmené. Au départ, ils voulaient seulement vous effrayer, puis ils ont changé d'avis. Je n'ai jamais... jamais vu une chose pareille. Ils vous ont simplement balancé...
– Pourquoi est-ce qu'ils se sont adressés à vous? demanda Flovent.
– Je ne sais pas vraiment. Il m'est arrivé de parler aux soldats des failles sur la péninsule de Reykjanes en les

décrivant comme des cachettes idéales où personne ne trouverait jamais quoi que ce soit, mais je parlais de contrebande ou de marché noir, et certainement pas de meurtre. Puis ils sont venus ici en disant qu'ils voulaient vous donner une leçon. Ils m'ont dit qu'ils allaient vous jouer un mauvais tour en vous abandonnant là-bas, au milieu des champs de lave. Je ne savais pas que ça finirait comme ça. Je vous croyais mort. Quand je vous ai vu tomber dans ce trou… je me demande comment vous avez survécu.

— Pourquoi s'en sont-ils pris à Thorson ? demanda Flovent.

— Ils ne me l'ont pas dit. Ils voulaient juste que je les guide. Je connaissais un ancien chemin là-bas, pas très loin de la montagne de Keilir. Dans le temps, on cachait de la gnôle de contrebande dans le coin. Ils m'ont dit qu'ils me tueraient si j'en parlais. Du coup… je… je ne sais pas quoi faire. Ces hommes me terrifient. Je suis mort de peur.

— Vous devez les connaître assez bien puisqu'ils se sont adressés à vous, fit remarquer Thorson.

— Ce ne sont que des clients.

— Ils viennent de Falcon Point ?

Bensi hocha la tête.

— Ce sont les gars que Jenni ne lâchait pas d'une semelle ?

— Jenni ?

— Le gamin agressé dans le pré de Klambratun.

— Que… qu'est-ce qu'il a à voir là-dedans ?

— Il connaissait ces hommes ? insista Flovent. Vous nous avez dit qu'il leur tournait autour.

— Ah bon, je vous ai dit ça ? Je ne m'en souviens pas. Je… ces temps-ci, j'ai la mémoire qui flanche.

— Vous nous avez dit l'autre jour que ce n'étaient pas des habitués, or j'ai bien l'impression que si, fit remarquer Flovent, voyant que Bensi éludait sa question. Dans le cas contraire, ils ne seraient pas venus vous demander votre aide.

— Quand j'ai dit qu'ils venaient très rarement ici, ce n'était pas tout à fait vrai, reconnut le patron à contrecœur. Ils passent de temps en temps et je… on se connaît un peu.

Pour être tout à fait honnête, ce sont eux qui m'ont fourni certaines des bouteilles que vous avez vues l'autre jour derrière le bar. C'est d'ailleurs pour ça que je leur ai parlé de ces cachettes sur les champs de lave. À cause de leur petit trafic d'alcool et de tabac...

Il s'interrompit subitement, comprenant qu'il s'était engagé sur un terrain glissant et que ses propos ne faisaient qu'aggraver son cas.

— Vous pouvez nous donner leurs noms ? reprit Thorson.

— Mais je ne les connais pas, enfin, pas vraiment. Il y en a un qui se fait appeler Joe, c'est lui le chef. C'est lui qui vous a poussé dans la faille. Un autre s'appelle Tony, mais je ne connais pas leurs vrais noms et je ne sais pas non plus dans quel régiment ils servent ni leurs grades et tout ça. Je m'adresse à tous de la même manière. Il y en avait aussi un que je n'avais jamais vu. Il n'a pas dit un mot de tout le trajet. Sans doute un de leurs copains.

— Mais ils viennent de Falcon Point ?

Bensi hocha la tête. Les deux policiers continuèrent à l'interroger, mais le patron du bar n'avait pas grand-chose à leur dire de plus. Le malheureux forçait depuis des années sur la boisson, il n'était pas très vaillant. En outre, il n'était pas encore tout à fait remis d'avoir rencontré le fantôme de Thorson dans son bouge. Flovent n'avait jamais vu une mine aussi épouvantée.

— Nous vous avons déjà interrogé sur le lieutenant Stewart, reprit-il. Vous nous avez dit qu'il était ami avec ces gars. Vous l'avez vu parler à des hommes de Falcon Point le soir de l'agression de Jenni. Ce sont eux ?

Bensi s'accorda un long moment de réflexion.

— Stewart... ? répéta-t-il, comme si le nom ne lui était pas familier.

— Vous croyez que c'est Stewart qui tire les ficelles ? demanda Thorson.

— Je n'en ai aucune idée, répondit Bensi après une hésitation. Comme je vous l'ai dit, je ne sais pas ce qui leur a pris de vous faire ça.

– De quoi ils ont parlé sur le trajet du retour ? Qu'est-ce qu'ils ont dit ?
– Rien. Ils n'étaient pas franchement bavards. Ils m'ont déposé ici et je ne les ai pas revus depuis. Je vous dis la vérité. Et je n'ai pas envie de les revoir chez moi, ajouta-t-il, comme pour se montrer solidaire de Thorson.
– Vous savez que vous allez devoir nous suivre, annonça Flovent. Vous êtes impliqué dans un meurtre et une tentative de meurtre. Vous devez m'accompagner au commissariat de Posthusstraeti en tant que témoin. Vous devrez faire une déposition et identifier ces hommes. Je crois que vous avez tout intérêt à coopérer.
– Mais je me trouve très coopératif, protesta Bensi. C'est vraiment nécessaire ? Vous allez peut-être me mettre en taule tant que vous y êtes ?
– Ça ne vous ferait pas de mal, répondit Flovent.
– Alors là, ça m'étonnerait.
– C'est mieux que d'attendre ici le retour de vos amis, ajouta Thorson tandis qu'il sortait du Piccadilly en boitant. Ils ne seront sans doute pas très contents lorsqu'ils apprendront que vous avez tout raconté à la police.

48

Flovent passa à son bureau rue Frikirkjuvegur dans la soirée. Il rédigeait le procès-verbal concernant l'arrestation du patron du Piccadilly quand le téléphone sonna. Il reconnut immédiatement la voix d'Agneta à qui il avait communiqué son numéro professionnel et personnel lorsque les recherches battaient leur plein. Il lui avait spécifié qu'elle pouvait l'appeler de jour comme de nuit en cas de besoin.

– Il ne me laisse pas tranquille, déclara-t-elle sans ambages dès qu'il eut décroché. Vous m'avez demandé de vous dire toute la vérité et...

– Agneta?

– J'espérais éviter d'en arriver là, je me suis assez humiliée comme ça, mais je n'ai pas le choix. Je pensais qu'il allait comprendre, mais c'est de pire en pire.

– Vous parlez de ce soldat? Il est devant chez vous en ce moment?

– Non, il est reparti. Heureusement. Il est venu frapper à ma porte tout à l'heure et j'ai été forcée de lui ouvrir. Il a été très grossier et... mon Dieu, je me demande dans quel pétrin je me suis mise. Je suppose que vous pensez que... que je n'ai que ce que je mérite.

– Pas du tout, assura Flovent. Il vous a menacée?

– Il est... très insistant. C'est insupportable. Il est même venu un jour à l'hôpital. Vous n'imaginez pas à quel point j'étais gênée. J'ai eu droit aux regards entendus et aux bruits de couloir. Il m'avait demandé où je travaillais le soir où on s'est rencontrés et j'ai été assez bête pour le lui dire. Il est venu frapper à ma porte plusieurs nuits. Je me suis cachée. J'aurais appelé la police si je n'avais pas tellement honte. N'allez surtout pas croire que nous sommes complices. C'est un énorme malentendu. On dirait qu'il

ne comprend pas qu'il ne m'intéresse pas et que je considère que nous avons fait une bêtise. Il continue à venir m'importuner.
— Qu'est-ce qu'il vous veut?
— Je me demande s'il n'en fait pas une question d'amour-propre. Il dit que c'est moi qui ai commencé. Je lui ai répété je ne sais combien de fois que je ne désire pas le revoir. Il ne comprend pas. Il refuse de comprendre.
— Vous le laissez quand même entrer chez vous.
— Que voulez-vous, je n'ai pas le choix. Je n'ai pas envie qu'il réveille tout le quartier.
— Et vous m'appelez pour que je lui parle? demanda Flovent.
— Non, je voulais que vous soyez au courant, c'est tout, répondit Agneta. J'ai fait une erreur. Une erreur stupide. J'étais furieuse et je voulais en remontrer à Manfred, lui prouver que je pouvais être encore pire que lui... mais ça m'est revenu en plein visage. Cet homme et moi, on n'est pas du tout amis, au contraire.

Flovent se demandait si elle inventait tout ça de manière à s'innocenter et à se laver de tout soupçon. La peur d'Agneta semblait toutefois authentique même s'il avait l'impression qu'elle continuait à lui cacher des choses.

— À propos de Manfred, vous êtes sûre de ne pas pouvoir m'en dire plus au sujet de cette femme?
— Il l'avait rencontrée à Copenhague. C'est tout ce que je sais. Il a vécu au Danemark et en Norvège. Il n'en parlait jamais. Je lui posais parfois des questions parce qu'il était là-bas au moment où la guerre a éclaté, mais il refusait d'aborder le sujet. Il est rentré en Islande à bord de l'*Esja*. Pendant cette fameuse traversée... dont le nom ne me revient pas.
— Le voyage depuis Petsamo?
— Oui. En tout cas, il n'en parlait pas. Un jour, il s'est même mis en colère face à mes questions. Cette histoire me semblait pourtant intéressante. Enfin, il m'a répondu que la traversée avait été des plus banales.

– Est-il possible que cette femme ait été également à bord ?

– Je l'ignore. Il ne m'a rien dit sur elle. Il refusait de parler de cette époque, de l'occupation du Danemark et de tout ça.

– Vous n'avez aucune idée de la manière dont je pourrais la retrouver ?

– Aucune.

Les paroles d'Agneta furent suivies d'un long silence.

– Il me semble...

– Oui ?

– J'ai l'impression qu'elle est venue ici. Évidemment, je n'en suis pas sûre, mais un jour que j'étais partie travailler à Akranes, j'ai remarqué à mon retour que les trois photos du salon où on me voit avec Manfred avaient été déplacées. J'ai retrouvé notre photo de mariage dans un tiroir.

– Et alors ?

– Je doute qu'il l'ait mise là pour la protéger de la poussière.

49

Après ce bref voyage à Selfoss, Manfred prit l'habitude de la contacter en l'appelant de son bureau. Ils discutaient un moment et fixaient un rendez-vous. Ils se retrouvèrent plusieurs fois dans des bars. Il lui caressait la main sous la table et s'autorisait des gestes tendres quand personne ne les regardait. Elle montrait très peu d'empressement, parfois elle suggérait même qu'il allait trop loin, elle refusait de le voir, écourtait leurs conversations et feignait de moins se soucier de lui. Cela produisait l'effet attendu et ne faisait qu'accroître l'intérêt qu'il lui portait. Elle s'efforçait de mettre à profit ce qu'elle connaissait de son caractère. Son impatience. Sa suffisance. Jusqu'où était-il prêt à aller pour obtenir ce qu'il voulait? Peu à peu, elle prenait le contrôle de cette relation mensongère.

Chaque fois que l'occasion se présentait, elle laissait entendre qu'elle n'était pas tout à fait hostile au nazisme. Elle le faisait de manière à ne pas éveiller ses soupçons, exécutant un numéro d'équilibriste sur un fil invisible. Le moindre faux pas réduirait à néant son projet de découvrir les véritables conditions de l'arrestation d'Osvaldur et de la disparition d'Ingimar pendant la traversée sur l'*Esja*. Elle n'espérait pas qu'il avoue quoi que ce soit, mais voulait créer avec lui une intimité qui ferait d'elle sa confidente. Cela lui permettrait d'obtenir des détails sur les deux événements et sur le point de vue de Manfred. Ne sachant pas vraiment comment s'y prendre, elle avançait à l'aveuglette. Au début, Manfred manifestait une certaine indifférence devant ses opinions sur l'Allemagne, Hitler et les hauts faits de l'armée allemande. Il était rare qu'il aborde ces questions et, quand elle parvenait à les glisser dans la conversation, il les évacuait rapidement d'un air indifférent.

Il l'appela un après-midi en lui disant qu'il serait seul chez lui pendant quelque temps et lui proposa de venir passer une soirée en sa compagnie. Agneta allait travailler plusieurs jours par mois comme infirmière à Akranes. Elle était partie la veille.

Elle hésita un long moment au téléphone, cherchant une échappatoire. L'idée de venir le voir dans la maison où il vivait avec sa femme lui répugnait. Il lui parlait parfois de son couple, qu'il prétendait être à la dérive. La passion s'était éteinte. Elle se demandait s'il lui disait tout ça pour lui donner mauvaise conscience. Manfred percevait sa réserve et ses hésitations, il ignorait cependant qu'elles étaient motivées par le désir qu'elle avait de contrôler leur relation autant que par le doute qui la tenaillait même si elle n'en laissait rien paraître. Elle n'aimait pas avancer masquée.

Elle comprenait également qu'en lui parlant de passion éteinte, il préparait peut-être le terrain pour leur avenir commun. En tout cas, Manfred lui avait confié au cours d'une conversation qu'il avait sans doute eu tort de se marier si vite. Après son retour au pays, il avait ressenti un besoin de stabilité dans tous les domaines : couple, travail et vie de famille.

Il attendait sa réponse à l'autre bout du fil. Après un interminable silence, elle accepta sa proposition. Il lui indiqua l'heure à laquelle il l'attendait et promit d'acheter à boire. Avait-elle des souhaits particuliers ? Il tenait à la gâter. Elle le méritait.

Ces propos lui rappelèrent les moments qu'ils avaient passés ensemble à Copenhague. Manfred pouvait être adorable et sa compagnie délicieuse quand il voulait lui faire plaisir. Désormais, la simple pensée de ses mains sur elle lui inspirait un franc dégoût. Elle n'était pas sûre d'avoir la force de continuer à entretenir cette illusion, sachant qu'il lui faudrait consentir à un trop grand sacrifice si elle voulait gagner totalement sa confiance. La crise de sciatique avait contrarié les projets de Manfred à Selfoss. Pour sa part, elle avait à peine fermé l'œil de la nuit. Jamais elle n'avait imaginé être amenée à se comporter en espion mais, quand il s'était endormi, elle avait fouillé ses poches, son manteau, sa veste et son portefeuille sans rien trouver d'intéressant. Il s'était réveillé tard dans la matinée. Alors qu'ils regagnaient Reykjavík sous un ciel bas et une pluie insistante, elle était tenaillée par le doute. Comment justifier ses actes ? Comment justifier cette relation ?

Les mêmes réserves revenaient l'envahir après cette conversation téléphonique tandis qu'elle se préparait à se rendre à son rendez-vous, après avoir pris congé de sa tante. Elle avait envisagé de dire à Manfred qu'elle était malade. Elle avait cherché tous les moyens pour éviter de le voir seul chez lui. Puis elle s'était armée de courage, avait balayé ses doutes et décidé de continuer à entretenir l'illusion coûte que coûte. Elle avait eu beau retourner le problème dans tous les sens, elle parvenait toujours à la même conclusion. Elle devait absolument obtenir la réponse à la question qui l'obsédait. Le reste ne comptait pas. Peut-être avait-elle perdu son bon sens, peut-être son désir de connaître la vérité avait-il altéré ses facultés de jugement, mais il lui fallait à tout prix découvrir si Manfred était à l'origine de l'arrestation d'Osvaldur et de Christian. Elle voulait savoir si ses écarts de conduite et les confidences imprudentes qu'elle lui avait livrées sur l'oreiller étaient la cause de leurs destins tragiques. C'était tout ce qui lui importait.

La porte s'ouvrit comme par magie. Elle entra directement. Manfred referma, lui souhaita la bienvenue, déposa un baiser sur sa joue en disant qu'il l'avait vue s'approcher. Désireux sans doute d'éviter que les voisins ne jasent sur cette visite nocturne en l'absence de sa femme, il avait dû guetter son arrivée. Il avait allumé des bougies et mis de la musique. Elle vit dans le salon un beau meuble en chêne massif qui abritait un gramophone. Manfred le lui montra, fier, en précisant que des amis le lui avaient vendu d'occasion et à bon prix.

Il était bavard et sûr de lui. Il n'y avait aucune photo de lui et de sa femme dans le salon, peut-être les avait-il cachées. Elle ne voyait pratiquement rien dans la maison indiquant qu'il était marié. Il lui parla de son travail : des histoires d'assurances auxquelles elle n'entendait rien. Elle lui annonça qu'elle avait posé sa candidature à l'Hôpital national. On lui avait offert un poste à mi-temps. En outre, elle pourrait assurer autant de gardes de nuit qu'elle le désirait. Ils passèrent un long moment à échanger des banalités tandis que la tension s'accumulait, une tension qu'elle n'avait pas perçue depuis qu'ils s'étaient vus dans des chambres d'hôtel bon marché à Copenhague.

Il ne semblait pas pressé, il avait rempli les verres avec calme et lui avait proposé de goûter la bière islandaise brassée pour les soldats, mais dont la consommation était interdite aux autochtones. Il s'était procuré cette caisse auprès d'un collègue dont le père travaillait à la brasserie de la rue Raudararstigur. Elle n'aimait pas cette bière. Lui non plus, d'ailleurs il n'en buvait que parce qu'elle était strictement interdite aux Islandais. Elle avait préféré une vodka coupée de soda au gingembre. Ce cocktail l'avait aidée à se détendre.

– Joli salon, dit-elle en balayant la pièce du regard.
– Le mérite en revient à Agneta. Elle a hérité de ses parents et c'est elle qui possède presque tout ce qu'il y a ici. C'est plutôt bien tombé étant donné que...
– Que tu rentrais tout juste en Islande ?
– Elle a tout ce qu'il faut et c'est une femme exceptionnelle. Dommage que ça ne fonctionne pas entre nous.

Ils laissèrent là cette conversation et se remirent à parler de choses sans importance jusqu'au moment où elle osa lui poser quelques questions personnelles concernant sa famille et l'endroit d'où il venait. Le thème ne le passionnait guère. Il ne mentionna ni sa mère ni son père et changea aussitôt de sujet. Elle allait l'interroger sur son oncle, mais se ravisa, craignant d'éveiller ses soupçons.

Manfred se montrait sous son meilleur jour. Quant à elle, l'alcool contribuait à lui donner du courage et à diminuer son angoisse. L'étau qui lui oppressait la poitrine se desserrait, ce cocktail l'aidait à jouer le rôle qu'elle s'était assigné. Bientôt, elle fut en mesure de s'observer comme elle aurait regardé une actrice ou un personnage de roman pourvu de sa conscience et de sa personnalité, mais qui n'était pas elle-même. Elle avait l'impression qu'ils étaient présents tous les trois dans le salon.

Au fil de la soirée, la conversation devint plus naturelle. Il mentionna Copenhague et elle en profita pour lui parler du Danemark. L'alcool le rendait bavard. Tout à coup, il évoqua leur passé commun. Il reconnut avoir souvent pensé à leurs rendez-vous secrets. Lorsqu'elle l'avait appelé à son bureau à Reykjavík, son cœur avait littéralement bondi dans sa poitrine, disait-il. Ce coup de téléphone lui avait procuré une joie qu'il n'avait pas éprouvée depuis ces rendez-vous.

Il lui prit la main en prononçant ces mots, plongea ses yeux dans les siens et l'embrassa. Elle répondit qu'elle non plus, elle ne l'avait jamais oublié. Quand elle s'était enfin remise après la mort d'Osvaldur, elle avait été heureuse de pouvoir appeler un vieil ami. Il la remercia d'avoir pensé à lui, il n'en méritait pas tant étant donné la manière dont il s'était comporté à bord de l'*Esja*. Il lui demanda si elle pourrait un jour lui pardonner ce qu'il lui avait lancé sous le coup de la colère. Elle assura qu'elle l'avait oublié depuis longtemps et le vit sourire. Elle se laissa à nouveau embrasser. Il lui caressa les cheveux et la joue en lui faisant un compliment sur ses yeux qu'elle entendit à peine. Elle avait l'impression d'être assise à côté d'eux et d'observer la scène comme une simple spectatrice. Quand il l'entraîna dans la chambre, cette spectatrice attendit à la porte.

Au milieu de la nuit, alors qu'il dormait profondément, elle quitta le lit à pas de loup. Elle ne voulait pas rester plus longtemps dans cette pièce, dans cette maison, dans ce lieu. Elle n'avait pas fermé l'œil. Elle s'en voulait à mort, elle ne s'inspirait que colère et dégoût. Elle aurait voulu fuir à toutes jambes de suite, mais elle savait qu'elle devait rester prudente. Elle resta allongée à côté de lui en s'efforçant de ne pas penser à ce qu'ils venaient de faire, les yeux fixés sur la porte ouverte de la pièce dans laquelle Manfred s'était installé un bureau. Il lui avait confié qu'il y passait beaucoup de temps quand il était à la maison.

Après une éternité, elle se leva doucement, ramassa ses vêtements et se dirigea sans faire de bruit vers le couloir où elle s'habilla. Elle avança dans la pénombre légèrement atténuée par la clarté provenant de l'extérieur, attendit un instant en tendant l'oreille pour s'assurer qu'il ne se réveillait pas, puis entra dans le bureau. Elle referma la porte et alluma la lampe posée sur la table de travail.

Manfred était confortablement installé. Deux murs étaient occupés sur toute la longueur par des bibliothèques, un fauteuil et une table de fumeur étaient placés dans un coin. Le sol était tapissé d'une épaisse moquette, le bureau encombré de papiers et de petits objets, des boutons de manchette, une montre et deux trousseaux de clefs. Elle s'attarda sur une facture provenant d'un boucher et une autre d'un magasin de confection pour hommes. Des journaux et des magazines envahissaient la pièce. Sur la machine à écrire posée sur une petite table, Manfred avait commencé à rédiger un courrier professionnel concernant les dommages engendrés par un incendie dans une arrière-cour de la rue Hverfisgata.

Les tiroirs du bureau contenaient d'autres factures, des lettres et des déclarations de sinistres. Deux d'entre eux étaient cependant verrouillés. Elle prit un des porte-clefs, essaya la clé la plus petite et le tiroir s'ouvrit. Il contenait d'autres lettres et, en fouillant au fond, elle trouva un livret de quatre pages sur la couverture duquel on lisait: *Société de Thulé*. Ni l'éditeur ni l'année de publication n'étaient mentionnés et il ne contenait qu'un seul article intitulé "La force de la volonté". Le nom de l'auteur ne figurait nulle part. En ouvrant le livret, elle découvrit l'annotation griffonnée dans la marge au stylo-plume. Elle le plaça sous la lampe et lut: *Reinhold te remercie pour les résultats obtenus au Danemark. V.* Elle supposa que ce V solitaire était la signature de Vilmundur. L'oncle. Le père de remplacement. Le modèle.

Un bruit dans le couloir la fit sursauter. Elle s'empressa d'éteindre la lumière, se glissa sous le bureau et resta immobile en tendant l'oreille, recroquevillée sur elle-même. Elle distinguait un rai de lumière dans le couloir. Une porte se ferma, quelques instants plus tard Manfred tira la chasse d'eau, le rai de lumière réapparut, puis ce fut le silence. Elle attendit un moment, remit le livret à sa place et referma le tiroir.

Il n'y avait aucun bruit dans la chambre. Elle se dirigea vers l'entrée, prit son manteau et était sur le point d'ouvrir la porte quand la lumière du couloir s'alluma. Manfred apparut tout à coup derrière elle et s'appuya, totalement nu, contre le battant.

– J'ai vu que tu n'étais plus dans le lit. Tu ne veux pas me dire au revoir ?

– Je... je dois y aller, répondit-elle en évitant de regarder sa nudité. Je ne voulais pas te réveiller.

– J'ai hâte de te revoir.

– Moi aussi, assura-t-elle en ouvrant la porte.

– Tu ne m'embrasses pas ?

Elle se tourna et s'exécuta à contrecœur.

– Tu es sûre que tu dois partir ? murmura-t-il en baissant les yeux sur son corps nu comme s'il voulait l'étreindre et l'entraîner dans la maison.

– Je suis pressée, répondit-elle en se détachant de lui. Elle faisait de son mieux pour adopter un ton joyeux afin qu'il ne soupçonne rien, mais sa voix se brisa. Elle toussota, gênée. Je travaille demain matin, conclut-elle.

Manfred n'eut pas le temps de protester. Elle était déjà sur le trottoir, elle avait refermé la porte du jardin et s'éloignait à toute vitesse. Elle se maudissait en silence pour ce qu'elle avait fait la veille au soir. Elle avait hâte de rentrer chez elle, de prendre un bain chaud et de se nettoyer de cette infâme souillure.

50

Le dos voûté après des années passées à transporter des livres et habitué à un sempiternel silence, l'employé de la bibliothèque nationale la regarda par-dessus ses lunettes. Debout devant le comptoir de la salle de lecture où les usagers venaient retirer leurs commandes, elle lui demanda s'il avait en réserve des exemplaires d'un livret publié par la Société de Thulé. Le bibliothécaire lui répondit en murmurant si bas qu'elle avait du mal à l'entendre. Un certain nombre de tables étaient occupées par de jeunes étudiants et de vieux bonhommes qui chiquaient du tabac. D'élégantes lampes de bureau vertes éclairaient les annales, les collections de lettres et les journaux jaunis. Un parfum d'antan, lourd et particulier, montait des documents. L'atmosphère d'un passé révolu planait sur cette salle de lecture. Ici, on livrait une lutte permanente contre l'oubli.

– La Société de Thulé, dites-vous ? Non, nous n'avons pas ça, murmura le bibliothécaire, sûr de lui, comme s'il connaissait par cœur la totalité du fonds de la bibliothèque.

– Vous pourriez vérifier ? insista-t-elle en s'efforçant de rester polie malgré la rudesse de l'employé qui lui répondait d'un air agacé comme si elle venait le déranger chez lui.

– C'est inutile. Je n'ai jamais entendu parler de cette publication. Vous avez besoin d'autre chose ?

– Pourriez-vous me trouver des documents concernant cette société ? On m'a dit qu'elle avait été fondée en Allemagne.

Il la regarda longuement comme s'il la plaignait, puis se leva, délaissa son journal et poussa une porte derrière son comptoir pour se rendre dans les réserves qui abritaient les secrets de la bibliothèque. Elle l'attendit, immobile. Elle était la seule femme dans la salle.

Elle avait mentionné à Kristmann le livret trouvé dans le tiroir fermé à clef du bureau de Manfred et l'annotation concernant Reinhold. Elle avait senti qu'il se retenait de lui poser des questions sur sa soirée avec son ex-amant. Elle ne lui avait pas donné de détails, mais Kristmann avait compris qu'elle était prête à tout pour faire la lumière sur l'arrestation.

Tous deux étaient d'accord. Le V sous l'annotation était sans doute la signature de Vilmundur, l'oncle maternel. Ce dernier était manifestement en contact avec un certain Reinhold, probablement allemand, qui voulait témoigner sa reconnaissance à Manfred. La phrase concernant les résultats obtenus au Danemark pouvait bien sûr faire référence à moult choses, mais elle était persuadée qu'elle avait trait à l'arrestation d'Osvaldur.

Un long moment s'écoula avant le retour du bibliothécaire qui fit sa réapparition un classeur rempli de journaux sous le bras en lui disant qu'il ne s'était pas trompé et que la bibliothèque ne possédait ni magazine ni publication au nom de la Société de Thulé. En revanche, son collègue s'était souvenu avoir lu un article publié dans le journal communiste *La Volonté du peuple* où il était question d'une association de ce nom en Allemagne. Cet article devait être dans la pile qu'il lui apportait même si son collègue avait oublié la date exacte de sa parution. Si elle ne le trouvait pas dans ces journaux-là, elle devrait en consulter d'autres qu'il lui amènerait. Le bibliothécaire lui tendit le classeur. Elle alla s'asseoir tout au fond de la salle de lecture et se mit à feuilleter *La Volonté du peuple*. Il y avait là tous les numéros parus en 1939 et 1940. Un grand nombre d'articles traitaient bien sûr de la guerre, du nazisme, des bombardements de Varsovie, de la chute de Paris et de la détermination des Anglais conduits par Churchill. Le papier crissait sous ses doigts quand elle tournait les pages. Elle tomba assez vite sur un article sans titre traitant d'une organisation clandestine fondée à Munich, baptisée Société de Thulé, qui avait fortement influencé les futurs fondateurs du parti nazi.

Elle se plongea dans la lecture. L'article précisait que l'organisation avait pris le nom d'une terre mystérieuse située dans le Grand Nord et baptisée Thulé par les Grecs, terre qui pouvait tout à fait être l'Islande. Les membres de cette association détestaient les juifs. Obsédés par la pureté raciale, ils s'intéressaient beaucoup à l'ésotérisme et à l'héritage germanique, et menaient des recherches sur la race aryenne, la race pure. Ils devaient jurer qu'aucune goutte de sang juif ne coulait dans leurs veines et que leur sang n'avait pas non plus été corrompu par celui d'une race inférieure. Rudolf Hess et Alfred Rosenberg faisaient partie de cette organisation, de même que Dietrich Eckart qui, au début, avait fortement influencé Adolf Hitler dont il était un proche collaborateur. Les deux hommes avaient été amis au point qu'Hitler avait dédié un chapitre de *Mein Kampf* à Eckart. Les membres les plus extrémistes de l'organisation avaient participé à la fondation du Parti ouvrier allemand auquel Hitler avait adhéré. Cette formation politique était un peu l'ancêtre du parti national-socialiste avec lequel il avait d'ailleurs plus tard fusionné.

Elle leva les yeux de la pile de journaux. Cet article n'établissait aucun lien entre l'organisation et les Islandais, si ce n'est qu'il comportait ce soupçon que Thulé et l'Islande étaient peut-être un seul et même pays. L'auteur ne mentionnait pas l'existence d'une publication distribuée par les nazis en Islande. Elle n'avait aucune idée de la date d'impression de ce livret. Peut-être était-il paru longtemps avant la guerre. Kristmann lui avait expliqué que les nazis islandais s'étaient pour la plupart détournés de cette doctrine dès le début de la guerre.

Ils avaient longuement discuté de l'annotation qu'elle avait trouvée dans la marge. Elle n'avait pas eu le temps de lire l'article, mais d'après Kristmann, le fait que Vilmundur ait offert à Manfred ce fascicule sur la force de la volonté n'était pas le fruit du hasard. L'oncle l'avait offert à son neveu pour lui donner le courage dont il avait besoin à son retour en Islande.

— Comment savoir s'il ne lui a pas donné ce livret avant son départ pour l'étranger ? avait-elle objecté.

— Dans ce cas, pourquoi le remercie-t-il des résultats obtenus au Danemark ? Non, je suis sûr qu'il lui a offert ça à son retour. J'en suis persuadé. Il a fait certaines choses au Danemark et ce Reinhold lui en est reconnaissant.

— Cela prouverait donc qu'il a collaboré avec les nazis.

— Je ne vois pas d'autre hypothèse.

— Bien sûr, Osvaldur n'est pas mentionné dans cette annotation, avait-elle poursuivi, mais ce n'est pas impossible qu'elle soit en rapport avec lui. J'ai même l'impression que c'est très probable.

— En tout cas, jusqu'à preuve du contraire, avait convenu Kristmann.

— Ce serait intéressant de savoir qui est ce Reinhold, peu importe la manière de le découvrir.

— Il est sans doute au Danemark. En tout cas, c'est un pays qu'il connaît bien, avait répondu Kristmann. On trouvera le moyen d'en savoir plus.

Elle referma le classeur et le rendit au bibliothécaire, puis quitta le silence de la salle de lecture. Le bruit de ses talons qui claquaient sur les marches en marbre lui semblait assourdissant.

Un peu plus tard, elle fut réveillée par quelques coups discrets frappés à la vitre de sa chambre en sous-sol. Il était plus d'une heure du matin. Allongée dans son lit, elle se demandait si ces coups légers n'étaient pas le fruit de son imagination. À nouveau, on frappa à la fenêtre, avec insistance cette fois-ci. Elle se leva et aperçut le visage de Kristmann derrière la vitre. Craignant qu'il ne réveille sa tante qui dormait au rez-de-chaussée, elle gravit l'escalier et alla lui ouvrir. Debout sur le pas de la porte, Kristmann était manifestement bouleversé.

— Excuse-moi, mais il faut absolument que je te parle, déclara-t-il en surveillant la rue comme s'il craignait d'avoir été suivi.

– Ça ne va pas ? Que se passe-t-il ?
– Je peux entrer ? Je ne resterai pas longtemps.
– Kristmann, qu'est-ce qui se passe ? Allez, entre.

Elle lui ouvrit la porte. Kristmann se faufila à l'intérieur. Elle jeta elle aussi un œil dans la rue pour s'assurer que personne ne les avait vus.

Elle referma la porte et descendit l'escalier avec lui en lui demandant d'être discret.

– Je me suis introduit chez lui, annonça-t-il une fois dans la chambre. Je...

– Introduit ? Chez qui ?

– Je ne pense pas qu'il s'en rendra compte. J'ai trouvé une fenêtre entrouverte sur sa cour arrière et j'ai réussi à... atteindre le verrou de la porte. Sinon, je n'aurais jamais fait ça. Je ne serais pas entré par effraction. J'étais là-bas, je surveillais la maison, il n'était pas chez lui et, une chose en entraînant une autre...

– Qui ne se rendra compte de rien ? De qui tu parles ?

Kristmann observait sa chambre, en proie à un affolement qui ne lui ressemblait pas. Elle lui avait téléphoné pour lui faire part de ce qu'elle avait découvert à la bibliothèque nationale. Le livret qu'elle avait trouvé chez Manfred portait le nom d'une étrange organisation, une sorte d'association qui se passionnait pour l'ésotérisme et qui avait sans doute eu beaucoup d'influence sur l'idéologie nazie. Avant de raccrocher, Kristmann lui avait confié qu'il faisait des recherches sur Reinhold.

– C'est la première fois que je fais ce genre de chose, expliqua-t-il, comme s'il était lui-même choqué de ce qu'il venait de faire. Je ne me suis jamais introduit chez personne. Je n'ai jamais...

– Qu'est-ce que tu as... ? Chez qui es-tu entré ? Tout de même pas chez Manfred ? Dis-moi que tu n'es pas allé chez lui !

– Non, non, répondit Kristmann. Je ne suis pas entré chez lui, mais chez son oncle.

– Chez Vilmundur ?

— Et je sais maintenant qui est ce Reinhold. Je sais qui il est, où il est et ce qu'il fait. Je sais aussi comment ils se sont connus avec Vilmundur. Et je sais…

Kristmann s'interrompit.

— Quoi donc?

— Je crois avoir découvert ce qui s'est passé sur l'*Esja*. Je crois savoir ce qui est arrivé à Ingimar…

51

Le directeur de la compagnie d'assurances reçut Flovent et décrivit Manfred comme un homme plein de qualités dont la mort était tout à fait incompréhensible. Personne dans l'entreprise n'aurait pu imaginer qu'il disparaisse si tôt, et encore moins de cette manière. Employé zélé et irréprochable, il avait imprimé son empreinte sur la compagnie même s'il n'y avait pas travaillé très longtemps. Ses collègues le regrettaient beaucoup.

Le directeur se montra assez curieux de cette visite. Il connaissait un peu Flovent. La compagnie contactait régulièrement la police dans le cadre d'affaires diverses concernant des sinistres ou des incendies, ou quand elle soupçonnait une tentative de fraude à l'assurance. Ces dossiers arrivaient parfois sur le bureau du policier. Flovent appréciait cet homme, ils avaient environ le même âge et s'entendaient plutôt bien.

– Je suppose que tu n'es pas venu me faire une visite de courtoisie, déclara l'assureur après lui avoir dit tout le bien qu'il pensait du défunt.

– Eh bien, j'essaie de reconstituer les jours, les semaines et les mois qui ont précédé la disparition de Manfred. Apparemment, il effectuait un certain nombre de déplacements professionnels et la compagnie lui remboursait ses frais de nourriture et d'hébergement. J'aimerais bien consulter ces factures si c'est possible.

– En effet, il voyageait beaucoup, c'était un excellent vendeur. Il avait la confiance des clients et n'hésitait pas à plaider leur cause s'il considérait qu'on ne les indemnisait pas suffisamment. Je trouvais parfois qu'il allait un peu loin, mais il était comme ça. En fin de compte, je dirais que c'était une de ses qualités.

— J'aimerais bien consulter ses dossiers. Enfin, surtout ses notes de frais.
— Tu peux me dire pourquoi ?
— J'essaie de reconstituer le puzzle en m'intéressant à ses activités avant son suicide, expliqua Flovent, évasif. Il était heureux en couple ? Ça restera entre nous...
— Je pensais que tout allait bien. Je me trompe ?
Flovent garda le silence.
— Bien sûr, il était très bel homme, reprit l'assureur. Il y avait... d'autres femmes ? Tu veux que je pose la question à ses collègues ? Elle travaillait ici ?
— À ma connaissance, il n'y avait personne d'autre. Mais si tu découvres quelque chose, je veux bien que tu me préviennes.

Le directeur promit qu'il n'y manquerait pas. Il demanda à l'employé qui avait repris la plupart des dossiers suivis par Manfred d'apporter son entier concours au policier avant de le conduire auprès de la comptable. L'employé dressa la liste des tâches dont Manfred s'était acquitté les semaines précédant son décès sans lui poser de questions. Il lui communiqua tous les rendez-vous qu'il avait notés, les demandes d'indemnisation qu'il avait transmises et les contrats qu'il avait signés. Comme rien de tout cela n'éveillait la curiosité de Flovent, l'employé l'accompagna au bureau de sa collègue.

La comptable, âgée d'une cinquantaine d'années, l'attendait. Elle avait rassemblé les factures que Manfred lui avait remises pour être remboursé au cours des six derniers mois et tendit la pile à Flovent en lui demandant de consulter les documents sur place, dans son bureau. Flovent n'y vit rien à redire. Il lui demanda si Manfred lui remettait plus de factures que ses autres collègues. En effet, il avait été particulièrement actif dans ses déplacements les derniers temps. La comptable avait du mal à dissimuler sa curiosité.

— Si vous me disiez ce que vous cherchez exactement, je pourrais vous faire gagner du temps, suggéra-t-elle.

– Je ne cherche rien de précis, mais je serais ravi que vous soyez disponible quand j'aurai terminé au cas où j'aurais besoin de quelques précisions.

La comptable l'observa un moment avant de comprendre qu'il préférait se passer de sa présence. Elle se leva à contrecœur et quitta le bureau en laissant la porte ouverte. Flovent se mit à éplucher les factures qu'elle avait classées en fonction de la date. Les plus anciennes remontaient à environ six mois et les dernières à la semaine précédant sa disparition. Il y avait là des notes d'essence, des additions de restaurants à Reykjavík ou dans les environs. Parfois il était seul, parfois il avait offert un repas à une autre ou même deux autres personnes. Ces factures concernaient des déjeuners, des sandwichs au mouton fumé et du café. Sur certaines, Manfred avait noté des numéros de téléphone, des listes de courses, des remarques diverses, ou posé des opérations. Flovent trouva celle qui portait les traces de rouge à lèvres évoquées par Agneta.

La pile contenait quelques factures d'hôtel. La plus récente portait le tampon de l'auberge de Tryggvaskali, à Selfoss. Manfred avait réglé une chambre pour une nuit ainsi que deux repas avec entrée et dessert. Il avait noté le nom de son invité pour que les choses soient claires.

– Est-ce que sa femme l'accompagnait parfois ? demanda Flovent à la comptable après avoir fini d'examiner toutes les factures.

– Je ne crois pas. Il partait toujours seul, il me semble.

– Et cet homme, vous le connaissez ? s'enquit Flovent en lui tendant l'addition du dîner pour deux.

– Oui, répondit la comptable. Nous assurons son entreprise à Selfoss.

– Vous pourriez lui passer un petit coup de fil ?

– Un coup de fil ? s'étonna la comptable.

– S'il vous plaît, insista Flovent. J'aimerais également que vous me disiez à qui appartiennent ces numéros, ajouta-t-il en lui tendant ceux que Manfred avait notés sur les factures.

Elle s'apprêtait à protester mais, comprenant qu'elle n'avait pas le choix, elle chercha le numéro et appela le client qui décrocha après quelques sonneries. Elle passa le combiné au policier. Ce dernier lui fit signe qu'il désirait s'entretenir avec son correspondant en privé. La comptable se leva et quitta à nouveau le bureau, vexée. L'entrepreneur croyait avoir affaire à un employé de la compagnie. Il avait eu rendez-vous avec Manfred à Selfoss quelques semaines plus tôt et ce dernier avait réussi à le convaincre de contracter une assurance complémentaire. Flovent lui indiqua la date. L'homme confirma aussitôt : c'était bien ce jour-là qu'ils s'étaient vus.

— Et vous avez signé le contrat le soir même ? s'enquit Flovent.

— Le soir même ?

— Il vous a invité à dîner avec lui à l'hôtel, non ?

— Moi ?! Non, ce n'était pas dans ses habitudes. Qu'est-ce qui vous fait penser une chose pareille ?

— Pardon, il doit s'agir d'un malentendu. Je vous prie de m'excuser du dérangement, conclut Flovent. La comptable réapparut. Elle avait vérifié les numéros que Manfred avait notés au dos des factures. Le premier était celui d'une entreprise installée dans le village d'Eyrarbakki et le second celui d'un magasin situé rue Skolavördustigur.

— Y a-t-il autre chose que je puisse faire pour vous être agréable ? demanda-t-elle, sarcastique.

— Non, merci, ce sera tout, répondit Flovent.

Le siège de la compagnie maritime Eimskip étant à deux pas, il en profita pour solliciter un entretien avec le directeur. Il demanda à consulter la liste des passagers de l'*Esja* pendant le voyage depuis Petsamo, environ deux ans plus tôt. Le directeur accepta sans difficulté. Il lui demanda toutefois pourquoi la police avait besoin de cette liste. Flovent expliqua qu'il souhaitait interroger une passagère dont il ignorait le nom. Il ne pouvait pas lui en dire plus eu égard aux intérêts de l'enquête, si ce n'est que celle-ci était sans doute âgée d'une trentaine d'années, ce qui réduisait le cercle des personnes concernées.

– Une femme dans la trentaine ?
– Oui. Vous avez conservé cette liste ? s'enquit Flovent.
– Bien sûr. Elle est d'ailleurs extrêmement précise puisque c'était une traversée très particulière. Je dirais même unique. Les Britanniques et les Allemands l'ont autorisée de manière à ce que nos compatriotes domiciliés dans les autres pays nordiques puissent revenir en Islande. Un tel voyage serait inconcevable aujourd'hui.

Quand il rentra à son bureau de Frikirkjuvegur, Flovent trouva un message du commissariat de Posthusstraeti. Il rappela aussitôt. Ses collègues avaient placé en cellule une certaine Klemensina trouvée en état d'ivresse devant l'hôtel Islande. Flovent les avait informés qu'il était à la recherche d'une femme prénommée ainsi. Il les remercia en leur demandant de ne pas la libérer tant qu'il ne l'aurait pas interrogée, puis appela Thorson et lui demanda de le retrouver rue Posthusstraeti.

Avant de se mettre en route, il appela le Tryggvaskali et tomba directement sur le patron. L'aubergiste se souvenait de Manfred, qui passait la nuit dans son établissement chaque fois qu'il était en déplacement dans la région. Flovent lui demanda s'il était venu dernièrement. En effet, il s'en souvenait très bien car sa femme lui avait demandé des aspirines pour calmer le mal de dos de son époux.

– Vous pourriez me la décrire ? demanda Flovent.
– La décrire ?
– S'il vous plaît.
– Eh bien... elle avait à peu près le même âge que lui, ils semblaient bien s'entendre et... je ne vois pas...
– Elle était brune ou blonde ?
– Blonde. Et tout à fait charmante. Plutôt petite.
– Blonde, vous dites ?
– Oui.
– Vous pouvez me donner son nom ?
– Un instant, je vous prie...

L'aubergiste reposa le combiné. Flovent supposa qu'il consultait le registre. Il reprit le téléphone quelques instants plus tard.
– Malheureusement, je ne vois que celui de Manfred.
Il baissa le ton.
– Pourquoi me demandez-vous...? murmura-t-il. Ce n'était pas sa femme?
– Ils avaient la même chambre?
– Oui.
Flovent préféra écourter la conversation.
– Je vois. Mes excuses pour le dérangement. C'est tout ce que j'avais besoin de savoir.
Il raccrocha et se remémora Agneta en train de se passer la main dans ses cheveux noirs et brillants tandis qu'elle lui parlait de son mari.

52

Le jeune policier qui avait arrêté Klemensina expliqua à Flovent qu'elle aurait facilement échappé à un séjour au poste si elle ne s'en était pas si violemment prise à lui. Peu expérimenté, l'agent semblait à peine sorti de l'enfance. Il avait voulu éloigner Klemensina de l'hôtel Islande. Il l'avait prise pour une clocharde. Elle avait manifestement trop bu. Il n'avait pas voulu l'ennuyer outre mesure, même si la loi exigeait qu'il l'emmène. Le personnel de l'hôtel l'avait mise à la porte. Très mécontente de ce traitement, elle s'était assise sur les marches en protestant bruyamment quand le jeune policier l'avait aperçue. Il l'avait relevée et s'apprêtait à l'éloigner, mais elle l'avait attaqué sauvagement en le mordant et en le griffant. L'agent avait eu énormément de mal à s'en défaire. Elle était forte pour son âge, elle s'était débattue et avait crié des obscénités qu'il préférait ne pas répéter. Un second policier était arrivé pour l'aider à la maîtriser. Puis, il l'avait conduite au commissariat de Posthusstraeti. C'était arrivé vers midi. Depuis, elle dormait dans sa cellule et ils ne l'avaient plus entendue.

Le jeune homme regardait à tour de rôle Flovent et Thorson. Deux griffures rouges étaient encore visibles sous son œil et sur son cou.

– Vous savez ce qu'elle faisait à l'hôtel Islande ? demanda Flovent.

– Non, elle n'était pas en état de discuter. Elle n'était plus elle-même. Je crois qu'elle m'a pris pour un militaire.

– Un militaire ?

– Oui. Tout à coup, elle est devenue complètement folle, elle a essayé de m'arracher mon uniforme en me traitant de porc, de saleté de soldat et je ne sais quoi encore. Je n'ai pas tout bien compris tellement elle hurlait.

– Elle a tout de même été en mesure de vous donner son nom quand vous l'avez amenée ici.

– Pas du tout. L'agent de l'accueil la connaissait, c'est lui qui l'a enregistrée. Ce n'est pas la première fois qu'elle dort en taule. Je suis nouveau ici, ajouta le jeune homme en suivant de son index les égratignures sous son œil.

Klemensina était en train de se réveiller quand Flovent la fit chercher pour l'emmener dans une minuscule pièce faisant office de salle d'interrogatoire où il l'attendait avec son collègue de la police militaire. Il avait eu le temps de raconter à Thorson ce qu'il avait appris sur Jenni, Klemensina et Elly, cette dernière s'était rendue à Falcon Point, la base où étaient sans doute affectés les salauds qui l'avaient si violemment agressé.

Flovent hébergeait encore Thorson. Il s'était assez vite remis, avait informé sa hiérarchie qu'il était malade mais n'avait parlé de l'agression qu'à son ami Edgar.

– On devrait aller faire un tour là-bas tôt ou tard, déclara Flovent.

– Où donc?

– À Falcon Point.

– Oui, je sais.

Ils entendirent des bruits de pas dans le couloir. Klemensina apparut à la porte, accompagnée par un policier. Vêtue d'un manteau sale, les cheveux grisonnants et ébouriffés, elle n'avait pas l'air de comprendre la raison de sa présence au commissariat et serrait un bonnet dans ses longues mains crasseuses. Elle regardait Flovent et Thorson à tour de rôle avec la méfiance et l'hostilité qui avaient été à l'origine de son arrestation et avaient laissé deux griffures sur le visage du jeune policier. Le rouge de ses joues avait disparu.

– Ah, c'est toi? lança-t-elle à Flovent, en se rappelant sa visite aux Polarnir.

– Ravi de vous revoir, répondit Flovent. Il lui présenta Thorson et expliqua qu'il participait à l'enquête sur le décès du jeune homme près du Piccadilly.

– Huh…

— Thorson fait partie de la police militaire, il s'intéresse beaucoup à cette affaire, précisa-t-il.
— Huh, fit à nouveau Klemensina qui se contentait de balayer la pièce exiguë du regard, indifférente à ses propos.
— Nous savons que vous connaissiez Jenni.
— Jenni ?
— Le gamin du Piccadilly.
— Je ne sais pas de quoi tu parles, rétorqua Klemensina, la voix rauque, subitement prise d'une interminable quinte de toux graillonnante. Elle cracha par terre. Thorson détourna les yeux. Qui… qui t'a raconté ce mensonge ? ajouta-t-elle quand elle eut repris son souffle.
— Pour l'instant, ça n'a aucune importance, éluda Flovent. Que pouvez-vous me dire à son sujet ?
— Rien, répondit Klemensina en demandant un verre d'eau. Je crois te l'avoir déjà expliqué. Rappelle-moi son nom.
Flovent prit la carafe posée sur la table et lui tendit la tasse qu'il venait de remplir. Elle l'avala d'un trait, en demanda une autre et en but trois à la suite.
— Combien de temps je vais devoir moisir ici ? s'enquit-elle.
— Le jeune homme retrouvé derrière le Piccadilly s'appelait Jenni, reprit Flovent. Il était originaire de la région de Floi où sa mère est fille de ferme. Nous essayons de la trouver. Vous pouvez nous aider ?
— Je me demande pourquoi tu imagines que je connais ces gens.
— Je le sais, c'est tout, répondit Flovent. Plus vite vous nous en parlerez, plus vite vous rentrerez aux Polarnir. J'espère aussi que vous pourrez nous aider à retrouver votre amie Elly…
— Tu as attrapé le gamin ? coupa Klemensina.
— Le gamin ?
— Tobias. Tu l'as attrapé ? Je n'avais jamais vu personne descendre cet escalier aussi vite. C'est avec lui que tu as parlé ? Ne crois pas trop ce qu'il raconte. Il n'est pas bien

net. Il ment comme il respire. Il me ment. Il t'a menti à toi aussi ? Je te conseille de te méfier de lui. Il ment comme un arracheur de dents.

— Vous avez des exemples ?

— Il ment à tout bout de champ, répondit Klemensina, étouffant une nouvelle quinte de toux. C'est un menteur maladif. Vous n'avez pas autre chose à boire que de l'eau ?

— Il m'a dit qu'il connaissait Jenni. Il m'a également dit que vous le connaissiez aussi, et même plus que ça. On sait que vous tirez des revenus de Jenni et d'Elly, et aussi d'autres femmes que nous ne connaissons pas.

— Des revenus ?

— Vous leur prenez une commission de cinquante couronnes pour les mettre en rapport avec des clients qui font partie des troupes d'occupation, poursuivit Flovent. C'est votre tarif.

— Qu'est-ce que c'est que ces bêtises ?! Si quelqu'un s'est servi de Jenni, c'est bien ce petit con de Tobias !

— Donc, ce nom vous dit quelque chose ?

— Quel nom ?

— Celui de Jenni.

Klemensina le fixa d'un air buté sans répondre.

— Vous dites que Tobias s'est servi de Jenni, que voulez-vous dire ?

— Que tu ne comprends rien, rétorqua Klemensina. J'ai autre chose à faire. Je dois y aller.

Elle se leva en protestant qu'elle en avait assez. Flovent lui ordonna de se rasseoir mais, feignant de ne pas l'entendre, elle ouvrit la porte du couloir. Flovent et Thorson échangèrent un regard et secouèrent la tête. Flovent se leva, rattrapa Klemensina et la força à reprendre sa place. Elle n'essaya pas de lui résister et se contenta de marmonner des paroles incompréhensibles, immobile sur sa chaise.

— Que faisiez-vous devant l'hôtel Islande ? demanda Thorson.

— Rien. On m'a mise à la porte. Je ne suis pas assez élégante à leur goût.

– Vous y allez souvent?
– De quoi je me mêle? J'ai le droit d'y aller autant que je veux.
– Vous cherchiez Elly? poursuivit Thorson.
Klemensina ne répondit pas. Elle baissa les yeux. Ses grandes mains tripotaient un bouton à moitié décousu sur son manteau crasseux. Elle portait une écharpe élimée, reniflait et toussait régulièrement. Si elle gagnait effectivement de l'argent en jouant les entremetteuses, ça ne se voyait pas à sa tenue vestimentaire.
– Où se trouve Elly en ce moment? Vous le savez?
Klemensina secoua la tête.
– Vous n'êtes pas inquiète?
– Elle est assez grande pour se débrouiller, marmonna-t-elle.
– Elle vous manque?
– Non mais, de quoi je me mêle?
– Quand l'avez-vous vue pour la dernière fois?
– N'importe quoi...
– Klemensina, nous tenons vraiment à la retrouver. Parlez-nous d'Elly, demanda Flovent.
Les questions de Thorson semblaient avoir un peu brisé la glace.
– Il n'y a... il n'y a rien à dire.
– On peut peut-être vous aider, reprit Thorson.
– C'était...
– Que faisiez-vous devant l'hôtel Islande?
– Rien...
Il y eut un long silence. Les deux policiers cessèrent de lui poser des questions. Aucun bruit de la rue ne filtrait à travers les murs épais du commissariat dans cette pièce aveugle. Ils se demandaient à quoi elle réfléchissait, assise sur sa chaise à tripoter le bouton de son manteau qui ne tenait plus qu'à un fil. Il se détacha brusquement. Klemensina le prit dans sa main et le fixa, incrédule, comme si un événement incompréhensible venait de se produire.

— Je… je l'ai vu dans le bar, commença-t-elle d'une voix à peine audible. Je voulais… lui parler… mais ils m'ont empêchée d'entrer.
— Vous parlez de qui?
— Du type qu'elle avait rencontré au Piccadilly.
— Qui c'est?
— Elly est montée dans sa jeep et… je ne l'ai pas revue depuis.
— Vous étiez au Piccadilly quand elle a rencontré cet homme?

Klemensina hocha la tête en faisant tourner le bouton entre ses doigts.

— Je voulais lui demander ce qu'il avait fait d'Elly, mais le portier de l'hôtel m'a interdit d'entrer et… après, je ne me souviens plus vraiment ce qui s'est passé.
— Vous savez comment il s'appelle?
— Qui ça?
— Celui qui a quitté le Piccadilly avec elle.
— Elly m'a dit qu'il était lieutenant dans l'armée, que c'était un gars haut gradé et qu'il lui avait promis monts et merveilles. Oui, monts et merveilles, et cette pauvre idiote a gobé ça tout cru.

53

Klemensina racontait une histoire des plus alambiquées, mais les deux policiers se montraient patients. Elle faisait de son mieux pour leur confier tout ce qu'elle savait. Ils la laissèrent donc procéder à sa guise, tolérant ses digressions et ses longs silences. Ils s'efforcèrent de ne pas l'interrompre même s'ils durent la remettre sur les rails à quelques reprises quand elle se taisait trop longtemps, plongée dans ses pensées. Ils la rappelaient à l'ordre, elle reprenait alors ses esprits, se remettait à parler du lieutenant et de la soirée au Piccadilly à l'issue de laquelle Elly était montée dans la jeep.

Klemensina y allait régulièrement. Le Piccadilly se trouvait à deux pas des Polarnir et la clientèle était constituée de gens comme elle. Il y avait là des ouvriers, de simples soldats et des petits gradés qui s'amusaient avec les Islandais et leur offraient des verres de brennivín. La pratique courante de l'anglais n'était pas nécessaire, on n'avait pas besoin de mots pour comprendre ce qui se passait dans ce genre d'endroits.

Elly allait d'une gargote à l'autre. Parfois, elle commençait sa soirée au Ramona ou au White Star et la terminait au Piccadilly. Elle s'entendait bien avec les militaires, s'arrangeait pour qu'ils lui offrent à boire et dansait avec eux. Il arrivait aussi qu'elle les accompagne dans l'arrière-cour. Ils revenaient alors les joues rouges, et elle avec quelques couronnes de plus dans son porte-monnaie.

Elle avait parlé à Klemensina de ce lieutenant et de leurs rendez-vous précédant le soir où elle était montée dans sa jeep au Piccadilly. Ils s'étaient rencontrés au Ramona. Le bar était plein à craquer, le bruit assourdissant et l'alcool coulait à flots. Le lieutenant était venu l'aborder au comptoir et lui avait offert un verre. Bien qu'elle ait déjà un peu bu, elle avait compris qu'il était seul. C'était la première fois qu'elle le voyait là. D'ailleurs, il était plutôt rare que des gradés viennent s'encanailler dans ce type d'établissements. Il ne portait pas les insignes de son grade, mais avait précisé qu'il était lieutenant. C'est elle qui lui avait posé la question. Klemensina avait fait remarquer à Elly qu'il était étrange qu'un gradé s'abaisse à fréquenter une fille comme elle. Il y avait là-dedans quelque chose qui clochait. Ce type devait être un pervers. Elly assurait que non. Quand ils avaient quitté le Ramona, il n'avait formulé aucune exigence anormale. Elle lui avait simplement fait une petite gâterie dans la jeep à côté de l'îlot de Grotta, puis il l'avait reconduite au bar.

La deuxième fois, ils avaient quitté la ville pour se rendre à un bal de soldats dans le fjord de Hvalfjördur. Il y avait surtout là des hommes affectés à la grande base maritime du cap de Hvitanes située à proximité. Un grand orchestre jouait de la musique et certains militaires étaient en galante compagnie. Après le bal, ils étaient allés avec d'autres soldats et quelques marins plus loin vers l'embouchure du fjord, où se trouvait un camp constitué de quelques baraquements que ces hommes appelaient Falcon Point. La fête avait continué jusque tard dans la nuit, puis le lieutenant avait reconduit Elly en ville.

Klemensina ne l'avait pas revue pendant quelque temps, avant de la croiser de nouveau au Piccadilly. Ce soir-là, elle était seule et attendait son lieutenant, pleine d'impatience et d'optimisme. Pauvre fille, commenta Klemensina. Il n'en fallait pas beaucoup pour la faire rêver, elle lui parlait de jours meilleurs et d'avenir radieux. Tu verras, lui disait-elle, je deviendrai une grande dame en Amérique et, quand je reviendrai en Islande, je voyagerai en première classe, on ne verra que moi et je ne mettrai plus jamais les pieds dans les gargotes comme le Piccadilly.

– Ce n'était pas la première fois qu'elle racontait ce genre d'histoires à dormir debout, poursuivit Klemensina en toussant. Et ça ne servait à rien d'essayer de la raisonner, cette gamine est butée. Elle s'accroche à ses rêves et à ses illusions quoi qu'on lui dise. Quand le lieutenant est arrivé, elle s'est levée d'un bond pour se jeter à son cou. Peut-être imaginait-elle déjà qu'elle était devenue une grande dame.

Puis Elly lui avait souri en guise d'au revoir et Klemensina les avait regardés quitter le Piccadilly.

– Voilà, je ne l'ai pas revue depuis, conclut-elle. Elle semblait regretter que les adieux n'aient pas été un peu plus mémorables, et son amie lui manquait.

– Ce lieutenant, il s'appelle Stewart ? demanda Thorson.

– Oui.

– Pourquoi ne pas me l'avoir dit quand je suis passé chez vous, aux Polarnir ? s'enquit Flovent. Si je comprends bien, vous vous faites du souci pour elle. Vous voulez savoir ce qui lui est arrivé. Vous auriez dû me demander de vous aider.

– Je n'ai pas l'habitude de parler aux policiers qui débarquent chez moi sans crier gare, répondit-elle, et...

– Et ?

– J'ai cru que vous en aviez après moi. Qu'est-ce que ça change que j'empoche quelques malheureuses couronnes ? Je devrais avoir mauvaise conscience ? On a vu bien pire que ça !

– Cinquante couronnes par client ?

– Non, pas cinquante, et parfois pas un sou. D'ailleurs, cinquante couronnes, ce n'est pas le bout du monde, protesta Klemensina.

– Je suis étonné de vous entendre parler de Falcon Point, reprit Thorson.

– Et pourquoi donc ?

– Que vous a dit Elly sur cet endroit ?

– Rien. Ce sont des baraquements où on grelotte. Comme partout.

– Est-ce qu'elle a vu Jenni là-bas ?

– Jenni ? répéta Klemensina, à nouveau prise d'une quinte de toux.

– On nous a dit qu'il travaillait aussi pour vous, si je peux m'exprimer ainsi, ajouta Flovent. À notre avis, il s'est rendu à Falcon Point peu avant sa mort. Nous croyons d'ailleurs que son décès a un lien avec sa présence là-bas. Il a peut-être vu des choses qu'il ne devait pas voir. Nous devons connaître toute la vérité et vous devez nous dire tout ce que vous savez si nous voulons avoir des chances de retrouver Elly.

Klemensina les regarda tour à tour.

– Savez-vous pour quelle raison Jenni a été tué ? demanda Flovent.

Elle secoua la tête.

– Vous croyez qu'Elly a connu le même sort ?

Elle garda le silence.

– Qu'est-ce qui s'est passé à Falcon Point ? Que faisait Elly là-bas ? Et Jenni ?

Klemensina demanda de nouveau à boire. Flovent lui servit une tasse qu'il lui tendit par-dessus la table et qu'elle éclusa aussitôt.

– Je ne vois pas ce que tu veux dire.

– Allons, poursuivit Flovent. On essaie de vous aider. Dites-nous ce que vous savez et vous pourrez rentrer chez vous.

– Je ne comprends pas ce que tu veux, grommela-t-elle. Que veux-tu que je te dise ? Et qui croirait une poivrote des Polarnir ?

– Parfait, répondit Flovent. Si c'est comme ça, nous devrons vous garder ici cette nuit, puis nous vous emmènerons dès demain à la prison de Hegningarhus, rue Skolavördustigur, où nous poursuivrons cet interrogatoire.

Klemensina se taisait et continuait à tripoter le bouton qui s'était détaché de son manteau.

– J'ai connu pire, commenta-t-elle.

– On peut secourir Elly, reprit Flovent. On peut l'aider si vous vous inquiétez pour elle. On peut tout mettre en œuvre pour la retrouver et...

– Jenni l'avait croisée... marmonna Klemensina.

– Croisée ? Où ça ?
– Elly était persuadée que son lieutenant et ses copains étaient de chics types. De vrais messieurs... elle espérait toujours rencontrer... des hommes qui seraient gentils avec elle, qui lui offriraient des cadeaux et...
Elle balança le bouton par terre.
– En fait, c'était de vraies ordures !
– Que s'est-il passé ?
– Je n'y suis pour rien. Ce n'est pas moi qui l'ai envoyée là-bas. Je n'ai rien fait. Elle a dû y aller avec son maudit lieutenant.
– Où donc ?
Klemensina bredouilla des paroles inaudibles comme si elle avait honte.
– Où est-ce qu'elle a croisé Jenni ? À Falcon Point ?
– Il... elle lui a dit... elle avait des bleus partout et elle lui a dit que ces hommes... l'avaient battue. Ils étaient deux, il y avait le lieutenant et un autre type qui s'appelle Joe. Ils l'ont violée et frappée, puis ils se sont débarrassés d'elle comme d'une vieille chaussette. Voilà ! Comme ça, vous savez tout ! Mais je n'y suis pour rien. Je n'ai rien à voir avec ça, ce n'est pas moi qui l'ai envoyée là-bas. Elle y est allée toute seule comme une grande, avec ce lieutenant.
– Et Jenni, qu'est-ce qu'il a fait ?
– Il...
Klemensina s'interrompit.
– Il a essayé de l'aider ?
– Elle n'a pas voulu rentrer à Reykjavík avec lui. Elle est restée là-bas. Il a cru que c'était moi qui l'avais envoyée dans cet endroit. Le soir, il est venu me demander où était Tobias en m'accusant d'être responsable de tout ça. Quel imbécile ! Ce n'est pas ma faute si Elly est tombée sur ces malades. Tobias n'était pas à la maison, j'ai répondu à ce petit crétin que je n'écoutais pas ce genre de conneries et je l'ai flanqué à la porte.
– Que faisait Jenni à Falcon Point ?

— C'est par lui que j'ai appris l'existence de ce camp. Il avait un ami là-bas, un marin. Ils se donnaient rendez-vous dans les cinémas. C'est le lieu de rencontre des garçons comme lui. Ils font ça dans les toilettes. Jenni avait vu Elly chez moi, un jour qu'il était passé avec Tobias, et il l'a reconnue en la croisant à Falcon Point.

— Et les soldats, ils étaient au courant qu'il avait parlé à Elly?

— Je n'en sais rien. Il faudrait poser la question à Kata. Je la cherche depuis un moment mais... je ne sais pas où elle est passée non plus.

— Kata?

— Une pauvre gamine qui traînait parfois avec Elly. Elle pourra peut-être nous dire où elle est.

— Cette Kata, elle s'est aussi rendue à Falcon Point?

— Je ne sais pas.

— Pourquoi Jenni n'est-il pas allé à la police? Pourquoi n'est-il pas venu nous voir?

— Elly ne voulait pas porter plainte et il était lui aussi...

— Du métier?

Klemensina haussa les épaules.

— C'est ce qu'on m'a dit, assura Flovent, et il vous donnait les fameuses cinquante couronnes.

— Non, c'est un mensonge! Je n'ai jamais fait affaire avec lui. Par contre, Tobias est... je sais que ça ne lui plaisait pas du tout de savoir que Jenni fricotait avec ce marin.

— Comment ça?

— Eh bien, ce pauvre Tobias était amoureux de Jenni. Il ne vous l'a pas dit?

— Vous pensez que le lieutenant et ce Joe ont appris que Jenni avait discuté avec Elly et qu'il avait proposé de l'aider?

— Je n'en sais rien.

— Et vous ne pouvez pas nous en dire plus sur Elly?

— Non. Je ne peux rien vous dire de plus.

— Mais vous vouliez demander de ses nouvelles au lieutenant quand vous l'avez vu à l'hôtel Islande?

– Je voulais juste savoir si c'était vrai qu'il l'avait maltraitée comme ça. Je voulais aussi lui demander où elle est et ce qu'il a fait d'elle. Ils m'ont mise à la porte. Le personnel du bar m'a jetée dehors en me disant que je n'avais rien à faire chez eux.

54

Elle parvint enfin à calmer Kristmann et à le faire asseoir. Elle ne l'avait jamais vu dans un tel état. Elle supposait qu'il avait honte d'être entré par effraction chez Vilmundur, l'oncle de Manfred. Il lui demanda à boire. Elle se rendit à la cuisine pour lui chercher un verre d'eau en veillant à ne pas réveiller sa tante, couchée depuis longtemps.

À son retour, Kristmann avait retrouvé ses esprits. Il commença à lui raconter en détail ses agissements, précisant qu'il avait longuement hésité devant la fenêtre entrouverte.

Il avait d'abord déambulé dans le quartier, s'était posté un long moment dans la rue voisine depuis laquelle il avait observé la maison sans remarquer aucune allée et venue. Vilmundur était manifestement absent. Il n'avait ni femme ni enfants et vivait seul. À la tombée de la nuit, Kristmann s'était approché en espérant que personne ne le verrait. La rue était déserte. Il n'y avait là que des habitations individuelles et quelques immeubles à un ou deux étages. Les gens s'apprêtaient à se coucher. La porte d'entrée de Vilmundur était éclairée, mais l'intérieur de la maison plongé dans l'ombre.

Kristmann avait fini par se faufiler discrètement dans le jardin et, en arrivant à la porte de service, il avait remarqué cette fenêtre entrouverte. Il n'avait pas l'âme d'un cambrioleur et n'avait jamais pénétré chez personne par effraction, il n'avait aucune idée de la manière dont on procédait. Il avait à peine poussé la fenêtre et elle s'était ouverte un peu plus largement. Le grillage très fin qui la protégeait ne l'avait pas empêché d'atteindre du bout des doigts la poignée de la porte qu'il avait déverrouillée de l'intérieur.

Tout à coup, il s'était retrouvé dans la buanderie. Il avait sorti la lampe de poche qu'il avait emportée sans oser l'allumer et avait attendu immobile, à l'affût du moindre bruit. La maison était silencieuse. Il était entré dans le vestibule, ses yeux s'étaient habitués à l'obscurité. La cuisine se trouvait au fond du couloir et un escalier moquetté qui partait du vestibule permettait d'accéder à l'étage. Il avait ouvert la porte en face de la cuisine et avait pénétré dans un cagibi rempli de cartons et de sacs, de casseroles et de vêtements, tous parfaitement rangés. La salle de bains était à côté de cette remise.

La chambre à coucher se trouvait derrière l'escalier, face à la buanderie. Kristmann y avait jeté un œil pour s'assurer que Vilmundur n'y dormait pas. Il était entré. À côté de la table de nuit, le lit pour une personne était fait au carré. Une armoire à vêtements était installée dans un coin, et un élégant bureau accolé au mur. Les fenêtres étant occultées par d'épais rideaux, il s'était risqué à allumer sa lampe de poche en l'orientant vers le sol et en cachant une partie du faisceau avec ses doigts. Il ne savait pas exactement ce qu'il cherchait mais se disait qu'il le saurait quand il l'aurait trouvé. Il s'était assis au bureau, sur lequel reposaient des feuilles de papier, deux porte-plumes, un encrier et du buvard, le tout parfaitement aligné. Deux tiroirs contenaient d'autres feuilles, quelques billets, un briquet, une boîte de cigares et un étui à lunettes.

À l'étage, il y avait deux pièces pleines de livres et un bureau. Kristmann ignorait combien de temps il avait devant lui et préférait rester au rez-de-chaussée afin de pouvoir s'échapper rapidement par la buanderie si le maître des lieux venait à rentrer. Il avait donc exploré l'étage le plus rapidement possible en veillant à remettre en place tout ce qu'il touchait. Il avait fouillé le bureau en vitesse. Apparemment, Vilmundur travaillait beaucoup chez lui. Des factures et des bons de commande concernant du tissu, de la ficelle, de la toile et d'autres produits de ce genre occupaient une partie de la table de travail. Les tiroirs, dont aucun n'était fermé à clef, contenaient d'autres documents du même type liés à l'entreprise de vente en gros que dirigeait Vilmundur.

Après avoir soigneusement fouillé le meuble tout en gardant un œil sur sa montre, Kristmann s'était relevé pour redescendre au rez-de-chaussée et sa lampe était tombée par terre. Il s'était penché pour la ramasser et avait alors remarqué un espace entre le mur et une des imposantes bibliothèques.

Il avait éteint sa lampe et tenté de déplacer le meuble. Ça n'avait pas été facile, ces rayonnages étaient très lourds, mais dès qu'il avait réussi à les faire bouger légèrement, deux enveloppes brunes étaient tombées par terre et il en avait aperçu une troisième, coincée entre le mur et le meuble. Il s'était assis, avait rallumé sa lampe et ouvert la première, qui renfermait quelques feuilles ronéotypées portant l'en-tête Société de Thulé. L'une d'elles contenait un article intitulé "La force de la volonté" et une série de rapports succincts. Daté de la semaine précédente, le plus récent décrivait les nouvelles batteries anti-aériennes très sophistiquées, installées sur la colline de Valhusahæd. D'autres dressaient la liste des principaux responsables alliés en Islande et précisaient l'emplacement des bases de l'armée de terre et de la marine. Parmi tous ces papiers se trouvaient également deux photos de la base navale du Hvalfjördur avec l'inscription "Hvitanes" au dos. Les rapports étaient accompagnés de chiffres concernant le nombre de soldats et leurs missions, ainsi que de quelques précisions sur la barrière de protection sous-marine installée dans le Hvalfjördur.

La deuxième enveloppe contenait surtout des vieilles photos. Kristmann reconnut Vilmundur sur certaines d'entre elles. Une partie de ces clichés avaient été pris à l'étranger, la plupart des noms de ceux qui y figuraient étaient notés à l'arrière au crayon à papier. Le regard de Kristmann s'arrêta sur celui de Reinhold Friedrich. On le voyait à côté de Vilmundur devant une taverne allemande, tous deux avec un grand sourire. Sous son nom, on pouvait lire "München 1919".

La troisième enveloppe renfermait des notes diverses, des pense-bêtes, tous en rapport avec la présence des alliés en Islande, ainsi que des réflexions en style télégraphique, certaines en allemand, d'autres en islandais. Le cœur de Kristmann battait à tout rompre. Il ne pouvait pas se permettre de s'attarder plus longtemps dans la maison. Il avait tout rangé dans les enveloppes et les avait remises derrière la bibliothèque qu'il avait repoussée contre le mur. Il avait descendu l'escalier lorsque la porte d'entrée s'était ouverte. On avait allumé la lumière du vestibule. Vilmundur avait dit quelque chose d'incompréhensible. Il était accompagné par un autre homme dont Kristmann distinguait à peine la silhouette. Kristmann se savait à découvert. N'osant pas se précipiter vers la buanderie de peur que les deux hommes ne le voient, il s'était caché dans le placard sous l'escalier quand la lumière du couloir s'était allumée. Il était prisonnier de cette maison.

Les deux hommes avaient discuté un moment dans le vestibule, puis leurs voix s'étaient tues. Kristmann n'avait entendu aucun bruit dans l'escalier. Il avait attendu longtemps avant d'oser bouger. Les deux hommes discutaient dans la cuisine. Une odeur de café flottait dans la maison. Il était sorti du placard et, alors qu'il se dirigeait vers la buanderie, il avait cru les entendre se disputer. Il était resté figé, le ton montait dans la cuisine. Kristmann ignorait l'identité du visiteur. Il hésitait. Sa curiosité avait cependant fini par l'emporter et il s'était avancé à pas de loup en direction de la porte de la cuisine.

– … et ça ne sert à rien d'en parler, Vilmundur, enfin, arrête! Ils ne risquent pas de débarquer ici. Tu t'en rends compte, j'espère. C'est de l'histoire ancienne.

– Ils auraient dû envahir l'Islande dès que…

Kristmann avait dû s'approcher davantage pour mieux entendre, certains mots lui échappaient.

– … quelle bêtise de s'être laissé devancer par les Anglais, avait repris Vilmundur. Imagine la puissance qu'ils auraient ici, dans le Nord, s'ils avaient occupé l'île avant eux. J'en ai discuté avec Reinhold à Berlin en 1938. Il était d'accord avec moi. Il savait l'importance stratégique de l'Islande dans l'Atlantique.

— Il a dit la même chose à Manfred à Copenhague, non ? Il lui a bien dit que les Allemands auraient dû occuper l'Islande dès le début de la guerre ?
— Effectivement. Et Reinhold savait ce qu'il disait. Je ne comprends pas pourquoi il n'a pas été promu à Berlin. Il n'était pas content qu'on l'envoie à Copenhague, même si on lui confiait un poste important. Il pensait qu'il serait plus utile en Allemagne.
— Tu as des nouvelles de Manfred ? demanda le visiteur qui devait avoir à peu près le même âge que Vilmundur à en juger par sa voix.
— Pas récemment. Il me dit toujours qu'il est très occupé.
— C'est qu'il a à faire. Le type qui est venu le déranger à son bureau le laisse tranquille ?
— Je crois.
— Manfred n'a pas apprécié les questions qu'il lui a posées sur toi, sur le parti nazi islandais et sur ce qui s'est passé à bord de l'*Esja*.
— Le frère de ce type avait menacé Manfred sur le navire, répondit Vilmundur. Il m'a dit que ce gars interrogeait tous les passagers. De toute manière, personne ne sait ce qui est arrivé. Il n'y a aucun témoin. Manfred pense qu'il a réussi à s'en débarrasser. Cette fois, il n'a pas eu besoin de le noyer.
— Heureusement. Sur le bateau, il était bien obligé de se défendre.
— Évidemment. Ce... cet Ingimar prétendait avoir la preuve qu'il avait dénoncé les étudiants en médecine, ce qui était impossible. Seul Reinhold était au courant. Enfin, il a menacé de le dénoncer, ils se sont disputés et... ça s'est fini comme ça...
— Ça ne pouvait pas se terminer autrement.
— Manfred n'en parle jamais. Il refuse d'aborder le sujet, et je le comprends. Il ne veut pas non plus que les autres en parlent. Du coup, on ferait mieux de...
Vilmundur s'était subitement interrompu et avait tendu l'oreille.

– Tu as entendu ?
– Quoi ?
– Le bruit.
– Non.
– Il y a quelqu'un ? avait crié Vilmundur en direction du couloir.

Il s'était levé et, quand il avait atteint la porte de la cuisine, levé les yeux vers l'escalier et scruté le couloir sombre, la porte de la buanderie s'était déjà refermée en silence.

55

Elle s'attendait à ce que Kristmann laisse éclater sa colère, sa rage et sa haine. Il lui exposa en détail ce qu'il avait découvert sans perdre son calme. Elle mesurait à quel point il était bouleversé. Pour sa part, elle avait senti la colère l'envahir quand il avait expliqué ce que Manfred avait fait à Ingimar. Cela venait confirmer ce qu'elle et Kristmann soupçonnaient depuis un certain temps.

– Ça ne me surprend même pas, reconnut-il tout bas, en concluant son récit. En fait, je m'en doutais depuis le début.

– Donc, Manfred a confié à son oncle ce qui est arrivé sur le navire ?

– Visiblement.

– Et ce n'était pas un accident ?

– Non, répondit Kristmann. Manfred a voulu réduire mon frère au silence. Connaissant Ingimar, j'imagine qu'il n'y est pas allé de main morte et qu'il a exigé d'obtenir des réponses à ses questions, exigé de connaître la vérité. Il a dû menacer de divulguer la collaboration de Manfred avec les nazis. J'imagine que celui-ci n'a pas apprécié. Ils se sont battus et ça s'est terminé comme on le sait.

– Et ce Reinhold… rappelle-moi son nom de famille.

– Reinhold Friedrich. Apparemment, il a rencontré Vilmundur à Munich après la Première Guerre mondiale. Ils ont gardé le contact et sont restés amis. En tout cas, ils se sont vus à Berlin en 1938. J'ai entendu Vilmundur dire clairement à son visiteur que Reinhold occupait un poste important au Danemark mais qu'il aurait préféré rester à Berlin. Manfred le connaît sans doute. Je suppose qu'ils étaient en relation, étant donné l'amitié qui unit cet homme à son oncle.

— Et c'est auprès de ce Reinhold qu'il aurait dénoncé Osvaldur et Christian ?
— On dirait. Seul Reinhold était au courant de leurs activités, c'est ce que Vilmundur a dit à son visiteur, ça aussi je l'ai entendu très clairement.
— Donc…
— On est désormais sûrs de deux choses, résuma Kristmann. Premièrement Manfred est responsable de la mort d'Ingimar, deuxièmement il a dénoncé Osvaldur et Christian.
Il y eut un long silence.
— Qu'est-ce que tu comptes faire ? demanda-t-elle. Que peut-on faire de ces informations ?
Kristmann était resté longuement à fixer le sol, pensif. Il leva la tête et la regarda dans les yeux d'un air déterminé, comme pour souligner qu'ils devaient maintenant prendre une décision et qu'elle devait lui donner une réponse claire.
— Si on le dénonce à la police, il niera tout. Il n'y a aucun témoin et personne ne pourra jamais prouver ce qui s'est réellement passé. Nous avons maintenant toutes les preuves nécessaires et nous ne risquons pas de commettre une erreur, si c'est ce que tu crains.
— Personne ne pourra jamais prouver sa culpabilité.
— Non, personne. Et je trouve qu'il ne devrait pas s'en tirer à si bon compte.
— Effectivement.
— Par conséquent…
Elle comprit immédiatement où Kristmann voulait en venir.
— Si on opte pour la solution que tu sembles suggérer…
— On doit se servir des cartes qu'on a en main.
— C'est juste.
— On n'a pas beaucoup de temps devant nous. Votre liaison risque d'être découverte. On sait que son couple va mal. Il risque de quitter sa femme pour officialiser votre relation, de parler de toi à Vilmundur ou à un collègue et de dévoiler ton identité.

— Que veux-tu faire ?
— Pour l'instant, votre liaison nous permet d'avoir un accès privilégié, reprit Kristmann. Nous devons profiter du fait que tu le vois clandestinement et que personne n'est au courant.
— Mais comme tu viens de le dire, ça risque de changer assez vite.
— La question est de savoir jusqu'où nous sommes prêts à aller.
— À mon avis, elle ne se pose même pas.
— Tu en es sûre ?
— Je crois… oui, j'en suis sûre.
— Ce serait logique de le noyer, comme ça il comprendra ce qu'il a fait vivre à mon frère, suggéra Kristmann, laissant s'exprimer pour la première fois la haine froide que lui inspirait Manfred, et qui n'avait cessé de croître depuis son excursion chez Vilmundur.
— Comment tu comptes… ?
— J'ai songé à plusieurs possibilités.
— Et ?
— Il y a des gens qui mettent fin à leurs jours en se jetant à la mer. Nous pouvons veiller à ce que ça ait l'air…
— D'un suicide ? C'est ça ?
— J'ignore comment procéder, reprit Kristmann. En fait, je pense tout haut. Il faudra qu'on s'arrange pour que le corps ne présente aucune trace de violence. Il faudra aussi qu'on réussisse à l'attirer sur la côte. Donc…
— Tu es sérieux ?
— Tu viens de me dire que tu étais sûre.
— Je sais, mais ça ne te pose pas de problème ?
— Pas vraiment, répondit Kristmann.
— Ce ne serait pas très sage de prendre une décision aussi grave sous le coup de la colère. La nuit porte conseil. Reparlons-en plus tard.
— Tu viens de me dire que tu es d'accord.
— Je sais, Kristmann… mais c'est vraiment une décision très grave et nous… nous sommes d'honnêtes gens,

murmura-t-elle. Mon Dieu, Kristmann, nous sommes des gens honnêtes.
— Et alors...?
— Les honnêtes gens ne font pas ça. Je ne peux pas nous imaginer en... en assassins. Je ne nous vois pas commettre un meurtre de sang-froid, avec la préméditation la plus glaciale. Je ne suis pas comme ça... enfin, j'espère ne pas l'être...
— Mais ceux qu'il a tués étaient d'honnêtes gens, non? objecta Kristmann.
Elle ne savait pas quoi répondre.
— Il ne s'est pas posé de questions. Il n'a pas hésité à envoyer Osvaldur et Christian à la mort, ni à tuer Ingimar. Maintenant, il attend que les nazis gagnent la guerre et qu'ils le récompensent pour sa loyauté en lui confiant un poste à responsabilités, ce qui lui permettra de continuer à tuer les honnêtes gens à sa guise. Qui sait, il aura peut-être besoin de se débarrasser d'un mari gênant ou d'un petit ami qui lui barrerait la route. Ou de quelqu'un qui connaîtrait toute la vérité à son sujet.
Kristmann la regarda intensément.
— Je comprends que ça te déplaise, reprit-il. Crois-moi, je le comprends très bien. Et si tu ne veux pas, c'est tant pis. Pour ma part, je ne le laisserai pas s'en tirer comme ça. Je ne pourrai jamais supporter de vivre avec un tel poids. Jamais.

L'idée était venue d'elle-même.
Elle pensait encore à sa conversation de la veille avec Kristmann pendant qu'elle assistait le chirurgien. Le patient avait été anesthésié, mais il était tout à fait conscient. Elle connaissait le produit utilisé et ses effets pour s'en être déjà servie en Suède. Elle pensait à Kristmann et à la résolution qu'il avait prise. Elle savait qu'il ne plaisantait pas. D'une certaine manière, ils étaient déjà complices: elle était au courant de son projet et n'avait pas l'intention de le contrarier. Elle lui avait même promis d'y participer. Elle lui avait dit

qu'elle était prête sans vraiment en être certaine. Cela, elle le saurait le moment venu, lorsqu'elle serait face à Manfred.

Quand elle se retrouva seule au bloc qu'elle devait ranger après l'intervention, elle fixa longuement le plateau en inox sur lequel reposait la seringue utilisée pour anesthésier le patient. Elle se rappela que Manfred se plaignait souvent de mal de dos. Il lui apparut tout à coup que le projet de Kristmann échouerait si elle ne lui apportait pas son concours.

Elle comprit également qu'elle avait très envie de voir la réaction de Manfred quand il apprendrait qu'elle et Kristmann avaient découvert la vérité et qu'ils étaient prêts à venger les leurs quoi qu'il puisse leur en coûter.

Elle voulait le regarder en face quand il se rendrait compte que les sentiments qu'il lui prêtait n'étaient qu'une illusion et qu'elle avait passé son temps à faire semblant de l'aimer.

Que tous les efforts qu'elle avait consentis pour le revoir avaient pour unique but de découvrir ce qui était arrivé à Osvaldur.

Qu'elle le méprisait plus que jamais elle n'avait méprisé quiconque.

Elle fixait la seringue.

Elle était persuadée qu'elle parviendrait à garder le contrôle des événements, qu'elle pourrait reculer au dernier moment si elle le souhaitait et qu'elle réussirait à convaincre Kristmann de se ranger à sa décision. Plus tard dans la journée, elle l'appela pour lui parler de la percaïne, cet anesthésiant qu'on utilisait à l'hôpital pour certaines opérations, et lui expliqua en quoi ce produit pouvait leur être utile.

56

Ils se rendirent d'abord au cap de Hvitanes, qui se trouvait légèrement plus à l'intérieur des terres que Falcon Point. Thorson voulait montrer les installations militaires à Flovent. La nuit commençait à tomber. Ils s'arrêtèrent quelques instants sur la route en surplomb et observèrent la base navale, une des plus importantes bâties par les alliés dans l'Atlantique Nord. Il y avait là des entrepôts, des ateliers, un cinéma, un hôpital et un magasin destiné aux troupes. Les baraquements formaient tout près de la côte un petit village dont les rues étaient équipées de lampadaires.

Une gigantesque jetée flottante installée à l'extrémité du cap était orientée vers l'intérieur du fjord où croisaient des bateaux de service. L'autre rive abritait un des plus vastes dépôts pétroliers alliés de l'Atlantique. Deux jetées partaient de la pointe, la première était en acier et la seconde, beaucoup plus petite, bétonnée. Sur la plus grande, on apercevait une énorme grue mobile qui se déplaçait sur des rails.

Une des tâches de la base navale consistait à assurer la maintenance de la barrière de protection sous-marine en épais cordages d'acier qui barrait l'entrée du Hvalfjördur et montait jusqu'à la surface de l'eau. Une ouverture ménagée en son milieu et gardée par un patrouilleur offrait un chenal aux navires. La barrière était doublée par une ceinture de mines flottantes qu'on pouvait déclencher depuis la côte en cas d'attaque ennemie et des batteries anti-aériennes étaient installées partout le long du fjord.

— Ils remontent la barrière de protection à la surface ? s'enquit Flovent tout en observant la manœuvre du bateau de service à l'extrémité du cap. De puissants projecteurs éclairaient le maillage de cordages en acier rouillé. Les matelots couraient de partout sur le pont.

— J'en ai bien l'impression, répondit Thorson, ils doivent la réparer.
— Elle est gigantesque.
Thorson enclencha la première vitesse et ils repartirent en direction de Falcon Point. La route était à flanc de montagne sur une bonne partie du trajet et les pentes abruptes en contrebas tombaient directement dans la mer. Très sujet au vertige, Flovent était assis sur le siège passager. Soulagé d'avoir la montagne de son côté, il faisait de son mieux pour ne pas regarder le fjord. Thorson avait pris sa jeep de service, la route qui serpentait le long du Hvalfjördur ne l'impressionnait pas.

Ils avaient quitté Reykjavík en silence. Klemensina était retournée dans sa cellule, elle passerait la nuit au commissariat de Posthusstraeti. Elle ne leur avait apporté aucune information supplémentaire sur le lieutenant et sa liaison avec Elly, et n'en savait pas plus sur ce qu'Elly pouvait avoir dit à Jenni quand il l'avait croisée à Falcon Point.

— Tu crois que tu en auras besoin? demanda Flovent, l'index pointé sur le revolver que Thorson conservait dans la boîte à gants de sa jeep. On aurait peut-être dû appeler des renforts.

— J'espère que non, j'ai rarement été amené à m'en servir, répondit Thorson, plus taciturne que d'ordinaire depuis le début de la soirée.

La jeep continuait à avancer sur la route dans le crépuscule.

— J'imagine qu'il t'arrive de penser à l'avenir, à la guerre et à la mort, reprit Flovent en regardant l'arme.

— J'essaie de ne pas trop m'en inquiéter, répondit Thorson. Un jour la mort viendra, c'est comme ça.

— C'est un point de vue qui se défend.

— Mieux vaut ne pas s'en soucier tant qu'elle ne frappe pas à la porte, mais c'est naturellement…

Thorson regarda son collègue. Il pensait souvent à Flovent sans que cela concerne leur collaboration. Son calme, son regard doux lui avaient plu dès le début. Il ne savait pas exactement pourquoi il se sentait bien avec lui. Cet homme lui inspirait confiance. Thorson n'avait pas l'habitude de s'épancher, mais il regrettait de ne pas pouvoir lui confier les désirs avec lesquels il se débattait et dont il ne parlait à personne. Il gardait pour lui ses affaires de cœur.

Il fit une embardée pour éviter un nid-de-poule.

– Tu crois qu'ils ont voulu faire taire Jenni ? demanda Flovent en agrippant son siège pour compenser les cahots de la route défoncée. Ils ont peut-être appris qu'il a vu Elly dans cet état et qu'elle lui a raconté ce qui s'est passé.

– Dans ce cas, on peut imaginer que Jenni les a reconnus au Piccadilly. Il leur a demandé où était Elly, les a menacés de tout raconter et ces salauds se sont débarrassés de lui.

– Oui, c'est une hypothèse, convint Flovent.

– Nous ignorons ce qu'elle est devenue.

– Et nous devons la retrouver.

– Elle est peut-être juste rentrée à Reykjavík sans le dire à personne. Qui dit qu'elle n'est pas retournée à… au fait, elle vient bien d'Akranes, non ? Et si elle était là-bas ?

– C'est possible.

– Si ce que Jenni a dit à Klemensina est vrai, ils étaient deux avec elle, le lieutenant et un certain Joe, reprit Thorson.

– Tu crois que c'est le gars qui t'a agressé ? s'enquit Flovent.

– Ça ne m'étonnerait pas.

La jeep dérapa sur la piste en terre et approcha dangereusement du ravin. Quelques cailloux roulèrent du bord et tombèrent dans la mer. Flovent trouvait que Thorson n'était pas très prudent. Il agrippa le tableau de bord en lui demandant de conduire plus doucement. Thorson ralentit immédiatement. Bientôt, ils aperçurent des lumières à l'extrémité de la pointe.

La base navale, récemment installée dans la baie de Hvammsvik, était minuscule par comparaison à celle de

Hvitanes. L'année précédente, les marins avaient construit une grande jetée, deux baraquements pour les simples soldats et deux autres réservés aux gradés. Puis, ils avaient agrandi les installations en ajoutant des pontons. Thorson s'arrêta et baissa les yeux vers le camp en se demandant d'où il tirait son nom : Falcon Point. Il supposa que les soldats avaient aperçu des faucons sur le rivage.

Une guérite était installée sur le bord de la route qui descendait vers la baie de Hvammsvik. Thorson éteignit les phares et laissa la jeep glisser en silence vers le bas de la pente, puis il mit le frein à main, coupa le moteur et descendit de voiture. La guérite était vide. C'était un abri en contreplaqué équipé d'un hublot dénué de vitre et surmonté d'un toit en tôle ondulée. Thorson s'interrogeait sur sa raison d'être : de toute façon, il n'y avait pas un chat dans les parages. Il entra à l'intérieur, regarda son collègue par le hublot et haussa les épaules, déconcerté.

– Où est le planton ? demanda Flovent, resté dans la jeep.

– Pas ici, répondit Thorson.

Ils décidèrent de laisser la voiture à côté de la guérite et de continuer à pied jusqu'au camp. La nuit était tombée. De simples ampoules au-dessus des portes des baraquements dispensaient une clarté faiblarde sur le périmètre totalement désert. Ils approchèrent à pas de loup, sans savoir vraiment pourquoi ils faisaient preuve d'une telle prudence. Thorson avait glissé son arme sous sa ceinture. Flovent le sentait inquiet. Une jeep et un camion militaire étaient garés devant le plus grand baraquement. Thorson monta dans le camion et redescendit en tenant à la main une feuille ronéotypée qu'il tendit à son collègue.

– Deux jours de manœuvres.

– Ah bon ?

– Ils sont à la base de Hvitanes, murmura Thorson d'une voix à peine audible. Ils sont partis en début de journée.

Flovent lut le document informant les soldats qu'ils devaient se rendre à Hvitanes pour un entraînement commun avec leurs collègues ce jour-là et le lendemain.

Il le plia et le glissa dans sa poche. Les deux policiers s'approchèrent du grand baraquement, verrouillé, tout comme les deux suivants. Le quatrième était ouvert. Ils entrèrent et attendirent quelques instants que leurs yeux s'habituent à l'obscurité. Les lits installés le long des murs étaient faits au carré, seuls deux d'entre eux étaient en désordre. Les soldats avaient laissé quelques effets personnels sur les tables de nuit, les chaussures étaient posées sur le sol, les pantalons et les vestes soigneusement pliés sur leurs lits. Des photos de vedettes de cinéma tapissaient le plafond voûté.

Ils quittèrent le baraquement pour descendre jusqu'au ponton long de soixante mètres qui avançait dans la mer. Depuis le milieu de la jetée, on voyait les lumières de quelques fermes éparses et de la base navale de Hvitanes. Tout était calme. En remontant vers le camp, Flovent pensa à l'empreinte laissée par cette guerre mondiale sur la quiétude du fjord islandais.

Alors qu'ils s'apprêtaient à regagner leur véhicule, ils remarquèrent un petit baraquement sans fenêtres, légèrement à l'écart des quatre autres, qu'ils n'avaient pas vu en descendant vers le rivage. Dissimulé dans la nuit, il était plus petit que les autres et dénué d'éclairage. Thorson supposait qu'il servait de remise à provisions.

Ils crurent entendre un miaulement à proximité.

– Tu as entendu ? murmura Thorson.

– C'est sans doute un chat.

– Je n'en vois pas ici, répondit Thorson, scrutant l'obscurité.

À nouveau, ils entendirent un bruit, plus net.

– Ce n'est pas un chat, et ce n'est pas le cri d'un animal, murmura Thorson, la main sur la crosse de son revolver.

Au même instant, un homme sortit du baraquement. Il finissait de se rhabiller et remettait sa ceinture. Quand il poussa la porte, la lampe à pétrole qui brûlait à l'intérieur éclaira brièvement les contours de son visage. Flovent et Thorson le reconnurent immédiatement.

57

Le souvenir de cette soirée revenait régulièrement la hanter comme les images d'un film. Ce n'étaient jamais les mêmes. Parfois, elle revoyait une scène et tout le reste était comme coupé au montage parce qu'elle était incapable d'assumer ce qu'elle avait fait. Parfois, c'étaient des bribes de conversation. Parfois, l'image se brouillait, puis virait au noir. Parfois, elle revoyait seulement l'expression de Manfred en gros plan, c'était insoutenable.

C'était lui qui leur avait offert l'occasion. Il l'avait appelée à l'hôpital pour la prévenir qu'elle ne pourrait pas lui rendre visite chez lui ce soir-là, contrairement à ce qu'ils avaient prévu. Son dos le faisait affreusement souffrir. Elle avait répondu qu'elle avait de quoi apaiser sa douleur et lui avait demandé s'il avait peur des piqûres.

– Des piqûres? Pas du tout.

– Tu seras un homme neuf, avait-elle promis.

Elle avait subtilisé une ampoule de percaïne dans l'armoire à pharmacie du bloc opératoire de l'Hôpital national. Elle n'avait pas osé en prendre plusieurs de peur qu'on ne découvre le vol. Une seule devait suffire. Il avait été plus facile de cacher une seringue dans sa blouse, on en trouvait partout dans l'hôpital. Elle avait conservé le tout chez elle en attendant que l'occasion se présente.

Elle avait discuté plusieurs fois de son idée avec Kristmann qui avait exprimé un certain nombre de réserves, l'avait interrogée à maintes reprises sur les effets du produit en lui demandant comment elle comptait l'injecter à Manfred avec son assentiment sans qu'il soupçonne quoi que ce soit. Elle avait répondu qu'ils devaient s'armer de patience. Elle n'avait aucun doute et elle était prête à aller jusqu'au bout. L'avenir le prouverait.

Après sa conversation avec Manfred, elle avait appelé Kristmann qui s'arrangerait pour emprunter une voiture. Puis elle s'était préparée comme à l'ordinaire, avait mis de l'ombre à paupières, du rouge aux joues et sa plus jolie robe. Elle avait enfilé son manteau et couvert ses cheveux d'un foulard. Elle avait dit à sa tante qu'elle allait au cinéma avec une collègue en espérant que cette dernière n'aurait pas envie de l'accompagner. Elles allaient parfois voir un film toutes les deux en soirée quand elles n'avaient rien d'autre à faire. Clark Gable était son acteur fétiche.
— Vous allez voir quoi ? avait demandé sa tante.
— Un film qui passe au cinéma de Nyja Bio, avait-elle répondu, feignant l'indifférence. Sa tante s'était contentée de lui souhaiter une bonne soirée.
Elle était arrivée à pied avec l'ampoule et la seringue dans son sac à main. Depuis quelques jours, elle était hantée par le sentiment étrange qu'éprouve celui qui s'apprête à commettre l'irréparable. Elle avait tout fait pour le balayer, tenant avant tout à être prête le moment venu. Mais ces pensées revenaient régulièrement l'assaillir sans crier gare et, tout à coup, elle était sur le point de renoncer. Les honnêtes gens n'agissaient pas ainsi, les honnêtes gens dont elle et Kristmann faisaient partie.
Manfred n'avait rien dit au sujet de sa femme. Elle supposait donc qu'elle n'était pas en ville. Comme la fois précédente, la porte s'ouvrit presque par magie. Manfred s'était soigné aux analgésiques toute la journée, ce qui n'avait pas suffi à calmer la douleur. Il avait rendez-vous chez un médecin dont il avait mentionné le nom, mais il devait encore patienter deux jours.
— Tu as bien apporté ce produit ? avait-il demandé tandis qu'il entrait dans le salon en gémissant. Je ne peux ni m'asseoir ni m'allonger. La seule chose qui me soulage, c'est de rester debout ou de marcher. C'est infernal.
Elle l'avait rassuré en sortant la seringue et l'ampoule de son sac pour les lui montrer.
— Et tu vas m'injecter ça directement dans le dos ?

– Tu ne sentiras rien.
– Et la douleur disparaîtra ?
– Complètement.
Ce soir-là, elle avait compris à quel point elle était parvenue à gagner sa confiance au fil des mois. Finalement, elle en était plus triste qu'heureuse.
– Laisse-moi m'en occuper, avait-elle machinalement proposé en voyant les deux tasses sur la table de salle à manger. Une odeur de café flottait dans la maison. Manfred avait sans doute reçu de la visite, ou peut-être sa femme venait-elle de partir pour Akranes. Elle avait ramené les tasses dans la cuisine, les avait rincées et rangées dans le placard. Elle avait également lavé la cafetière, préférant effacer toute trace de la visite que Manfred avait reçue ce soir-là.
– Tu as eu des invités ? avait-elle demandé.
– Non, enfin, c'était juste mon oncle.
– Ton oncle ?
– Vilmundur, tu ne le connais pas. Il a l'impression qu'on s'est introduit chez lui par effraction l'autre jour, mais il n'en est pas sûr. Apparemment, le cambrioleur n'a rien volé et, d'ailleurs, il ne l'a pas vu. Il l'a seulement entendu et, quand il est allé dans la buanderie, il lui a semblé qu'on avait trafiqué le verrou de la porte donnant sur l'arrière-cour.
– Tu lui as parlé de nous ? s'était-elle enquise en faisant de son mieux pour dissimuler son inquiétude.
– Personne n'est au courant pour nous, avait répondu Manfred avec un sourire. En tout cas, pour l'instant. J'en ai discuté avec Agneta et...
– Tu lui en as parlé ?
– Oui...
– Tu lui as parlé de moi ?
– Bien sûr que non, enfin, pas directement. Elle sait qu'il se passe quelque chose mais n'a aucune idée de ton identité, donc...
– Tu ferais mieux de lui en dire le moins possible pour l'instant, nous devons être très prudents, avait-elle répondu, rassurée, juste pour meubler la conversation.

– Comment... où veux-tu qu'on fasse l'injection ? avait-il demandé, impatient d'être soulagé. Il faut que j'enlève ma chemise ?

– Non, ce n'est pas nécessaire, tu n'as qu'à t'asseoir là, sur le canapé, avait-elle suggéré en le suivant dans le salon.

Elle avait aperçu la silhouette de Kristmann devant le portillon du jardin où il s'était attardé quelques instants avant de se fondre dans la nuit.

Manfred l'avait regardée sortir le produit et la seringue de son sac à main. Elle avait cassé l'extrémité de l'ampoule, y avait introduit l'aiguille et avait rempli la seringue de liquide. Puis elle avait fait le vide d'air sous l'œil attentif de Manfred. Il lui avait tourné le dos en relevant sa chemise. Elle avait trouvé l'endroit adéquat et l'avait piqué en douceur, vidant entièrement la seringue.

– C'est rapide, dis donc, avait-il commenté.

– La douleur est déjà partie ?

– Oui, instantanément. Je n'ai presque plus mal, mais je sens à peine mes jambes. Ce produit est magique. C'est tout juste si j'arrive à bouger. L'effet dure combien de temps ?

– Environ une heure, avait-elle répondu.

Manfred avait fermé les yeux, comme en extase, dès qu'elle lui avait injecté le produit. Elle avait supposé que l'effet serait immédiat et ne s'était pas trompée. Quelques instants plus tard, elle était allée jusqu'à la barrière du jardin et avait fait entrer Kristmann. Quand Manfred avait rouvert les yeux, ils étaient tous les deux en face de lui.

– Qu'est-ce que... ?

Il les avait dévisagés à tour de rôle, incrédule.

– Vous... mais enfin... que ? D'où sortez-vous ?

– Tu te souviens de Kristmann ? avait-elle répondu. Tu dois t'en souvenir. Comme de son frère Ingimar.

– Qu'est-ce que vous faites ici ? avait rétorqué Manfred en s'adressant à Kristmann. Il avait tenté de se lever, mais ses jambes étaient paralysées. Il avait baissé les yeux sur elles, incrédule, puis avait à nouveau regardé l'homme et la jeune femme.

– On sait que c'était vous, avait annoncé Kristmann. On sait pour Reinhold Friedrich à Copenhague, et aussi pour Vilmundur. On sait que vous avez dénoncé Osvaldur et que vous avez noyé mon frère.
Manfred avait dévisagé la jeune femme.
– C'est toi qui as manigancé tout ça?
– On veut des réponses.
Il les avait regardés à tour de rôle, cherchant à comprendre ce qui se passait.
– Pourquoi l'as-tu dénoncé? avait-elle demandé. Manfred, j'ai besoin de le savoir. Je veux que tu me dises pourquoi tu as dénoncé Osvaldur.
– Osvaldur? Mais... et nous alors? avait-il soupiré, comprenant peu à peu qu'elle l'avait entraîné dans un illusoire jeu de séduction. Elle vit son visage se décomposer tandis qu'il repensait au passé et que la situation lui apparaissait plus clairement.
– Je veux que tu me dises pourquoi, avait-elle répété.
– Mais dans ce cas... que fais-tu de nous? De toi et moi? Ce n'était donc qu'un... qu'un mensonge? Le jour où tu m'as contacté? Les rendez-vous dans les cafés? Le petit voyage à Selfoss? Les baisers? La soirée que nous avons passée ici, ensemble... ici, dans cette maison?
Elle n'avait pas répondu.
– C'est pour ça que... que tu as fait semblant d'être amoureuse... ce n'était qu'un jeu... qu'une illusion? Tu as passé tout ce temps à jouer avec moi?
– On sait que vous avez contacté Reinhold, avait interrompu Kristmann. On sait que c'est un vieil ami de votre oncle.
– Manfred, c'est toi qui les as fait arrêter, avait-elle repris. Kristmann a entendu ton oncle le dire. C'est lui qui s'est introduit chez Vilmundur. Il l'a entendu parler de ce Reinhold et de ce qui est arrivé sur le bateau. Tout est limpide, Manfred. On sait ce que tu as fait.
– Comment tu as pu... nous avons couché ensemble. Ici, dans cette maison. Je vais divorcer d'Agneta pour toi.

On devait... tu m'avais dit... tu m'avais promis... et tout ça, ce n'était qu'un mensonge?

— Tu trouves ça scandaleux? Tu ne manques vraiment pas d'air! s'était-elle exclamée. Dis-moi ce qui s'est passé!

Manfred fixait la seringue posée sur la table.

— C'est du poison? Qu'est-ce que tu m'as injecté? Qu'est-ce qu'il y avait dans cette seringue?

— Comment as-tu découvert les activités d'Osvaldur et de Christian?

— Qu'as-tu mis dans cette seringue? s'était écrié Manfred. Qu'est-ce que tu m'as injecté? J'ai le droit de le savoir! Je vais mourir? Tu veux me tuer?

— Manfred, dis-moi la vérité. Comment as-tu découvert ce que faisaient Osvaldur et Christian?

— Donc, tout cela n'était qu'une comédie, avait murmuré Manfred comme s'il pensait tout haut. Il avait encore du mal à croire qu'elle ait pu jouer avec lui.

— Dis-moi ce qui s'est passé, avait-elle exigé.

— Tu ne peux pas me faire ça, avait plaidé Manfred, tu n'as pas le droit de...

— Comment as-tu découvert les activités d'Osvaldur?

— Je... comment peux-tu faire une chose pareille? avait poursuivi Manfred.

— Tu n'as pas besoin de ses aveux, avait glissé Kristmann en la regardant. On sait tous les deux qu'il est coupable. Laisse-moi l'emmener. On a assez discuté de tout ça.

Kristmann était allé chercher la veste de Manfred. Ils ne voulaient faire aucune erreur.

— Comment ça, m'emmener? Où voulez-vous m'emmener? Qu'est-ce que vous faites avec ma veste?

— Dis-moi la vérité!

— Où veut-il m'emmener? À la police?

— Dis-moi ce qui est arrivé.

— Et alors? Même si je disais la vérité...

Elle avait longuement fixé Manfred.

— Je veux savoir, avait-elle insisté.

– J'ai fait ça pour nous.
– C'est-à-dire ?
– Tu tiens vraiment à le savoir ?
– Oui.
– C'est pour cette raison que vous faites tout ça ? Pour cette raison que tu as repris contact et que tu as voulu me revoir ? Que nous avons renoué ? Que tu as couché avec moi ? Juste parce que tu voulais savoir ce qui est arrivé à Osvaldur ?
– Dis-le-moi. Dis-moi ce qui s'est passé.
– Il faut tout de même en avoir dans le ventre pour faire un truc pareil, avait repris Manfred.
– Parle-moi d'Osvaldur.
– Je n'en reviens pas que tu m'aies berné à ce point-là. Je t'ai fait confiance. Tu le sais ? Je t'ai crue. Je t'ai toujours crue.
– Dis-moi ce que tu as fait.
– Tu dois t'en vouloir à mort puisque tu es même allée jusqu'à coucher avec moi pour le découvrir. Puisque tu es allée jusqu'à faire semblant d'être amoureuse. Comment as-tu pu feindre l'amour alors que tu n'éprouves que de la haine à mon égard ? Comment as-tu pu coucher avec moi alors que tu me voues une haine sans limites ?

Elle ne lui avait rien répondu.

– Et moi qui croyais que... j'ai été surpris quand tu m'as appelé, puis je me suis dit que tu t'étais adoucie et... je ne comprends pas. Tu me hais. Tu m'en veux à mort, mais tu es quand même capable de coucher avec moi. Pourquoi ?

Elle avait gardé le silence. Kristmann s'impatientait.

– Tu t'en veux ?
– Tu n'es pas obligée d'écouter ce qu'il te dit, avait coupé Kristmann. On doit y aller.
– Tu as des remords ? Tu fais ça parce que tu es tenaillée par ta mauvaise conscience ? avait poursuivi Manfred. C'est ça ? Parce que tu te détestes encore plus que tu ne me détestes ? Est-ce qu'on peut faire ce que tu as fait sans avoir mauvaise conscience ?

— Tu es mieux placé que moi pour le savoir, avait-elle répondu, mal à l'aise.

Manfred avait senti qu'il avait touché son point faible.

— Tu me détestes, mais tu te détestes plus encore parce que tu crois... parce que tu sais que ce qui est arrivé à Osvaldur est ta faute. C'est arrivé parce que tu l'as trahi, parce que tu l'as trompé. C'est ta faute. Tout ça est ta faute !

— Bon, ça suffit ! s'était exclamé Kristmann.

— Tu as voulu faire la maligne en me vantant son courage dans cette chambre d'hôtel. Tu t'en souviens ? C'est toi qui me l'as apporté sur un plateau et qui m'as fourni une raison de me débarrasser de lui pour qu'on puisse...

Manfred avait éclaté de rire.

— J'ai fait ça pour nous. Tu le sais très bien. Ça n'avait rien à voir avec son implication dans ce ridicule réseau de résistants, même si c'était une bonne excuse. Je l'ai fait pour nous. Pour nous. Je croyais que c'était ce que tu me demandais. C'est pour ça que j'étais tellement heureux quand tu m'as rappelé après notre retour en Islande. C'est pour ça que je suis si facilement tombé dans le piège que tu m'as tendu. Parce que je pensais que j'avais réussi.

Manfred ne la quittait pas des yeux. Elle avait imaginé qu'il se mettrait en colère quand il comprendrait ce qui l'attendait. Elle avait espéré que l'humiliation qu'il ressentirait et la douleur le conduiraient à dévoiler la vérité.

— Et Ingimar ? avait-elle rétorqué.

— Il m'a attaqué. Que voulais-tu que je fasse ? C'était un accident. Il m'accusait de tas de choses. On s'est disputés et... je... et il est passé par-dessus bord.

— Si c'était vraiment un accident, pourquoi tu n'es pas allé chercher de l'aide ?

Manfred n'avait pas répondu.

— Vous ne vouliez pas lancer l'alerte ? avait repris Kristmann. Puisque vous dites que vous ne l'avez pas jeté par-dessus bord. Vous n'avez pas voulu arrêter le navire ? Non, vous n'avez rien fait de tout ça, vous avez filé comme si de rien n'était. Vous êtes allé vous cacher sans rien dire à personne. Vous croyez vraiment que c'est l'attitude d'un homme qui n'a rien à se reprocher ?

— Que... qu'est-ce que vous comptez faire ? s'était inquiété Manfred. Qu'allez-vous me faire ? Vous ne pourrez rien prouver. Vous n'avez aucune preuve. Je nierai tout. Tout ! Les gens riront de cette histoire. Vous serez la risée de la ville.

— Bon, ça suffit, non ? s'était impatienté Kristmann.

— Si tu as cru que nous pourrions vivre ensemble après avoir fait jeter Osvaldur en prison, tu es un malade, avait-elle dit à Manfred. Un grand malade.

Elle avait regardé Kristmann.

— Il n'y a plus rien à attendre.

En quittant le salon, elle l'avait vu sortir un sac en toile et un mouchoir. Il n'avait pas hésité un instant. Elle avait essayé de se boucher les oreilles pour ne pas entendre les cris de Manfred, puis le bâillon avait étouffé ses protestations.

Quand tout avait été terminé, elle était allée fermer la barrière du jardin. D'un geste rapide, elle avait ramassé la seringue et l'ampoule, les avait rangées dans son sac, avait essuyé la table basse, remis en place les deux coussins du canapé sur lequel Manfred s'était allongé. Puis elle avait remis son manteau, attaché son foulard, vérifié que les fenêtres étaient bien fermées et éteint toutes les lumières. La porte s'était refermée en silence. Elle était sortie dans la rue, soulagée de n'y croiser personne, puis elle avait pressé le pas.

Ses yeux s'étaient remplis de larmes alors qu'elle marchait face au vent glacial en faisant de son mieux pour éviter de penser à cette crique du cap d'Alftanes. Kristmann lui avait dit que c'était un endroit idéal et loin de tout auquel on accédait par un ancien sentier de pêcheurs que personne n'avait emprunté depuis bien longtemps.

58

L'homme à la porte du baraquement repéra une forme en mouvement à côté de la jetée. Il n'y voyait toutefois pas assez clair pour l'identifier.
– Joe ? C'est toi ? Je t'avais pourtant dit d'aller dans la guérite ! s'écria-t-il.
– Stewart ! murmura Thorson.
– Qu'est-ce qu'il fout ici ? s'étonna Flovent.
Le lieutenant hésita un instant et scruta la nuit. Il sursauta en découvrant qui étaient les deux hommes et se mit à courir à toutes jambes vers les autres baraquements, en maillot de corps, pantalon et rangers. Thorson lui intima l'ordre de s'arrêter et tira une balle en l'air en guise de sommation. Le lieutenant continua sa course et disparut entre les bâtiments.

Au même moment, ils entendirent des cris étouffés dans le baraquement aveugle. Thorson fit signe à Flovent d'aller voir à l'intérieur pendant qu'il continuait à poursuivre Stewart, son arme à la main.

Flovent s'avança à pas pressés vers la remise, puis ralentit en arrivant à proximité. Il se demandait ce qu'il allait y trouver. Joe était censé monter la garde dans la guérite, or ils ne l'avaient pas vu, mais il était bien quelque part. Flovent imaginait que d'autres soldats basés à Falcon Point n'avaient pas spécialement envie de recevoir sa visite ni celle de Thorson.

Parvenu à la porte, il distingua à la lumière de la lampe à pétrole qui éclairait l'intérieur une foule de produits rangés sur des étagères. Conserves, pâtes et riz, couvertures, vêtements militaires et trousses d'urgence. Quelques outils, des pelles, des pioches et des pieds de biche étaient rangés dans un coin à côté de la porte.

Les cris étouffés qu'ils avaient d'abord pris pour des miaulements avaient gagné en intensité tandis qu'il approchait. Il franchit le seuil et découvrit leur provenance : une jeune fille d'environ quinze ans. Entièrement nue, elle était allongée sur le dos, attachée à une table et bâillonnée à l'aide d'une ceinture noire. Depuis la porte, Flovent voyait seulement ses yeux qui le regardaient d'un air terrifié. Elle essayait de hurler et se débattait sur la table, mais elle était prisonnière. Flovent se hâta de prendre une couverture, la recouvrit et desserra la ceinture attachée autour de sa tête. Il lui fallut un certain temps pour la libérer. Il lui demanda de ne pas faire de bruit car il ignorait combien de soldats se trouvaient dans les parages et assura qu'elle ne craignait rien avec lui, il la protégerait et veillerait à ce que tout aille bien. La gamine se calma un peu tandis qu'il desserrait la ceinture, elle cessa de se débattre. Son corps était couvert d'hématomes et d'ecchymoses, et son visage portait les traces de son bâillon.

Flovent parvint enfin à détacher la boucle. La gamine suffoquait et sanglotait. Il commençait à libérer ses mains et ses pieds quand, apercevant quelque chose derrière lui, elle poussa un hurlement.

Flovent se retourna et vit un inconnu se précipiter sur lui avec un étrange rictus. La gamine hurla de plus belle. Flovent n'eut même pas le temps de se défendre, l'homme le frappa en plein visage et le fit tomber à terre.

Thorson continuait à poursuivre Stewart, qui avait disparu entre les baraquements. Quand il les atteignit, il ralentit et se dirigea vers le parking où étaient garés la jeep et le camion militaire. Il avait beau faire un peu plus clair, il ne voyait pas où le lieutenant s'était caché.

Il hésita quelques instants, puis s'approcha du baraquement le plus grand en longeant le camion quand Stewart sauta sur lui et tenta de lui arracher son arme.

— Ils auraient dû te régler ton compte dans les champs de lave, grogna-t-il en le poussant violemment contre la portière du camion. Thorson se cramponnait désespérément à son revolver. Le lieutenant était un homme fort. La douleur fit se plier le policier en deux quand Stewart lui donna un coup de genou dans l'entrejambe. Il relâcha un instant ses doigts autour de son arme. L'autre en profitait pour l'empoigner en lui tordant la main lorsque des hurlements retentirent dans la remise.

Thorson avait toujours le doigt sur la gâchette. Le coup partit. La balle alla se ficher dans la porte du baraquement en face d'eux. Stewart empoigna l'arme avec plus de vigueur et tira une deuxième balle qui frôla la tête du policier. Arc-bouté sur ses jambes, Thorson parvint à pousser le lieutenant jusqu'à la jeep. Il trébucha et un troisième coup partit. Une douleur intense lui transperça le bras quand la balle traversa la chair. Il se releva malgré tout et se rua sur Stewart, tentant de garder son arme coûte que coûte. Le lieutenant réussit finalement à la lui faire tomber des mains et lui asséna un grand coup sur la tête. Thorson s'effondra, sonné.

Il donna un coup de pied dans le revolver et le projeta sous le camion. Stewart hésita : devait-il ramper sous le véhicule pour le récupérer ou prendre ses jambes à son cou ? Il choisit finalement de monter dans la jeep, démarra et passa la marche arrière. Thorson était en train de se relever, le lieutenant faillit l'écraser. La jeep fonça vers la route. Thorson cria à Stewart de s'arrêter et tenta de le poursuivre, mais la voiture allait trop vite. Il abandonna et regarda la jeep partir.

Le bras en sang, grimaçant de douleur, il courut vers la remise où les cris s'étaient tus.

Flovent gisait, inanimé, sur le sol. Un géant, torse nu, assis à califourchon sur lui, serrait ses énormes mains autour de son cou. Une jeune fille nue au corps couvert d'ecchymoses brandissait un pied de biche au-dessus de sa tête. Elle l'abattit sur la nuque de l'assaillant qui s'effondra sur Flovent. La jeune fille était sur le point de lui asséner un second coup, mais Thorson accourut et lui ôta le pied de biche des mains.

À la vue de son uniforme, elle poussa un cri et se jeta sur lui, toutes griffes dehors. Il la serra dans ses bras en lui parlant dans sa langue pour la calmer. Elle était hors de danger, il était venu avec le policier islandais qui l'avait libérée et, maintenant, il devait s'occuper de son collègue. Au bout d'un moment, la gamine se calma.

Thorson avait affreusement mal au bras. Il tira tout de même le colosse allongé sur Flovent, puis s'agenouilla à côté de celui-ci pour prendre son pouls et constata qu'il était très faible. Son assaillant l'avait violemment battu à en juger par l'état de son visage. De plus, le coup que Flovent avait reçu sur la tête lui avait fait perdre conscience. Il n'y avait pas une minute à perdre.

Il commença par chercher une corde pour attacher soigneusement les mains et les pieds du géant avant qu'il ne reprenne connaissance. Le colosse ouvrit les yeux, mais il semblait encore inconscient, plus ou moins assommé. Thorson courut jusqu'au camion garé devant le grand baraquement. La clef était restée sur le contact. Il se mit au volant, descendit à toute vitesse vers la remise, se gara devant la porte et parvint à grand-peine à hisser Flovent sur le siège du passager. La jeune fille était restée dans la remise, prostrée. Thorson la conduisit à l'extérieur et la fit s'asseoir à côté de Flovent.

Il quitta Falcon Point à toute vitesse, dépassa la guérite, s'engagea sur la grand-route et roula à tombeau ouvert jusqu'à la base navale de Hvitanes qui abritait un bon hôpital militaire.

59

Flovent était examiné par un médecin tandis qu'une infirmière soignait le bras blessé de Thorson avec quelques points de suture. Deux autres infirmières s'occupaient de la jeune fille. Réticente à quitter Thorson, elle n'avait confiance en personne d'autre. Il avait réussi à la calmer en lui disant qu'elle était maintenant entre de bonnes mains et qu'on allait veiller sur elle. Les hommes qui lui avaient fait du mal ne pouvaient désormais plus l'atteindre. Ces paroles l'avaient apaisée. Heureuse d'entendre sa langue maternelle, elle s'était mise à pleurer quand elle avait compris qu'elle ne courait plus aucun danger. Le cauchemar était terminé. Il lui avait demandé son prénom. Kata, avait-elle murmuré.

Thorson la laissa à Hvitanes et repartit avec trois soldats chercher l'agresseur de Flovent à Falcon Point. Assis par terre dans la remise, il avait repris connaissance et s'était presque libéré de la corde. Thorson lut la plaque qu'il portait au cou : Joseph McRady.

– C'est toi que les autres appellent Joe ? demanda-t-il au colosse.
– Euh...
– Tu te souviens de moi ?
– Je ne t'ai jamais vu.
– Tu en es sûr ?
– Certain.
– Je reconnais ta voix, indiqua Thorson. Tu as raté ton coup l'autre jour, tu n'as pas réussi à me tuer.
– Je ne t'ai jamais vu de ma vie.
– Et cette gamine ? Attachée, sans défense, violée...
– Je ne lui ai rien fait.
– Tu dois être fier de toi.

Le colosse lui cracha à la figure.

Thorson préféra en rester là. Quand ils arrivèrent à Hvitanes, il décida avec un des dirigeants de la base que le prisonnier serait emmené à Reykjavík et transféré à la prison militaire de Kirkjusandur durant l'enquête. Il ne s'agissait pas uniquement d'une affaire de viol et de voies de fait à l'encontre de policiers, mais on soupçonnait également qu'une Islandaise du nom d'Elly avait disparu à Falcon Point au cours des dernières semaines. Thorson contacta le quartier général de Reykjavík et demanda qu'on rédige un mandat d'amener concernant le lieutenant Stewart.

Allongée sur son lit d'hôpital, Kata ne dormait pas encore quand Thorson entra dans sa chambre, plus tard dans la nuit. Il s'installa sur la chaise à côté d'elle avec un sourire bienveillant et lui fit le récit des événements depuis qu'on l'avait libérée de ses tortionnaires. L'un d'eux avait été capturé à Falcon Point, l'autre était activement recherché. Il lui demanda si elle connaissait Elly. Kata hocha la tête. Quand il lui demanda si elle savait où la trouver, elle secoua la tête. Bientôt, elle lui répondit par monosyllabes. C'était la première fois qu'elle venait à Falcon Point. Elle avait rencontré Joe au White Star, il l'avait emmenée à cette petite base navale du Hvalfjördur en lui promettant qu'elle s'amuserait bien et en lui disant qu'il y avait là-bas d'autres filles. Quand ils étaient arrivés à Falcon Point, il n'y avait personne à part le copain de Joe...

— Ils m'ont emmenée dans ce baraquement et tout à coup... je ne comprenais plus... je ne savais pas...

— Vous n'êtes pas obligée de nous raconter ce qui s'est passé là-bas pour l'instant, attendez d'être un peu remise. Le copain de Joe s'appelle Stewart, il est lieutenant. Nous avons lancé un avis de recherche.

La gamine était impassible.

— Vous connaissez Klemensina ? Elle habite dans le quartier des Polarnir...

Kata acquiesça.

— Elle dit qu'un jeune homme, Jenni, a vu Elly à Falcon Point. D'après lui, elle était en piteux état, mais elle a refusé son aide. Ça vous dit quelque chose ?
Kata secoua la tête.
— Vous connaissez cette Elly ?
— Oui, murmura-t-elle.
— Jenni a peut-être vu à Falcon Point des choses qu'il n'aurait pas dû voir. C'est peut-être pour cette raison qu'on l'a tué. Stewart connaissait Elly. Elle était dans cette base. Lui et Joe lui ont fait des misères, comme à vous, et Jenni était au courant.
Kata ne savait que lui répondre.
— Vous connaissiez Jenni ?
— Oui, murmura-t-elle sous sa couette.
— Vous saviez qu'il avait un petit ami, un soldat de Falcon Point ?
Elle hocha la tête.
— Il y avait aussi Tobbi, ajouta-t-elle.
— Tobbi ?
— Tobias.
— Et alors ?
— Tobbi était jaloux.
La porte de la chambre s'ouvrit. Un médecin apparut dans l'embrasure.
— Votre collègue a repris conscience, annonça-t-il.

60

Joseph McRady fut menotté et transféré le soir même de Hvitanes à Reykjavík. Le lendemain, Thorson passa toute la journée à la base navale en attendant que Stewart soit arrêté. Il en profita pour prendre la déposition de Kata et aller inspecter les lieux à Falcon Point. Il interrogea les marins qui y étaient affectés. Certains connaissaient Stewart pour s'être retrouvés avec lui au Piccadilly. Le lieutenant savait que des manœuvres avaient lieu régulièrement à la base de Hvitanes. Tous ignoraient que McRady et lui emmenaient des femmes à Falcon Point. Ils ne savaient pas non plus ce qui se passait dans la remise. Thorson était en contact avec ses supérieurs à Reykjavík. Il tenait également son ami Edgar informé des développements de l'enquête.

Il était au chevet de Flovent, tard dans la soirée, quand un soldat vint le prévenir qu'on l'appelait au téléphone depuis Reykjavík. L'homme l'accompagna au quartier général de la base. Thorson supposait que le lieutenant Stewart avait été arrêté et placé en détention, et qu'on voulait l'informer de la suite de la procédure. Il fut donc très surpris d'entendre la voix de son ami Edgar à l'autre bout du fil.

– J'ai appris des choses qui ne vont pas te faire plaisir, déclara Edgar sans préambule.

– Comment ça ?

– On leur a fait quitter le pays.

– De qui tu parles ?

– Du lieutenant Stewart et de McRady.

– Quoi ?! Ils sont partis ? Mais enfin, qu'est-ce que...

– Ils ne sont plus en Islande, reprit Edgar. On les a fait monter dans un avion militaire plus tôt dans la soirée et ils sont partis. Je ne connais pas leur destination. Le haut commandement considère que c'est la meilleure solution. Ils préfèrent étouffer cette affaire dans l'œuf, éviter un procès et les interminables discussions sur les problèmes entre l'armée et les civils.

— Je n'arrive pas à y croire! s'exclama Thorson.
— Peut-être, mais c'est comme ça.
— Qu'est-ce que ça... comment c'est possible?
— Je sais que c'est difficile à accepter, mais c'est ainsi, que ça te plaise ou non.
— Qui a pris cette décision?
— Je l'ignore. Tout ce que je sais, c'est qu'elle a été prise en haut lieu.
— Ça ne m'empêchera pas de remettre mon rapport.
— Bien sûr. Ils te remercieront et le rangeront au fond d'un tiroir, répondit Edgar. Tu peux faire tout le bruit que tu voudras, c'est une affaire classée.
— Quel sort leur réservent-ils?
— Je n'en ai aucune idée.
— Et ils comptent faire comme si rien n'était arrivé, c'est ça?
— Malheureusement, j'en ai bien l'impression, conclut Edgar.

Thorson arborait un air sombre quand, de retour à l'hôpital, il rapporta à Flovent la nouvelle que ni Stewart ni McRady ne seraient traduits en justice en Islande.

— Le haut commandement préfère régler les problèmes de cette manière, expliqua-t-il. Il craint que cette affaire n'empoisonne les relations avec les Islandais si on ne l'étouffe pas au plus vite. Le troisième soldat, Tony, avoue être impliqué dans l'agression dont j'ai été victime. Il affirme qu'il a fait ça pour rendre service à Joe, mais que c'était Stewart qui tirait les ficelles. D'après Edgar, ça ne servirait à rien de porter plainte contre lui. Tony a soutenu aussi ignorer ce que Joe et Stewart faisaient à Falcon Point.

— Donc, l'affaire est close? s'enquit Flovent.

Thorson haussa les épaules.

— Et pour Jenni?

— Il me semble que non, d'après ce que m'a confié Kata, reprit Thorson. Cette pauvre gamine a été d'une aide précieuse.

— Je l'ai interrogée aujourd'hui. Il lui faudra du temps pour se remettre.

— Ça ne l'aidera sûrement pas de savoir que ses tortionnaires ont quitté l'Islande.

— Non, je ne crois pas. Quels sales cons!

Thorson ignorait si l'invective concernait les deux coupables ou le haut commandement de l'armée. Flovent ne laissait pas transparaître grand-chose. Il ne semblait pas surpris par la réaction des militaires, mais Thorson sentait qu'il était déçu et furieux de la conclusion de cette affaire.

— Elle connaissait le nom du petit ami de Jenni. On est en train de le chercher. Je me suis dit que tu souhaiterais peut-être l'interroger.

61

Les policiers chargés d'aller chercher Tobias aux Polarnir, où il vivait encore, rapportèrent son étonnement. Il les avait suivis sans résistance. Les habitants n'étaient pas surpris de la présence de la police, qui intervenait régulièrement dans ce quartier pauvre pour divers motifs.

Flovent l'attendait à la prison de Hegningarhus, rue Skolavördustigur. Il l'accueillit et l'emmena aussitôt dans la salle d'interrogatoire.

– Qu'est-ce qui vous est arrivé ? s'enquit Tobias en voyant les bleus sur son visage.

– Je suis allé à Falcon Point et je me suis battu. Il y avait là-bas une jeune fille du nom de Kata qui a été sacrément malmenée. Elle se remet peu à peu. Elle vous connaît et elle connaissait aussi Jenni. Klemensina nous a aussi appris certaines choses. Elle n'a toujours pas retrouvé son amie Elly, mais depuis que nous lui avons parlé de Kata, elle est prête à tout pour nous aider à la retrouver.

– Falcon Point ?

– Oui, Jenni avait un petit ami là-bas. Vous le saviez, n'est-ce pas ?

– C'est pour me dire ça que vous m'avez fait amener ici ? s'étonna Tobias en balayant l'étroite pièce du regard.

– Qu'avez-vous ressenti en l'apprenant ? En apprenant qu'il avait une liaison avec un soldat ? Comment avez-vous pris la chose ?

– Il faisait ce qu'il voulait, ça ne me regardait pas.

– Ce n'est pas l'avis de votre tante.

– Klemensina est une poivrote, répondit Tobias, il ne faut pas écouter ce qu'elle raconte.

– Elle dit que vous n'avez pas réussi à surmonter ça et que cette liaison vous insupportait. Kata a parlé avec Jenni le soir de sa mort. Selon elle, il devait vous retrouver au Piccadilly, mais ce rendez-vous l'angoissait énormément parce qu'il savait que vous étiez furieux contre lui. Il craignait que vous ne perdiez votre sang-froid. C'est le cas? Vous avez perdu pied?

Tobias garda le silence.

— Nous avons également retrouvé le petit ami de Jenni, poursuivit Flovent. Il ne voulait rien nous dire car les garçons comme lui sont en butte aux préjugés, vous êtes bien placé pour le savoir. Et c'est encore pire dans l'armée. Thorson, mon collègue, est finalement parvenu à le convaincre. Il nous a dit qu'il avait offert un pantalon militaire à Jenni ainsi que divers petits cadeaux. Jenni lui avait parlé de vous et de votre caractère emporté. Ce jeune homme a un alibi.

— Et?

— On pense que vous avez effectivement perdu votre sang-froid. Vous avez retrouvé Jenni derrière le Piccadilly et vous avez fini par vous en prendre violemment à lui. Ce n'était peut-être pas votre intention initiale. Vous vous êtes retrouvé avec cette bouteille cassée à la main et vous l'avez soudain agressé, puis vous l'avez laissé, gisant dans son sang.

— Oui, sauf que ce n'est pas…

— Klemensina affirme que, le lendemain de la mort de Jenni, vous avez brûlé des détritus, parmi lesquels des vêtements qui vous appartenaient. Elle était très étonnée, car vous n'avez pas grand-chose à vous mettre sur le dos.

— Elle ment, protesta Tobias.

— Dans ce cas, racontez-moi ce qui s'est passé.

— Je n'en sais rien. Je ne sais pas ce qui s'est passé. Ces gens vous mentent, voilà tout.

— Tout le monde ment, sauf vous?

— Oui… c'est… je n'ai rien fait à Jenni. Je…

— Sa mère est en route pour Reykjavík, reprit Flovent. Elle a été très choquée en apprenant la nouvelle. Ce n'est pas étonnant. Elle ne comprend pas ce qui est arrivé à son

fils, elle ne comprend pas pourquoi on l'a agressé si sauvagement. Vous ne pensez pas que vous lui devez...
— Je ne lui dois rien du tout.
— Vous ne trouvez pas qu'elle a le droit de connaître la vérité ? Elle ne demande rien d'autre. Elle veut juste savoir ce qui est arrivé à son fils.
Le jeune homme prit son visage dans ses mains.
— Tobias ?
— Je ne lui ai rien fait...
— Tobias...
— Fichez-moi la paix ! Laissez-moi tranquille !
— Je crois que ça vous ferait du bien d'en parler. C'est très difficile de reconnaître ce genre de choses. Très difficile à assumer.
— Je ne lui ai rien fait !
— D'accord, concéda Flovent. C'est comme vous voulez. Mais je ne peux malheureusement pas vous permettre de rentrer chez vous pour l'instant. Vous allez devoir passer quelques jours ici, le temps de réfléchir.
Tobias ne répondit pas.
— La mère de Jenni a demandé à vous rencontrer. Elle aimerait vous parler de son fils. Elle voudrait savoir si vous pourriez lui en dire plus sur ce qui lui est arrivé.
Tobias leva les yeux.
— Sa mère ?
— Oui.
— Je ne peux pas... je ne peux pas lui parler. Vous ne pouvez pas me forcer... je ne peux pas la voir... Qu'est-ce qu'elle vous a dit ?
— Elle m'a posé des questions sur vous. Jenni lui avait écrit que vous étiez amis. Il ne tarissait pas d'éloges.
— Non... ne... ne dites pas ça... Je ne veux pas la voir.
— Pourquoi ?
— Je ne peux pas. C'est... je...
— Quoi ?
— Je... je...
— Oui ?

— Je… je ne voulais pas… je voulais juste lui parler.
— D'accord.
— Je voulais savoir ce qu'il… ce que lui et ce soldat… ce qu'ils… comment il envisageait…
— Vous étiez malheureux ?
— Oui.
— Et furieux ?
— Oui.
— Vous aviez l'impression qu'il vous trahissait ?

Tobias luttait contre les larmes.

— Il venait juste de voir ce soldat. Je n'ai jamais voulu lui faire de mal. Je ne comprends pas ce qui s'est passé. Je ne sais pas…
— Vous vous êtes disputés ?
— Je voulais lui dire qu'il ne pouvait pas juste… qu'il ne pouvait pas… et, tout à coup, il était là, allongé par terre, et je tenais… cette bouteille comme un couteau à la main. Il y avait du sang partout… je voulais juste lui parler. Je ne voulais pas lui faire de mal… je ne voulais pas… je…

62

Elle regrettait de ne pas être croyante. Cela l'aurait sans doute aidée. Un jour, elle avait même été sur le point de se confier à un pasteur, mais elle avait fait demi-tour en arrivant devant l'église. Elle voulait comprendre ce qu'était le pardon. Elle se sentait tellement mal, elle se disait que ça la soulagerait peut-être de dire la vérité. Ils avaient décidé avec Kristmann de ne pas se voir ni se parler pendant un certain temps. Elle supposait qu'il souffrait autant qu'elle.

En y réfléchissant, elle était surprise d'avoir fait preuve d'une telle détermination. Maintenant que tout était fini, la peur et l'angoisse l'envahissaient, ainsi que de profonds regrets. C'était alors qu'elle s'était rappelé ce qu'elle avait appris dans son enfance sur le pardon. Aussi étrange que cela puisse paraître, elle n'avait pas envisagé les conséquences de leur geste jusqu'à sa première nuit d'insomnie, celle où elle était rentrée chez elle après cette dernière visite chez Manfred. Ils avaient veillé avec Kristmann à effacer soigneusement toutes les traces, mais jamais ils ne pourraient les effacer de leur esprit. Peu avant de mettre leur projet à exécution, Kristmann lui avait confié qu'il se moquait d'être démasqué. Il avait même affirmé qu'il valait peut-être mieux que les gens soient au courant des horreurs commises par Manfred. Il avait également évoqué l'idée de dénoncer Vilmundur au plus vite en parlant à la police des documents qu'il avait trouvés derrière sa bibliothèque. Ceux-ci prouvaient que l'homme représentait une menace pour la sécurité nationale.

Profitant d'un après-midi de congé, elle s'allongea pour faire la sieste et essayer de rattraper un peu le sommeil qu'elle avait en retard. On sonna à la porte. Quelques instants plus tard, sa tante lui cria dans l'escalier qu'un monsieur désirait

lui parler et lui demanda si elle pouvait le faire descendre au sous-sol. Non, j'arrive, répondit-elle. L'homme en imperméable qui l'attendait à la porte souriait amicalement. Un pansement couvrait son arcade sourcilière, on distinguait les vestiges d'un œil au beurre noir et sa lèvre inférieure était fendue. Elle ne l'avait jamais vu.
— Vous êtes Karolina ? s'enquit Flovent.
— C'est bien moi.
— Puis-je vous déranger un instant ? Ce ne sera pas très long.
— Bien sûr, répondit-elle en l'invitant à entrer dans le vestibule avant de refermer la porte. Sa tante avait disparu dans la cuisine.
— Je vous prie de m'excuser. Je m'appelle Flovent. Je travaille à la Criminelle de Reykjavík. J'ai interrogé plusieurs femmes de votre âge qui étaient à bord de l'*Esja* il y a, disons, deux ans et demi, durant le fameux voyage depuis Petsamo. Vous y étiez, n'est-ce pas ?
— En effet, j'étais parmi les passagers, répondit-elle en faisant de son mieux pour dissimuler la surprise que lui causait cette visite. Elle ne s'était pas préparée à une telle éventualité. Son cœur s'affolait dans sa poitrine.
— Il y avait aussi à bord un certain Manfred. Je voulais savoir si vous le connaissiez.
— Oui, je me souviens de lui. Je crois qu'il est monté à bord en Norvège, répondit-elle, considérant qu'elle ne pouvait pas nier. Elle n'avait toutefois pas eu le temps de décider ce qu'elle répondrait si quelqu'un l'interrogeait.
— C'est ça, convint le policier.
Apparemment, il avait eu un grave accident. Elle se retenait de lui poser des questions, mais il percevait sa curiosité.
— Excusez-moi, je ne suis pas beau à voir, j'ai été agressé pendant une intervention à la base navale du Hvalfjördur.
— Vous parlez de ce qui s'est passé à Falcon Point ?
— Oui.
Elle avait lu ça dans les journaux. Des soldats affectés à cette base étaient soupçonnés de viols. On pensait même

qu'une pauvre femme originaire de Reykjavík avait disparu là-bas. C'était une affaire sensible qui posait le problème des relations entre l'armée et la population locale. Les militaires avaient tout fait pour l'étouffer, mais cette histoire semait le trouble dans les esprits. Les autorités islandaises prenaient l'affaire très au sérieux et exigeaient que les coupables répondent de leurs actes. Les choses avançaient très lentement, à en croire les journaux. L'armée exerçait sa censure et livrait les informations avec parcimonie. La presse avait toutefois rapporté qu'une jeune fille entre la vie et la mort avait été sauvée dans cette base navale.

— Nous avons découvert le corps de ce Manfred dans la baie de Nautholsvik il y a quelque temps, poursuivit le policier. Vous êtes peut-être au courant. Nous avons d'abord pensé à un suicide, mais en fin de compte c'est un peu plus compliqué que ça.

— Ah bon ? s'étonna-t-elle. Elle savait qu'on avait trouvé un corps à Nautholsvik. Elle avait immédiatement pensé à Manfred. Elle s'était intéressée aux recherches lancées par la police, avait entendu les infos à la radio et vu sa photo dans les journaux. Ses soupçons s'étaient vérifiés quand la presse avait publié son nom.

— Oui, on lui a injecté un produit qui l'a paralysé et, selon toute probabilité, on l'a jeté à la mer alors qu'il était incapable de se défendre. Vous avez une formation d'infirmière, n'est-ce pas ?

— Oui.

— En d'autres termes, il semble que cet homme ait été assassiné. Il avait une liaison avec une femme originaire de Reykjavík. Nous avons toutes les raisons de croire qu'elle était à bord de l'*Esja* pendant ce voyage depuis Petsamo.

— Je vois, répondit-elle pour meubler la conversation.

Elle ignorait que la police avait ouvert une enquête et s'efforçait de dissimuler sa surprise. Quand elle repensait à tout ça, le plus dur était d'assumer la mort affreuse qu'ils avaient réservée à Manfred, la cruauté et la haine froides qui les avaient animés, elle et Kristmann. Certes, il ne méritait pas de pitié, c'était une évidence. De même, il était tout à fait compréhensible qu'ils aient voulu venger ceux qui leur étaient chers, mais malgré tout elle était incapable de penser aux derniers instants de Manfred sans fondre en larmes.

— Nous pensons aussi que cette femme avait un complice, reprit Flovent. Nous croyons que Manfred a été transporté depuis son domicile ou un autre endroit, probablement par un homme, et que cet homme l'a jeté dans la mer. Tout cela vous dit-il quelque chose ?

— À moi ?

— Nous avons le signalement de la maîtresse de Manfred. Ils ont été vus ensemble à Selfoss. Il a avoué à sa femme que celle avec qui il la trompait avait vécu à Copenhague à la même époque que lui. On m'a dit que vous y avez fait vos études d'infirmière.

— En effet, répondit-elle. Vous avez enquêté sur moi ?

— Puis-je vous demander si vous aviez une liaison avec cet homme ?

— Moi... ? s'affola-t-elle. Non.

Elle ne voyait pas quoi répondre. Ce policier la traitait poliment, l'expression sur son visage laissait supposer qu'il était à la fois respectueux et compréhensif. Elle n'était pas certaine de pouvoir supporter ses interrogatoires sans tout lui dévoiler.

— Ce qui pique notre curiosité, c'est la manière très particulière dont ses assassins l'ont noyé, reprit-il. Bien sûr, ils ont procédé ainsi pour effacer leurs traces en faisant croire à un suicide, mais aussi pour qu'il comprenne parfaitement ce qui lui arrivait. Pour qu'il souffre. Ça ne leur suffisait pas de l'anesthésier, ils tenaient à ce qu'il soit conscient pendant qu'il se noyait. Vous voyez ce que je veux dire ?

— Non, je...

— Nous pensons que ses meurtriers ont procédé ainsi pour une raison très précise, poursuivit le policier qui semblait percevoir son malaise face à ses questions. Ça n'a pas été une mort paisible. Cet homme avait sans doute commis

des choses terribles. Le mode opératoire était très... pardonnez-moi, vous voulez peut-être vous asseoir. Tout va bien ?
— C'est... oui, il vaut peut-être mieux aller dans la cuisine.
Sa tante avait fermé la porte de sa chambre. Elle s'installa sur une chaise. Le policier resta dans l'embrasure.
— Pour tout vous dire, nous examinons le rôle qu'aurait pu jouer sa femme dans cette affaire. J'espère que cela restera entre nous.
— Le rôle de sa femme ?
— Oui, il n'est pas impossible qu'elle ait un soldat comme complice. Nous voudrions tout de même interroger la femme qui avait une liaison avec lui. Elle pourra peut-être nous éclairer un peu. On ne sait jamais, il lui a peut-être confié des choses suggérant que son épouse voulait se débarrasser de lui. Elle pourra nous dire quand ils se sont vus pour la dernière fois et de quoi ils ont parlé.
Il lui fallut un certain temps pour comprendre que le policier soupçonnait l'épouse de Manfred.
— Nous pensons que cette femme l'a accompagné à Selfoss, poursuivit Flovent. Une femme blonde qui doit avoir à peu près votre taille a eu la gentillesse de m'accompagner là-bas. Elle m'a juré qu'elle n'avait jamais eu de liaison avec Manfred, mais je voulais m'en assurer. Le propriétaire de l'auberge ne l'avait jamais vue. Il ne s'agit donc pas d'elle. Je me suis dit que vous pourriez peut-être m'accompagner là-bas. Peut-être demain matin, si cela vous convient.
Elle ne répondit pas.
— Karolina ? Vous pensez que c'est possible ? Comme ça, ce sera fait. Pouvez-vous venir avec moi à Selfoss demain matin ?
Elle gardait le silence.
— À moins que... c'était vous ? Vous aviez une liaison avec Manfred ?
Karolina continuait de se taire. Assise à la table de cuisine, elle écoutait les oiseaux chanter derrière la fenêtre. Elle

leva les yeux. Jusque-là, elle n'avait pas prêté attention à ces messagers du printemps qui arrivaient en Islande les uns après les autres et essayaient de la réjouir par leurs chants. Elle avait été tellement déprimée et triste, seule avec ses pensées, qu'elle ne les avait pas entendus. Elle écoutait leur chant haut et clair. Son cœur était plus léger qu'il ne l'avait été depuis bien longtemps. Elle ne pouvait plus cacher ce qu'elle avait fait.
— Karolina... ?
— Oui.
— Vous connaissiez Manfred ? s'enquit Flovent.
— Oui.
— Et vous aviez une liaison avec lui ?
— Une liaison, répéta-t-elle, absente, concentrée sur les chants d'oiseaux qui emplissaient le jardin. Je ne sais pas vraiment comment appeler ça.
Elle garda le silence un long moment.
— Je pense souvent à Petsamo, finit-elle par dire enfin, consciente de l'impatience du policier. Je pense à ce moment où j'ai été envahie par le sentiment terrible que je ne le reverrais peut-être jamais, que je ne pourrais jamais lui dire la vérité et lui demander pardon. Oui, je pense souvent à Petsamo. J'ai l'impression que je suis encore là-bas. Voyez-vous, il faut que vous le sachiez... Osvaldur était en réalité le seul amour de ma vie...

63

L'équipage du navire de service chargé d'entretenir la barrière de protection sous-marine s'attendait à travailler une fois de plus jusque tard dans la nuit face au cap de Hvitanes. Lestée par de grosses ancres, la barrière était maintenue en surface grâce à d'énormes bouées. Les projecteurs disposés sur le pont du navire éclairaient les épais câbles d'acier où l'un des matelots repéra une forme.

Des tas de saletés venaient s'agglutiner à cette barrière : algues, déchets jetés à la mer par les hommes de la base navale, tonneaux de carburant vides et filets de pêche. Mais c'était autre chose. Ça ressemblait plus à un tas de vêtements. Le soldat se pencha par-dessus le bastingage, scruta la forme avec attention et crut apercevoir de longs cheveux enchevêtrés dans le maillage.

Il appela ses collègues, attrapa une gaffe sur le pont et libéra l'objet qui tomba à l'eau, puis agrippa l'amas de vêtements à l'aide du crochet et le rapprocha du flanc du navire. Les algues qui le couvraient l'alourdissaient et compliquaient la manœuvre. Après quelques tentatives, les marins parvinrent toutefois à le hisser à bord.

Dès qu'ils l'eurent débarrassé du varech, leurs craintes se vérifièrent. C'était un corps de femme ramené par les vagues jusqu'à la barrière. Sa robe était toute déchirée et le roulis l'avait défigurée. Son corps était parsemé de blessures et d'hématomes, mais ceux-ci n'avaient rien à voir avec son séjour dans l'eau. Elle avait une corde attachée au poignet. Un des matelots se détourna pour vomir par-dessus le bastingage.

L'équipage regardait le corps. On n'entendait plus que le bruit du moteur, à bord du navire. Après un long silence, un matelot déclara avoir entendu parler d'une Islandaise disparue à Falcon Point, introuvable depuis des semaines.

TOME 3

À paraître au printemps 2018

PASSAGE DES OMBRES

1

Les policiers firent venir un serrurier plutôt que de défoncer la porte. Quelques minutes de plus ou de moins ne changeaient selon eux pas grand-chose.

Au lieu d'appeler la Centrale d'urgence, la voisine de l'homme qui occupait l'appartement s'était directement adressée au commissariat principal. Le standard l'avait mise en relation avec un agent de police à qui elle avait expliqué ne pas avoir vu son voisin depuis plusieurs jours.

– Il lui arrive de passer chez moi quand il revient de faire ses courses. Normalement, je l'entends marcher dans son appartement et je le vois à ma fenêtre quand il descend au magasin. Mais je ne l'ai ni vu ni entendu depuis plusieurs jours.

– Il est peut-être parti en voyage?

– En voyage? Il ne quitte jamais Reykjavík.

– Et qui vous dit qu'il n'est pas allé dans sa famille ou chez des amis?

– Je ne crois pas qu'il ait beaucoup d'amis et il ne m'a jamais parlé de sa famille.

– Quel âge a-t-il?

– Plus de quatre-vingt-dix ans, mais il est robuste et parfaitement autonome.

– On a pu l'hospitaliser.

– Non... je m'en serais rendu compte. Je suis sa voisine de palier.

– Il est peut-être entré en maison de retraite. À son âge...

– Je... vous en avez, des questions! Qu'est-ce que vous voulez que je vous dise? Tout le monde n'a pas envie d'aller en maison de retraite. Et il est en parfaite santé.

– Merci de nous avoir prévenus, je vous envoie quelqu'un.

Les deux policiers patientaient devant la porte du vieil homme en compagnie de sa voisine Birgitta. Le premier était affublé d'une énorme bedaine et le second, beaucoup plus jeune, était tellement maigre qu'il flottait dans son uniforme. Tous deux constituaient un couple presque comique. Plus expérimenté, le plus âgé avait souvent été amené à s'introduire dans des appartements en faisant appel aux services d'un serrurier. Plusieurs fois par an, la police devait s'assurer que tout allait bien chez des gens qui n'avaient pas de famille et avaient échappé à la vigilance des services sociaux. Omar, le serrurier, cousin du policier obèse, ouvrait les portes en un tournemain.

Ils se donnèrent l'accolade quand il arriva. Omar ouvrit la serrure sans difficulté.

– Ohé! cria le gros dans l'appartement.

Voyant que personne ne répondait, il demanda à son cousin et à la voisine d'attendre dans le couloir et fit signe à son jeune collègue de le suivre.

– Ohé! appela-t-il à nouveau, sans obtenir davantage de réponse.

Les deux hommes avancèrent lentement dans l'appartement. Le plus âgé reniflait, le nez en l'air. L'odeur les força bientôt à se boucher les narines. Tous les rideaux étaient tirés, la lumière allumée dans toutes les pièces.

– Ohé! Il y a quelqu'un? risqua l'échalas d'une voix de fausset.

Personne ne répondit. Le serrurier et la voisine patientaient toujours sur le palier.

Petite mais proprette, la cuisine était meublée d'une table et de deux chaises. Une cafetière éteinte, verseuse à moitié pleine, était posée sur le plan de travail à côté de l'évier où reposaient deux tasses et une assiette. Le petit frigo installé au fond de la pièce était collé à la vieille cuisinière équipée de trois plaques. Le salon, aussi propret que la cuisine, était meublé d'un canapé et de deux fauteuils assortis, d'une table et d'un bureau, installé sous la fenêtre orientée au sud. Les étagères étaient chargées de livres, mais la décoration quasi absente.

L'appartement était entièrement moquetté à l'exception de la cuisine et de la salle de bains. La moquette était usée par les passages répétés du vieil homme. Les fils blancs de la trame affleuraient par endroits. Les policiers poussèrent la porte de la chambre à coucher. Un homme était allongé sur le lit, les yeux mi-clos, les bras le long du corps. En chemise, pantalon et chaussettes, il semblait s'être couché pour se reposer un moment et ne s'était pas relevé. Ainsi allongé, il ne paraissait pas ses quatre-vingt-dix ans. Le policier le plus âgé approcha du lit pour prendre son pouls au poignet et au cou. On peut difficilement imaginer mort plus paisible, pensa-t-il.

– Il est mort ? s'enquit le gringalet.
– Apparemment.

Ne tenant plus en place, Birgitta entra dans le couloir et jeta un œil dans la chambre où son voisin reposait paisiblement, solitaire.

– Il est... décédé ?
– Je crains que ça ne fasse aucun doute, répondit le vieux flic.
– Pauvre homme, il a bien mérité son repos, murmura-t-elle.

Plus tard dans la journée, on emmena le corps à la morgue de l'Hôpital national qui le réceptionna et l'enregistra. Conformément à la réglementation, le médecin de district était venu constater le décès au domicile du défunt. Rien ne justifiait l'ouverture d'une enquête, à moins que l'autopsie ne révèle quelque chose d'anormal. Ils mirent l'appartement sous scellés en attendant ses conclusions.

Svanhildur, la légiste, préféra attendre la fin de la semaine pour autopsier le corps. Ce n'était pas urgent et elle avait fort à faire puisqu'elle devait terminer un certain nombre de tâches avant de s'offrir trois semaines de vacances sur un terrain de golf en Floride.

Deux jours plus tard, elle sortit donc le corps du tiroir réfrigéré et le plaça sur une civière. Un petit groupe d'étudiants en médecine assistait à l'autopsie qu'elle détailla point par point en leur présentant les conditions du décès : le corps avait été découvert par la police après l'appel d'une voisine. L'homme était apparemment décédé de causes naturelles. La légiste passionnait ses étudiants. L'un d'eux était même allé jusqu'à enlever le casque de son iPod pour l'écouter.

Elle supposait que le cœur du défunt s'était simplement arrêté. L'homme avait succombé à un infarctus dont elle ne parvenait toutefois pas à identifier la cause.

Elle examina les yeux.

Puis scruta les profondeurs de la gorge.

— Mais… ? murmura-t-elle. Les étudiants se penchèrent sur la table d'examen, curieux.

2

Ils contournèrent le mur de sacs de sable qui barrait l'accès au Théâtre national. Elle s'efforçait de dissimuler qu'ils étaient ensemble, en tout cas tant qu'ils marchaient dans les rues les plus fréquentées. Furieux d'apprendre sa liaison avec ce soldat, ses parents avaient exigé qu'elle y mette fin sans délai. Son père avait même menacé de la mettre à la porte. Elle savait qu'il n'hésiterait pas. Elle ne s'était pas attendue à une réaction aussi violente ni à une telle hostilité. Elle n'avait pas voulu les contrarier, mais n'avait pas rompu. Elle avait simplement cessé de parler de ce soldat, agissant comme si leur histoire était finie, mais elle avait continué à le fréquenter en secret.

Les lieux où ils pouvaient se voir en toute discrétion étaient rares. À l'époque où ils s'étaient rencontrés, l'automne précédent, ils allaient sur la colline d'Öskjuhlid quand il faisait beau. Puis, l'hiver était arrivé, ce qui compliquait les choses. Il était exclu qu'ils prennent une chambre d'hôtel et elle refusait qu'ils se voient dans un baraquement militaire. Un jour, au crépuscule, ils s'étaient faufilés derrière le Théâtre national en construction au bas de la rue Hverfisgata. Censé héberger la fine fleur de l'art dramatique islandais dans un écrin d'orgues basaltiques, le bâtiment d'architecture audacieuse était tout juste hors d'eau. Le chantier avait été interrompu par la grande crise qui avait frappé le monde dix ans plus tôt. Au début de la guerre, les troupes d'occupation britanniques l'avaient réquisitionné pour en faire un entrepôt. Il était toujours dévolu à cet usage maintenant que l'armée américaine les avait remplacées. C'était désormais le lieu de rendez-vous des amants clandestins.

— Je t'interdis de revoir cet homme! avait hurlé son père qui, fou de colère, avait été sur le point, pour la première fois de sa vie, de lever la main sur elle. Sa mère s'était interposée.

Jurant de s'amender, elle avait aussitôt trahi sa promesse. Originaire de l'Illinois, Frank était toujours propre et impeccablement coiffé. Il sentait bon et avait de belles dents blanches, ressemblait à un gentleman et se comportait comme tel. Ils envisageaient de s'installer ensemble aux États-Unis à la fin de la guerre. Elle était convaincue que son père apprécierait cet Américain pour peu qu'il consente à le rencontrer.

Elle n'était tout de même pas la seule à entretenir ce genre de relation. Reykjavík comptait environ quarante mille habitants. Des dizaines de milliers de soldats avaient déferlé sur la ville au début de la guerre. Le rapprochement entre ces hommes et certaines Islandaises était inévitable. Il y avait d'abord eu les Tommies et, quand les Yankees étaient venus les remplacer, les amours avaient continué. À la fois plus élégants et plus riches, les Américains avaient l'air moins rustauds et ressemblaient à des vedettes de cinéma. La barrière de la langue était négligeable. Tout le monde comprenait l'anglais d'oreiller. Un comité spécial avait été fondé. Un mot permettait de décrire ces monstruosités : la situation.

Alors qu'elle traversait la rue Hverfisgata avec Frank de l'Illinois, elle se fichait éperdument des comités et de la fameuse situation. Le froid de la mi-février était glacial. Le vent hululait contre les murs de la citadelle qui semblait sortie droit des contes populaires islandais peuplés d'elfes et de créatures surnaturelles. Le public entrerait dans ce grand théâtre comme dans un rocher à l'intérieur duquel il découvrirait ensuite les magnifiques salles d'un palais de contes de fées. Les soldats de garde s'efforçaient de se protéger du froid sans se soucier du couple qui disparaissait à l'angle de la bâtisse pour se mettre à l'abri des regards, fuyant l'éclairage public. Elle était emmitouflée dans l'épais manteau qu'on lui avait offert à Noël, il portait son imperméable militaire par-dessus l'uniforme qu'elle aimait tant.

Certes, elle ignorait en quoi consistaient exactement les missions d'un sergent, mais c'était son grade dans l'armée et il avait des hommes sous ses ordres. Elle ne parlait qu'un anglais sommaire, ses connaissances se limitant à peu près à *yes* et à *darling*. Quant à lui, il n'en connaissait pas plus en islandais. Malgré ça, ils se comprenaient plutôt bien et, maintenant, elle devait absolument lui soumettre un problème qui l'inquiétait beaucoup.

Il l'embrassa passionnément dès qu'ils furent à l'abri du vent. Il avait passé ses mains sous son épais manteau pour la caresser. Elle pensait à son père : s'il l'avait vue en ce moment ! Frank lui murmurait des mots doux à l'oreille. *Oh, darling !* Elle sentait les mains glacées de son Américain sur le corsage qu'elle avait acheté chez Jacobsen en début d'année. Ses doigts pétrissaient ses seins. Il déboutonna son corsage, puis plaqua sa paume sur sa peau nue. Peu expérimentée, elle était assez timide. Elle aimait l'embrasser. Chaque fois, un délicieux frisson lui parcourait le corps, mais aujourd'hui il faisait froid et elle n'était pas très réceptive. La colère de son père réfrénait ses ardeurs.

— Frank, je dois te dire quelque chose...
— *My darling.*

Il était tellement empressé qu'elle perdit l'équilibre et faillit tomber. Il la rattrapa à temps et s'apprêtait à continuer, mais elle le pria d'arrêter. Ils s'étaient blottis dans un des renfoncements qui rythmaient les quatre murs de l'édifice. Une grosse caisse en carton, sans doute venue de l'entrepôt, gisait écrasée sur le sol. Elle ne l'avait pas remarquée quand ils s'étaient calés dans ce recoin, mais là, elle voyait clairement deux jambes frêles dépasser sous le carton.

— *Jesus !* s'exclama Frank.
— Qu'est-ce que c'est que ça ? Qui est-ce ?!

Ils avaient les yeux rivés sur les jambes : une chaussure dont la languette couvrait le dessus du pied, des socquettes, et la peau d'un blanc bleuté. On n'en voyait pas plus. Frank hésita un instant avant de soulever le carton.

— Qu'est-ce que tu fais ? s'inquiéta-t-elle.
Une jeune femme d'une vingtaine d'années reposait là, couchée sur le côté. Ils comprirent immédiatement qu'elle était morte.
— Dieu Tout-Puissant, soupira-t-elle en agrippant le bras de Frank qui continuait à fixer le corps.
— *What the hell ?* murmura-t-il en s'agenouillant. Il prit le poignet de la jeune femme, mais ne sentit pas le pouls. Il posa deux doigts sur son cou, le cœur avait cessé de battre. L'Américain frissonna. N'ayant pas connu l'enfer des champs de bataille, il n'avait pas l'habitude de voir des morts. Ils ne pouvaient être d'aucun secours à cette jeune femme. Il balaya le périmètre des yeux en quête d'indices sur la manière dont elle était morte, mais n'en trouva aucun.
— Qu'est-ce qu'on fait ?
Frank se releva et serra sa petite amie islandaise dans ses bras. Elle lui plaisait beaucoup et il comprenait parfaitement pourquoi elle ne l'avait jamais invité chez elle pour le présenter à sa famille. Les soldats n'étaient pas les bienvenus partout.
— *Let's get the hell out of here*, tirons-nous d'ici, suggéra-t-il en vérifiant qu'il n'y avait personne dans les parages.
— Tu ne préfères pas qu'on appelle la police ? répondit-elle. *Get police.*
Les alentours étaient déserts. Frank jeta un œil au coin du bâtiment, les soldats qui gardaient le mur de sacs de sable n'avaient pas bougé.
— *No police. No. Let's go. Go !*
— *Yes, police*, protesta-t-elle, en vain.
Il l'attrapa par le bras et l'entraîna vers la rue Lindargata, puis vers la colline d'Arnarholl. Il marchait plus vite qu'elle, en la tirant presque derrière lui. Une vieille femme qui longeait Lindargata et s'apprêtait à remonter Hverfisgata les avait vus sortir en courant du coin sombre à côté du bâtiment. Elle s'était dit que décidément ces jeunettes faisaient n'importe quoi. Il lui semblait la reconnaître, c'était

une de ses anciennes élèves. Elle ignorait que cette gamine était, comme on disait, dans la situation.

La femme longea le théâtre et jeta un œil dans le recoin encombré de saletés. En s'arrêtant, elle aperçut les jambes. Elle avança et découvrit le corps de la jeune femme que quelqu'un avait tenté de cacher sous des cartons et d'autres déchets provenant de l'entrepôt. Elle se fit immédiatement la remarque que la gamine n'était pas habillée pour la saison, elle ne portait qu'une petite robe.

Le vent hurlait dans le passage.

La jeune femme était jolie jusque dans la mort. Son regard éteint fixait la paroi noire et inquiétante comme si son âme avait disparu dans un des renfoncements de basalte qui rythmaient le mur du Théâtre national.

À suivre…

RENDEZ-VOUS AU PRINTEMPS 2018

Bonjour, nous vous remercions d'avoir acheté ce livre et nous aimerions pouvoir vous connaître mieux, lire vos commentaires sur nos publications, vous informer de nos nouveautés, vous offrir la primeur des premiers chapitres de nos textes à paraître, vous prévenir quand nous organisons une rencontre près de chez vous. Pour ce faire il vous suffit de nous envoyer votre mail et la ville dans laquelle vous habitez à : **redaction@metailie.fr**.

Rappelons aussi qu'en scannant le QR code ci-dessous ou en entrant **metailie.premierchapitre.fr** dans la barre d'adresse de votre navigateur (sur ordinateur, tablette ou smartphone), vous accédez directement aux derniers extraits de nos nouveautés à paraître. Gardez cette adresse dans vos favoris ou sur l'écran d'accueil de votre smartphone et vous serez constamment à la page !

BIBLIOTHÈQUE NORDIQUE

Gudbergur BERGSSON
Deuil

Steinar BRAGI
Installation
Excursion

Jens-Martin ERIKSEN
Anatomie du bourreau

Arnaldur INDRIDASON
La Cité des jarres
La Femme en vert
La Voix
L'Homme du lac
Hiver arctique
Hypothermie
La Rivière noire
Betty
La Muraille de lave
Étranges rivages
Le Livre du roi
Le Duel
Les Nuits de Reykjavík
Opération Napoléon
Le Lagon noir
Dans l'ombre
La Femme de l'ombre

Vagn Predbjørn JENSEN
Le Phare de l'Atlantide

Eiríkur Örn NORÐDAHL
Illska, Le Mal
Heimska, La Stupidité

Lilja SIGURDARDÓTTIR
Piégée

Arni THORARINSSON
Le Temps de la sorcière
Le Dresseur d'insectes
Le Septième Fils
L'Ange du matin
L'Ombre des chats
Le Crime

*Cet ouvrage a été imprimé par CPI France
en août 2017*

*Cet ouvrage a été composé par
Atlant'Communication
au Bernard (Vendée)*

N° d'édition : 2831001 – N° d'impression : 142425
Dépôt légal : août 2017

Imprimé en France